JN419373

나가사키는 오늘도 비가 내렸네

샘문시선 **4004**

한용운문학상 수상 기념 소설집
권영재 제1소설집

K-poetry

춘몽이 깬 뒤 뒤 광란의 쇼가 끝나고
파평 개가 위대한 바보였는지 순수 바보였는지,
진품인지, 가품인지 가려지는 시간이 올 것이다.
라고 기도했지만, 파평 개의 파멸로 끝난다.
– 주문, 오성별을 파면한다.
〈개싸움, 일부 인용〉

"아니 예수님. 왜 또 내려오셨나요?"
예수님은 십자가를 내려와 외출하다 마주칠 때면
검지로 입술을 가렸다. '아무에게도 말하지 말라는 신호'다.
그 신호에는 거역할 수 없는 두려움이 함께 하였다.
비밀은 그래서 오래 지속된 듯하다.
〈고구마의 일기, 일부 인용〉

한 생물의 나고 죽음이나 변태를 보고 함부로 불쌍하게
생각하거나 동정하는 것은 자연에 대한 모독이며
상대방에 대한 실례라고 말해 주었다.
그는 진심으로 고마워하며 두 손으로 한 잔 술을 권했다.
그때 하늘에서 맴맴맴 하는 소리가 들리더니
우리의 얼굴에 찌찍 하고 오줌을 내갈기고
매미가 구름 속으로 날아갔다.
〈매미의 웨딩드레스, 일부 인용〉

님께
_____
년   월   일
_____
드립니다.

도서출판 샘문

한용운문학상 수상 기념 소설집

나가사키는

오늘도 비가 내렸네

권영재 제1소설집

창시골 오일장에서 푸성귀 파는
시골 아낙의 마음

　스스로 생각해도 좀 뻔뻔스럽다는 생각이 든다. 별로 글 답지도 않는 작품을 감히 수필이니 소설이니 이름을 붙여 대중들 앞에 책으로 만들어 출판하여 선을 보이겠다고 하니 조금 부끄러운 일이다.

　이런 책은 비매품으로 찍어서 무료로 가족이나 친구들에게나 나누어 주어야 되는 데도 국내 대형서점 매대에서 독자를 맞이하겠다고 하니, 정말 그래도 되는가 싶은 겸손한 마음이 앞선다.

　시골 오일장 한 귀퉁이에 앉아 푸성귀 파는 시골 아낙네들이 말하는 한결같은 소리가 있다. 이 광주리에 있는 냉이와 달래와 쑥과 머위는 집 앞 밭둑에서 캔 것이고 두릅과 더덕은 뒷산에 올라가 손목 아프도록 캐내고 딴 것이니, 그래서 순 국산이다. 그리고 종재기에 다슬기는 동네 앞 맑은 개울에서 어렵게 건진 것이니 전부 순 국산이고 내 땀의 수확물이다.

　그러나 마트에서 파는 잘 다듬어지고 예쁘게 포장된 저 상품들은 다 외국산이고 방부제 잔뜩 들어 있다. 향기도 없고 먹으면 독이 되는 먹을거리들이라고 한다. 자기 물건을 선전하다 보니 죄 없는 남들을 무책임하게 마음에도 없는 비난을 하게 된다.

4

필자는 정신병원에 근무하는 정신과 전문의사다. 일평생 아침부터 정신병 환자들과 따따부따 입씨름하며 하루를 시작한다. 그들은 말도 안 되는 소리를 하고 억지를 부린다. 이런 말과 행동은 가족들이 더 심한 경우도 있다. 우리 병원 원무과, 간호과 여직원들은 자주 운다. 어떤 직원은 퇴근을 하자 말자, 소주 한 병을 마시고 잔다.

그러나 나는 책을 보고 글을 쓴다. 이렇게 화를 다스린다고 끄적거리며 집필해서 모아둔 글들이 장편소설집 한 권을 출간할 수 있는 분량이 되었다. 정말 옳은 이성적 판단인가 하는 의문도 든다. 그러나 필자가 평생을 살아오면서 인생 역정이 녹아있는 글들이고 픽션과 논픽션으로 꾸준히 글을 연마해 온 치열한 정성과 필자의 서사적 희노애락이 녹아있다.

그리고 고맙고 사랑하는 친구나 지인, 가족, 동료들이 화자로 등장하고 삶도 깊숙이 녹아있다. 그래서 사장을 시켜버리기는 너무나 아까워서 책으로 묶어서 출간하려고 한다.

난전의 한 귀퉁이에서 채소를 파는 시골 아낙이나 할머니들의 푸념을 들어주듯 필자의 푸념과 인생담을 들어주십사하고 조심스럽게 독자 여러분에게 펼쳐 보입니다.

5

도회지 어두운 한구석에서 낑낑대며 사는 우리 인간들의 삶을 어떠한지 마음 착한 독자 여러분께서 한 번 들어주시면 감사하겠다는 말씀을 드립니다.

　끝으로 필자의 제1소설집이 출간될 수 있도록 지도편달 해주시고 작품 감수를 해주신 샘문그룹에 시인 이정록 교수님께 머리숙여 감사의 말씀을 드립니다. 도서출판샘문(샘문시선)에 편집부, 출판부 임직원님들께도 감사드립니다.

　그리고 사랑하는 저의 가족과 친구와 지인과 의료계에서 평생을 함께했던 동료분들께도 존경과 감사를 드리며, 이 소설집 출간의 기쁨을 함께하겠습니다.

　감사합니다.

2025. 06. 29.

초하지절 대구 서재에서 **권영재** 드림

현실 비판과 삶에 대한 통찰이 깊은 소설

– 『나가사키는 오늘도 비가 내렸네』 소설집에 나타난

– 강소이 (시인, 수필가, 소설가, 문학평론가)

1. 머리말

권영재 님의 제1소설집 『나가사키는 오늘도 비가 내렸네』는 모두 22편의 작품으로 구성되어 있다. 한편 한편이 짧은 엽편 소설이다. 이 속에는 여행기이거나 세상사에 대한 칼럼, 명상록도 들어 있다. 발단-전개-위기-절정-결말이라는 소설의 구성 단계를 갖춘 단편 소설도 있는 서사敍事-story 줄거리가 있는 소설이다. 특히 이 작품은 샘문그룹 산하 계열사 샘문뉴스, 샘문학, 문학그룹샘문에서 개최한 신춘문예 샘문학상 공모전에서 대상을 수상한 소설이다. 권영재 소설가는 2024년에 샘문그룹 산하 계열사 한용운문학, 문학그룹샘문에서 개최한 한용운문학상 공모전 소설부문에 응모하여, 시인 이정록 교수가 추천하고 이근배, 김소엽, 손해일, 김유조 시인이 심사하여 〈한용운신인문학상〉에 당선되어 등단한 수재다.

권영재 님의 직업이 신경정신과 의사이며, 대학교수였던 점을 감안한다면, 그는 의학도다. 세상의 모든 이치를 합리를 따지는 과학적이며, 철저히 실용적인 사고를 지녔을 법하다. 그러나 그는 여행기를 쓰고, 칼럼을 쓰고 소설을 쓴다. 이번 소설집 『나가사키는 오늘도 비가 내렸네』에서 세상사에 대한 통렬한 비판과 현실 인식, 더 나아가 종교 이면裏面에 숨겨진 종교적인 비리까지 맹렬하게 비판하고 있다. 비판력은 이성적인 두뇌 작용이다. 이 소설집에서 주목할 만한 그의 소설 몇 편을 살펴보면, 문학적인 예민한 감수성과 상상력의 증폭을 엿볼 수 있다. 감성과 이성의 양쪽 균형이 돋보이는 작품집이라 하겠다.

2. 작품 들여다 보기

이 소설집의 평설을 쓰기 위해 여러 차례 통독하면서, 〈곤충 공화국〉, 〈고구마 일기〉, 〈금강산의 결투〉, 〈노병은 죽지 않고 사라질 뿐이다〉. 〈민들레로 태어난 사나이〉 등의 작품을 흥미 있게 읽었다. 많은 독자도 공감할 글이다. 그러나 평설 지면으로 허락된 공간이 여의치가 않으므로 주목할 말한 작품 〈나가사키는 오늘도 비가 내렸네〉, 〈태초의 질투 설화〉, 〈감나무 밑에 묻힌 화가〉 세 작품만을 언급하기도 한다.

1) 〈나가사키는 오늘도 비가 내렸네〉

나가사키는 가슴 아픈 도시다. 2016년과 2017년에 필자筆者도 두 차례나 다녀왔기에 나가사키에 관한 이야기는 매우 흥미롭게 읽었다. 그런데, 제6, 7, 8화에 실린 〈나가사키 여행기〉 세 편은 엽편 소설이다. 나가사키를 여행하고 감회를 쓴 여행기를 쓴 시적 산문 소설이다.

그러나 필자는 위의 글을 읽으면서, 몇 년 전에 다녀왔던 나가사키 여행을 추억하며 노코지如己堂와 나가이 다카시 박사 이야기, 평화 공원과 원자폭탄, 조선인 피폭 기념비 등에 관한 글을 여행기로 써서 책을 출간했었기에 간과할 수 없는 글이었다. 감동과 공감이 느껴지는 글이다. 다만, 같은 내용이 글 세 편에 반복되고 있는 점을 수정하면, 훌륭한 여행 수필이 될 것이라 여겨진다.

본격적으로, 〈나가사키는 오늘도 비가 내렸네〉라는 글은 나가사 키를 여행하면서 겪었던 일을 여정 – 견문 – 감상을 넣은 기행 수 필인가 했더니, 미쯔코라는 여성이 며칠간 나가사키 여행을 안내해 주면서 있었던 일화가 담긴 – 스토리가 있는 서사문학이라고 할 수 있겠다. 작가 자신의 체험 소설일 수도 있고, 작가의 상상력으 로 있을 수 있는 일을 작가가 상상으로 빚어낸 fiction일 수도 있 다. 어찌 되었든, 이 글은 소설이 갖추어야 하는 소설의 구성 요소 를 잘 갖춘 문학성 있는 작품이다. 특히 이 작품은 미쯔코라는 여 성의 유년과 결혼, 가족 이야기를 통해서 일제 강점기 때 일본으로 징집되어 온 조선 광부들의 애환을 고발하고 있다. 니사마(군함도)의 비극을 모르는 이들은 없을 것이다.

필자도 나가사키 여행 때 군함도에 들어가 보지는 못한 채, 노 모자키에서 멀리 바다 너머로 군함도를 바라보며 가슴 아파하며 글을 써서 책을 냈던 기억이 있다. 이 소설에서는 군함도에 징집되 어 온 할아버지로 인해 미쯔코가 일본에서 나고 자라 재일교포(자 이니찌)가 되어 살아가는 가족 이야기를 전개하면서, 강제 징집 역 사 – 군함도의 한 단면과 원자폭탄 피폭 때 부친과 삼촌이 살아남 은 이야기, 할머니는 피폭으로 흔적없이 사라진 이야기를 그려내고 있다.

군함도에 들어가면 살아서 나오지 못한다고 하여 지옥도라고 불 렸던 곳. 나가사키에 원자폭탄이 피폭되어 수만 명의 조선인이 사 망한 식민지 역사의 검은 페이지를 '나가사키 여행' 중에 일어난

일 – 미쯔코와의 만남을 통해서 작품 속에 소환해 내는 권영재 작가의 역사의식에 찬사를 보내고 싶다. 이 소설은 "나"가 주인공이 되어 소설을 이끌어가는 1인칭 주인공 시점視點 – point of view을 보이고 있다. "나와 미쯔코"가 몇 일간 나가사키 여행에서 밀착되어 있으면서 서로 친해지고 서로에게 마음이 열려 운젠 여행에서 사랑을 나누는 이야기로 전개된다. 독자들의 흥미를 끌만 한 에로틱한 장면이 묘사되고 있다. 그러나 미쯔코는 3년 뒤 이 소설의 주인공 '나'의 소설 〈녹슨 철모〉와 〈아름다운 사람들〉을 일본어로 번역한 번역본을 소포로 보내온다. 순수한 여성의 사랑의 노작勞作 두 권을 선물 받다니, 여성의 순수한 사랑이 감동으로 결미를 보이는 여운 있는 작품이다.

원자폭탄의 피폭으로 수만 명의 일본인과 일본에 와 있던 중국인, 조선인들이 폭탄의 열화에 불타 사라졌다. 평화를 기원하는 일본인들은 평화 공원을 조성하고 원자폭탄 기념관을 만들었다. 제국주의 침략의 선두에 섰던 일본의 야심, 원자폭탄 투하로 목숨을 잃은 선량한 나가사키 시민들. 조총련 후예였던 미쯔코라는 여성과의 하루 사랑. 그 사랑의 착한 열매로 얻은 번역본. 소설의 구성이 가슴 아프지만 흥미진진하다.

2) 〈태초의 질투 설화〉
이 소설은 조물주 하느님을 작가가 "나"로 설정하여, 천지 창조하던 태초 시기를 시간적 배경으로 설정한다. 태백 동산과 죄짓고 추방된 신들의 귀양처 "시빌래국"이 공간적 배경이다.
창조주(나)는 최초의 인간 응서(남)과 자운(여)를 창조한다. 어느 날 시빌래국에 사는 부류(자운의 애인)가 나타나 자운에게 육체적인 에로스 사랑을 가르친다. 그리고 응서와 자운이 행복하지 못한 결

혼 생활의 원인이 응서가 똑똑하지 못한 탓이라고 자운에게 일러
주며, 태백 동산에 있는 사과(금단의 열매)를 따먹도록 가르쳐 준다.
자운은 부류가 알려준 대로 사과를 따 먹고 똑똑해진 응서와 비로
소 제대로 된 교미(에로스적인 사랑)을 하게 된다. 그 결과 부류는 심
판을 받고 간통죄로 감옥으로 보내지고, 응서와 자운은 태백 동산
에서 쫓겨난다.

여기까지 이야기는 성경에 나오는 아담과 하와의 이야기와 모티
브가 유사하다. 부류의 등장만 더 추가되었다. 그리고 아담과 하와
가 선악과를 따먹고 에덴동산에서 쫓겨난 이야기에 육체적 사랑이
가미되어 독자들의 흥미를 끌고 있다.

태백 동산에서 쫓겨난 자운과 응서는 춥고 배가 고팠기에, 응서
는 돌도끼를 들고 눈보라 치는 겨울 들판으로 나가 먹잇감을 사냥
해야 했다. 빈손으로 돌아오기 일쑤였고, 응서는 "사과"를 따먹고
태백 동산에서 쫓겨난 신세를 후회하기도 한다. 어느 날 자운이 아
들을 낳았으나 응서와 닮지 않았다는 이유로 응서는 더더욱 먹을
걸 구하러 나가니 싫어진다.

응서와 자운의 동굴 앞에는 돼지나 토끼, 노루 고기가 놓여있곤
했다. 부류가 탈옥까지 해서 자운의 집 앞에 놓아두고 가곤 한 것
이다. 비로소 젖이 돈 자운은 갓난아기에게 젖을 먹이곤 했고, 자
운과 부류가 재회한 장면을 보며 응서는 불같은 질투를 느낀다. 응
서는 돌도끼로 부류의 머리를 내리쳤고 부류는 흔적 없이 사라진
다. 자신의 자운과 행복하게 살길 소망하고 동굴로 돌아왔으나, 자
운과 아기도 없어진 텅 빈 상태가 된다. 부류의 등장과 부류가 살
해당해 사라지는 설정은 독특한 발상이다. 어쩌면 부류는 인간 내

면에 있는 "부정적인 정서"라는 실체를 말하고 있는 것일지도 모른다. 우리 인간 내면에 있는 수많은 속 사람 말이다. 사람 속에 도사리고 있는 수많은 감정 – 욕심, 질투, 시기, 경쟁, 이기심, 분노, 우울, 욕망 등…. "부류"는 순간순간 일어나는 여러 가지 감정들의 다른 이름이 아닐는지?

인간에겐 선한 마음과 위에서 언급한 여러 가지 부정적인 마음이 뒤섞여 있기 마련이다. 부정적인 마음을 선택하면 인간의 마음은 어두워질 터이고, 이 소설에서 말하는 태백 동산에서 쫓겨나게 되는 것이 아닐까? "부류"를 없애고 나면 자운과 행복할 줄 알았던 응서에게 남은 것은 아무것도 없는 텅 빈 공허였다. 어쩌면, 응서에게 있어서 "자운"과 "자식"은 응서가 관리해야 할 여러 모양의 자기 자신이었을지도 모른다. 모든 것을 잃어버린 응서! 많은 사유를 하게 하는 깊이 있는 훌륭한 소설이다.

3) 감나무 밑에 묻힌 화가

이 소설 또한 "나"가 소설의 주인공이 되어 소설을 이끌어가는 1인칭 주인공 시점이다. 주인공 "나"는 그림을 그리는 화가畫家다. 군 제대 후 화실을 차려 입시생을 가르치고, 그림을 그려 전시회도 몇 차례 열어 화가로서 승승장구하기도 한다. 친구들과 후배, 부잣집 마나님, 전문직 여성들도 드나들며 친교를 나누며 화가로서의 행복에 젖어 산다. 그러나 주인공은 삶에 대한 권태, 고독, 적개심으로 불면증으로 정신과에 다니기도 한다. 의사는 어린 시절 "나"가 형에게 지속적으로 맞았던 트라우마를 끄집어낸다. "오랫동안 지워지지 않고 긴 시간 내 삶 온갖 곳에 영향을 주고 있었다"라고 했다. 비싼 금액에 그림이 팔리고, 향락가에 드나들고 여인들과 질탕으로 놀아도 "형에 대한 적개심은 생생하게 살아있었고 점점 극으로 달려갔다"라고 했다. 유년 시절에 받은 상처가 "나"의 내면에 깊은 상처로 자리 잡은 것으로 보인다.

주인공의 정신적인 아픔 – 내면의 병은 육신의 병으로도 나타났는지, 급성 간염, 부정맥, 폐암까지 걸리게 된다. 치료를 거부하고 주인공은 결국 죽음을 맞이한다. 죽기 전에 정신 분열로 슬픔의 감정으로 사람들을 싫어하는 대인기피증까지 걸린다. 경제적으로 어려움을 겪어 기초수급자가 된 사실까지 주인공을 더 슬프고 우울하게 했을 것이다. 주인공은 화장火葬터에서 하얀 뼛가루가 되어 시골 조카 집 감나무 밑에 묻힌다. 언뜻 보기에는 이 소설은 삶에 덧없음에 대해 많은 생각을 하게 해주는 마음 아픈 소설로 보인다.

그러나 작가는 소설의 결말 부분에서 "권태와 고독에 맞서 싸워 승리했다"라고 표현하고 있다. 주인공은 업장소멸業障消滅에 힘쓴 결과 반야용선般若龍船을 타고 상락아정常樂我淨의 세계로 옮겨갔다는 행복한 결말happy ending을 보이고 있다. 이 세상에서의 삶이 곧 지옥에서 산 것이었고 업보를 치르는 고해苦海의 바다였다는 세계관을 보여주고 있다. 현생의 삶이 지난 후, 내세를 두려워하는 불안한 마음은 모든 인간의 기본적인 정서일 것이다. 그러나, 작가는 이 소설에서 현생의 삶이 곧 지옥이라는 설정이다. 독특하고 재미있는 상상력의 발상이다. 이 소설대로라면, 우리 인류人類가 현생의 삶에서 겪고 있는 여러 가지 어려운 일들은 결국 업장을 소멸하는 과정이라는 것이다. 선사상禪思想의 불교적인 세계관 – 내세관이 소설 전체에 흐르는 주된 기조基調라 하겠다.

소설 결미에 두 문장은 많은 생각을 하게 한다. 색즉시공色卽是空을 생각하게 한다. 아무것도 집착할 게 없다는 의미이리라.

"천만 가지 생각과 헤아림이 붉은 화로에 한 점의 눈雪이더라"

"흙으로 만든 소가 물 위를 가듯, 사대오온四大五蘊 흔적 없이 사라진다"

3. 맺음말

위에서 권영재 님의 소설집 『나가사키는 오늘도 비가 내렸네』 작품집에 실린 작품 중 주목할 만한 세 작품을 살펴보았다. 〈나가사키는 오늘도 비가 내렸네〉, 〈태초의 질투 설화〉, 〈감나무 밑에 묻힌 화가〉 외에도 돋보이는 작품이 여럿이었다. 현실 비판과 풍자, 칼럼, 사유 철학을 동물과 식물에 빗대어 표현한 작품도 있었다. 특히 불교, 기독교, 천주교의 종교 뒷면을 통렬하게 비판하는가 하면, 정치와 사회에 대한 풍자 비판의 글도 주목할 만하다.

그러나 위에 세 작품은 소설이 갖추어야 할 구성 요소와 문학적인 장치가 잘 구비된 독특한 훌륭한 작품들이다. 아마도 소설 문학의 길이 남을만한 철학적인 깊이가 깊은 작품으로 주목받게 될 것이다. 독자를 가슴에 울림과 긴 여운을 줄 작품으로 평가된다. 앞으로도 좋은 작품을 빚어 선업善業을 쌓으실 것으로 기대된다.

[감수 시인 이정록 교수]

샘문시선 4004

한용운문학상 수상 기념 소설집

나가사키는 오늘도 비가 내렸네

권영재 제1소설집

제 1 화

개싸움

한해는 어느덧 일락서산日落西山하는데 날은 춥고 물가는 높다. 빈익빈 부익부의 격차는 더욱 벌어지고 도덕과 정의는 땅바닥에 전도되니 백성들의 정서는 '살아야 하나 죽어야 하나' 절망적 상황에 이르렀다. 절체절명絶體絶命의 순간, 서울에서 국민들의 사기진작을 위해 깜짝쇼와 개싸움이 풀세트로 시작된다는 반가운 소식이 들렸다. 싸움 개들의 신상을 훑어보니 한 마리는 힘은 세지만 고집투성이며 어리숙한 덩치 큰 '파평 개'다. 또 다른 놈은 덩치는 작지만 약삭빠르고 깡다구로 똘똘 뭉친 '경주 개'다. 이 개들은 이미 싸움판에 이름난 투견들인데 이 년 전, 한 번 맞붙어 싸운 적이 있다. 이때는 파평 개가 이겼다. 그 덕에 그놈은 마음에 드는 암놈과 제 마음 내키는 대로 교미를 할 수 있고 맛있는 사료도 제 마음대로 먹고 개껌을 씹으며 따뜻한 보금자리에 잘 수 되었다. 아니, 그렇게 될 거라고 생각을 했다. 하지만 일이 바람대로 진행되지 않았다. 영악한 경주 개가 그렇게 호락호락하지 않았기 때문이다. 분위기가 이상하게 돌아가기 시작했다. 어느 때부터 경주 개의 심기를 불편하게 하던 잡종 개들이 한 마리, 두 마리씩 차례로 죽어갔다. 결국 다섯 마리가 이유 모른 체, 죽었다. 경주 개는 자신이 보신탕집 가게 생겼다고 울면서 동네방네 짖고 다녔다. 방심한 파평 개의 뒷다리를 물고 늘어진 것이다. 이 울음을 듣고 잡종 견들이 전국에서 스스로 개딸이라 자처하며 모여들었다. 경주 개는 성남 모란 시장 개장수들과 국제 마피아를 만들어 서로, 협업을 하면서 쪽수 모으고 선동하는 훈련을 많이 했다. 그 덕에 패거리 모으는 데는 경주 개를 따를 선수가 없다.

호의호식하리라 생각하던 '파평 개의 꿈'이 일장춘몽一場春夢으로 끝나고 '빛 좋은 개살구'의 고난의 행진은 그렇게 시작이 되었다. 뒷다리가 물려 있으니 아무 일도 옳게 할 수가 없었다. 어디를 가려고 해도 뒷다리에 매달려 질질 끌려오니 마음대로 갈 수가 없다. 경주 개는 제가 물고 있으면서도 큰놈에게 끌려다닌다고 짖어대니 개딸이라고 자처하는 작은 개들이 떼 지어와 함께 짖으며 파평 개의 나머지 뒷다리와 몸통까지 물고 늘어진다. 한동안 승리자 파평 개에게 호의적이었던 사람들도 이 자해공갈 적 쇼에 놀아나 큰놈이 너무 한다며 경주 개의 편을 들기 시작한다. 어떤 종교의 성직자는 큰 개가 죽으라고 미사까지 올리는 판이 되었고 큰 개의 불행한 시간이 시작되자 몇 마리는 벌써 경주 개의 꽁무니를 따라다니는 눈치를 보였다.

며칠 전 사람들이 생각지도 못한 일이 벌어졌다. 심한 민심 이반民心離反과 측근 배신의 공포에 시달리던 파평 개가 갑자기 뒤돌아서 경주 개의 목덜미를 물어 버린 것이다. "어차피 꽃길은 포기했다. 네가 죽고 내가 살든, 내가 죽고 네가 살든, 이판사판. 이쯤에서 결판을 내자"고 파평 개가 결심을 했다. 이제 다리를 문 놈과 목을 문 놈 두 마리 98중에 한 마리는 죽는다. 많은 구경꾼이 무슨 이런 해괴한 일이 있느냐며 모두 놀랐다. 사람들은 이구동성. '파평 개가 바보다. 미쳤다'라며 손가락질을 한다. 이런 소리하는 사람들은 역사 공부를 옳게 하지 않았다는 표시다.

몇 년 전 노무현이 당선이 쉬운 서울 종로에서 국회의원 출마를 하지 않고 떨어질 게 뻔한 부산에 가서 낙선했다. 그때 사람들은 그를 바보라고 불렀다. 하지만 똑똑한 사람들은 그가 큰 그릇임을 알게 되었다. 이렇게 민심을 모은 노무현은 대통령이 되었다. 동양 문화는 선비가 지향하는 최고의 모습은 바보라고 한다. 노태우 아버지도 아들의 이름을 바보 중에서도 특급 바보인 태우라는 이름을 지어 주었다. 그 이름 덕에 대통령이 되었다. 파평 개가 그냥 다리를 질질 끌며 제 갈 길을 끝까지 가지 않고 왜 경주 개를 물고 난리굿을 하냐며 많은 사람들이 그 개를 바보라고 하며 심지어 주요 언론사 기자 중에는 정신이상자 싸이코 라고 하는 사람도 있다. 그러나 파평 개의 속내를 아는 사람은 많지 않다.

내일부터 민주당과 민노총, 개딸들은 촛불을 들고 서울의 밤을 밝힐 것이다. '산 자여 나를 따르라'를 합창하고 MBC와

KBS는 이 소리를 크게 확성하여 전국에 퍼트려 줄 것이다. 냄비 속 같은 이 나라의 교수, 학생, 종교계에서도 얼씨구나, 하고 광화문으로 갈 것이다. 파평 개는 자살할지 모른다고 하는 사람도 있다. 파평 개는 경주 개에게 전화 문자를 보냈다. "나는 아파트, 자가용, 건물 다 팔았다. 너도 팔아라. 우리 중에 하나가 죽자"라고. 이런 짐작을 할 수 있는 증거는 텔레비전의 영상이다. 파평 개가 바보짓으로 자해공갈을 하면 경주 개는 행복한 나머지 온 얼굴에 웃음을 짓고 온화한 목소리로 파평 개를 타이르며 어른스러운 모습을 보여야 자연스럽다. 그러나 예상외로 경주 개의 표독한 표정과 독오른 목소리들 들으면 매우 당황했다는 느낌을 받는다. 경주 개는 파평 개의 전화 문자를 받고 그의 계략을 알아챘기 때문이다.

며칠 전 파평 개가 비상계엄을 선언하고 내란을 일으켜서 부하들이 여의도와 선관위 좌판에 쳐들어갔다. 군사들이 내적 갈등을 일으켜 여의도에서 어물어물하다가 여의도 위정자들이 모여 계엄 해제 표결을 하자. 반란은 우습게 끝났다. 성동격서聲東擊西의 전술을 모르는 사람들은 파평 개를 바보라고 부른다. 그가 노린 곳은 선관위 좌판이다. 여의도에 몰려 경주 개 무리가 짖어대며 군사들을 달래서 계엄을 끝내게 했다고 의기양양할 때 파평 개 부하들은 선관위 금고에서 모든, 문서들을 다 들고 튀었다. 이 자료에서 그가 생각한 증거가 나오면 경주 개 무리가 전부 사살해서 보신탕집으로 가게 된다. 몇 달 그 조사가 진행되는 동안 국민은 너나 나나 촛불을 들고 내란을 종식시키고 자신들의 기본권을 사수하기 위해 난리를 피울 것이다.

파평 개는 우리 조국을 떠올리고 있을 것이다. 우리 조국이 한창 인가가 오르고 문파의 총애를 받다가 자식의 대한 사랑이 너무 지나친 것이 알려져 금수저 파동이 일자, 어느 날 갑자기 죽일 놈으로 전락 되었다. 그러자 그의 수호자들이 서초동에 좌판을 펴고 우리 조국 수호를 외쳤다. "딱 보면 100만"이라고 치켜세우던 MBO 방송의 보도국장의 명언이 이때 나온다. 그러나 반동 현상이 일어난다. 며칠 뒤 태극기 부대가 모여들었다. 극단주의자들은 더 많다고 나팔을 분다. 우리 조국 수호는 빛을 잃고 가족이 파평 개파 검패들의 의해서 몰살한다.

파평 개가 생각하는 것은 바로 이 장면일 것이다. 최대한 바보처럼 보이고 밟히고 또 밟히는 비참한 모습을 보이는 것이 그의 책략이다. "실패한 반란"도 계산된 전략이라 자평한다. 경주 개들이 한두 달 정도 최대한 기승을 부리고 승리의 찬가를 부를 것이라며, 그들의 쾌락이 절정을 지나면 측은지심惻隱之心을 가진 상식적이고 정의로운 국민이 서초동 촛불 때처럼 몰려나올 것이라고 봄 꿈을 꾼다. 그의 일장춘몽이 끝나고. 지지파 쪽수도 망하고 선관위 좌판 자료도 맹탕이다. 이르러 파평 개는 처참한 최후를 맞는다.

이제 죽으면 된다. 사나이로 태어나 두 번 죽느냐 말이다. 모든 것을 노름판에 쏟아부은 파평 개의 용기와 고독을 현명한 사람은 알 것이다, 라고 꿈을 꾼다. 국민은 연말 년 시에 벌어지는 개싸움을 즐기며 자기가 편드는 개의 승리가 오기를 하느님께 빌면 된다, 라고 선동한다.

여몽연합군麗蒙聯合軍의 침공에 멸망 직전에 놓였던 일본 국민은 간절한 기도를 올렸다. 하늘이 감응하여 신풍神風(가미카제)을 불어주어 여몽 연합군은 후쿠오카 앞바다에 빠져 전멸하였다. 이 신풍, 가미카제처럼 파평 개도 신풍이 불어줄 거라고, 재갈공명처럼 불어라 동남풍을 외친다.

춘몽이 깬 뒤 뒤 광란의 쇼가 끝나고 파평 개가 위대한 바보였는지 순수 바보였는지, 진품인지, 가품인지 가려지는 시간이 올 것이다.라고 기도했지만, 파평 개의 파멸로 끝난다.

- 주문, 오성별을 파면한다.

제 2 화

검붉은 입술

심정지 된 환자의 심장 마사지가 끝나고 중환자실 간호사 이지연은 치솟던 고혈압 환자에게 주사를 준 뒤 피곤한 몸을 의자에 앉힌다. 차 마실 물을 끓이며 책 한 권을 꺼낸다. '에리히 프롬'의 '사랑의 기술'이다. 오늘은 위중한 환자가 없어 최근에 산 책인데 처음 책장을 넘겨 본다. "고독이라는 유전인자를 안고 살아갈 수밖에 없는 우리 인간에게 사랑만큼 소중한 자본이 어디 있을까? '이처럼 귀중한 사랑도 원석을 그대로 두면 아무 소용이 없다'고 저자는 이른다. '목공이 나무를 여러 번 다듬는 것부터 배우듯이, 아기가 여러 번 넘어지면서 이윽고 걸음을 걷듯이 사랑도 부지런히 갈고 닦아야 한다'고 저자는 설득력 있게 제시한다." 뻔한 이야기를 평론가가 심각하게 머리말에 써 놓았다.

"이 책 누가 줬어?" 언제 나타났는지 심폐소생술을 마치고 의국으로 가던 여자 의사가 덜컥 옆자리에 앉아 지연이 타 논 커피를 제 것인 양 마시며 그 책을 빼앗듯이 가져가 제목을 훑어본 뒤 말한다.

"지연 씨 잘 보이고 싶은 남자 생겼나 봐. 이 책 봐 봤자 별 도움 안 돼. 남녀의 연애하는 기술을 써놓은 책이 아니거든. 삶의 방향을 제시한 책이야. 프롬은 진정한 사랑의 길 즉 행복한 삶의 실현은 소유와 집착에서 벗어나 존재의 삶을 추구하는 데서 이루어진다고 주장하는 거지. 이 책 다시 읽어보고 싶던 차에 잘됐네. 당신이 원하는 사랑받는 여자가 되는 책은 다시 사 줄게. 이 책 내가 가져간다." 그날 밤 당직 의사의 심술로 책을 빼앗긴 이지연은 프롬의 사랑 기술을 배우지 못하고 말았다.

이지연이 연한 분홍색 립스틱을 살짝 바르고 출근했다. 그날 이후로 간간이 립스틱 바르고 출근하는 날이 늘어났다. 어떤 때는 어울리지도 않는 검붉은 색의 립스틱을 바르고 온 적도 있었다. 미혼의 간호사가 립스틱을 바르면 남자가 생겼다는 신호였다. 머지않아 그녀들의 화장은 입술에서 얼굴로 확장 되어 갔다. 그러다가 어느 날부터 병원을 나오지 않는다. 결혼했기 때문이다. 이지연의 분홍색 입술도 그런 절차의 시작일까? 주변 사람들은 말없이 자주 그녀의 얼굴 변화를 바라보았다. 시간이 지나자, 화장이 입술에서 얼굴 전체로 확장되었다. 그러나 다음 과정으로 진행되지는 않았다. 이지연은 계속 병원에 출근했다. 그녀는 화장하지 않아도 예쁜 얼굴이다. 퍼머도 하지 않고 생머리를 고무줄로 그냥 묶어서 다녔다. 자연스러운 모습이 매력을 주는 여자였다. 스스로 은근히 그런 미를 즐기고 다니는 것 같기도 했다. 얼굴 화장과 결혼은 연관성이 없는 행동인 것 같았다. 왜 하지도 않던 그런 화장을 하는 걸까? 단지 얼굴을 예쁘게 보이려는 의도만 있는 것 같지 않다. 뭔가 딴 이유가 있어 보였다.

어느 날 기숙사의 한방을 쓰는 동료 정난아 간호사가 물었다. "지연 씨 뭘 좀 물어봐도 돼?"

"왜 갑자기 정색을 하고 그래, 언젠 동의받고 질문했어?"라고 물어보라는 의도를 보였다.

"자기는 원래 예쁜 얼굴이잖아. 화장하지 않아도 원래 남자 직원들이 더 침을 흘렸지. 호호 남자 친구가 화장하래?"
"그 건 아냐? 왜 화장하는지 알고 싶어?" 난아는 웃으며 묻는데 지현은 얼굴이 어두워지며 대답한다.

"아냐. 정 반대야. 화장하지 말라고 해. 이 건 뭐 농담이고 뭐 별다른 이유가 있는 건 아냐. 세상 살기 싫어졌어. 기분 좀 전환해보려 그런 거지"

대화가 이상하게 흘러가 버리는 것 같아, 분위기 서먹해졌다. 대화가 중단된다. 둘은 서둘러 저녁 번 근무하러 병실로 내려갔다. 정난아는 뭔가 지피는 게 있어 그 사실을 확인하고 싶

있다. 다시 말하자면 이지연이 유부남 의사 백민우와 그렇고 그런 관계라는 떠도는 소문을 전해주고 그녀의 의논 대상자가 되고 싶었던 것이다. 에리히 프롬은 사랑의 기술에서 말했다. "참된 겸손, 용기, 신념, 훈련이 없는 한 개인적인 사랑도 성공할 수 없다. 정신을 집중해서 인내하고 최고의 관심을 상대에게 보이는 것이 사랑이다" 뭔가 자연스럽지 않게 변해가는 이지현의 모습에서 주위 사람들은 그녀가 뭔가 불안한 곡예 운전을 하고 있다는 느낌을 받는다. 삶의 방식을 자신의 감성에만 의지해서 사랑의 방법을 그렇게 실천하고 있는 것은 아닐까 하는 의심도 해본다. 자신이 감당할 수 없는 커다란 파도에 휩쓸려 손으로 허우적거리며 떠내려가는 사람처럼 보인다.

그녀의 본 성격은 잘 웃고 정이 많고 애교스런 여자다. 이 병원에 입사하여 한동안 지방 대학 출신이라 힘들었다. 서울말 익히느라 애를 먹었고 간호 기술을 배우느라 고생했다. 대학병원의 간호사 삶은 인내하고 굴욕을 견뎌 내야 하는 감당하기 어려운 시간이었다. 그런 생활은 그녀의 본성을 움츠러들게 만들고 이윽고 웃음을 사라지게 했다. 따라서 애교도 수면 아래로 가라앉게 했다. 한동안의 그런 시간이 지나 생활에 익숙해지자 드디어 조금씩 그녀의 옛 행동이 되살아나기 시작했다. 다시 명랑해지고 행동이 활발해지고 있었다. 하지만 이지현의 그런 화사한 행동은 오래가지 못했다. 다시 웃음이 사라지고 표정도 굳어지기 시작했다. 이지현의 얼굴 화장의 시작은 이 무렵부터였다. 어느 날 기숙사에서 혼잣말인지 "나 그만둘래" 이지연이 그렇게 중얼거렸다. 정난아 간호사가 "무슨 소리 하는 거야?"하며 말을 거든다. 안 하던 화장을 하는가 하며 잘

가지도 않던 오빠 집에서 가끔 자고 오는 날도 있어 정말로 오빠 집에서 자고 오느냐고 묻고 싶은 말이 많던 그녀다.

"난아 씨. 사랑이란 따뜻한 것이야. 고독을 녹여주고 타인을 포옹해 주는 그런 것이지. 그치?" 느닷없는 사랑 타령이다. 좋은 기회가 왔다는 생각에 지연은 웃으며 동의하는 눈빛을 보낸다. 질문한 뒤 대답할 틈도 주지 않고 잇달아 혼자 말을 이어 나간다.

"하지만 때로는 그것은 사람의 가슴을 도려내고 불면의 밤을 겪게 되고 웃음을 잃게 해주는 악마의 발톱이기도 해."

"얘 말 어렵게 하지 말고 쉽게 좀 해봐"

"난 낚시 바늘을 문 물고기야."

지연이 더 이상 말하지 않아 둘의 대화는 이어지지는 않았지만, 정난아의 의문은 대충 풀렸다. 금단의 열매를 삼켰구나, 그것도 깊이 삼켰구나. 떠도는 소문이 사실인 것 같았다. 상대가 백민우 의사라는 이름까지 아는 사람은 알고 있다. 이지현은 메마른 미라가 되어가고 있었다. 삼킨 바늘은 창자를 여기저기 찌르는 듯 보였다. 백민우와 사랑의 몸짓에서 깨물려 멍들은 입술은 짙은 립스틱으로 감추어지지만, 찢어진 가슴은 무엇으로도 가릴 수가 없었다. 비번 날 기숙사에서 텔레비전을 틀었다. '탄야 테츨라프'가 바흐의 '무반주 첼로 모음곡 4번'을 연주하고 있다. 최근에는 팝송보다 클래식이 마음의 평화를 준다. 이 여자 첼리스트는 '고통받는 세상을 위한 모음곡'을 시리즈로 엮어 연주하고 있다고 한다. 이지현은 자신과 같은 인간들을 위한 캠페인처럼 느껴졌다. 화면에는 폭격으로 폐허에서 울부짖는 여자와 피 흘리는 애들이 보인다. 빙하가 줄어들고 있는 알프스 계곡에서, 트럭이 모래는 퍼가고 있는 독일 바닷가에서 그리고 산불로 폐허가 된 프랑스의 산속에서 첼로를 연주를 하는 모습이 번갈아 나타난다. 인간의 비극을 첼로의 4줄로 녹여주려는가 보다.

탄야는 행복한 주인공이다. 편안히 앉아 연주만 하면 된다. 그 행사를 위해 카메라와 조명과 오디오 기계를 메고 험난한 계속을 기어오르는 방송사 직원들의 모습은 화면에 없다. 모래를 퍼담는 인부와 트럭 운전수들은 지구의 파괴에는 관심이 없는 무지렁이며 파렴치한 인간들로 보인다. 돈만 생각한 나머지 지구 훼손의 하수인 노릇이나 하는 하급 인간으로 여겨지게 한다. 캠페인은 목적과 달리 위로를 받아야 될 인간들에게 오히려 고통을 주고 있었다. 이지현은 아무도 도와주는 사람 없이 혼자 연주하고 있다. 공연장까지 대려 다 줄 운전사도 없고 무대에 의자를 갖다 줄 사람도 없고 조명도 없다. 연주가 끝나도 환호하고 박수 쳐줄 관객도 없다. 백민우와 헤어져 돌아온 기숙사 방의 어둠은 이지연을 깊고 검은 지옥에 떨어뜨려 주는 고통을 맛보게 한다. 인간의 사랑은 부럽고 달콤하고 아름답게 보인다. 하지만 그 사랑이 이루어지고 또 유지되기 위해서는 보이지 않는 곳에서 온갖 고통과 위선과 모순이 뒤범벅되어 있다는 것을 이지연은 이제 실감하고 있다. 자신이 병원 내에서 길바닥에 날리고 있는 노란 신문의 가십거리 철면피 주인공으로 변하고 있다는 것을 느낀다. 그녀는 고통에 몸부림을 치고 있는데 부모들은 결혼하라고 채찍질한다. 주변의 선후배들도 고통 주기는 마찬가지다. 자극이 더해질수록 결혼할 생각은 더 멀어지고 있다. 오히려 백민우에게 더 달려가게 된다. 바늘 달린 금단의 열매는 뱃속 깊이 들어가 박혀 버렸기 때문이다. 멍든 입술은 립스틱으로 가렸다. 짙은 립스틱 색깔은 전날의 격렬한 사랑의 몸부림 흔적이었다는 사실을 주변에서 눈치채게 되었다. 선배들은 불장난이라며 꾸짖고 어떤 사람은 백민우의 노리갯감이라고 충고했다. 부모들은 그래서 빨리 결혼시켜야 된다고 조바심쳤다.

남자를 소개받아 자리에 앉아 있으면 자신은 바람피우는 배신자란 생각이 든다. 그런 감정이 다음 행동으로 진행을 막고 만다. 이지연은 연주하면서 무대의 조명과 음향까지 혼자 도맡아 한다. 너무 버겁다. 이 정도면 더 이상 공연이 진행될 수가 없다. 이 고통은 사랑의 심포니가 이쯤에서 중단되어야 한다는 시그널이다. 하지만 그녀는 더욱더 그 수렁속으로 들어간다. 외박의 횟수를 늘인다. 죽음의 구덩이가 더 편하기 때문이다. 화장은 더욱 짙어지고 얼굴은 요염한 아름다움을 꽃피운다.

"이지현 다 이해를 한다. 과장으로서가 아니라 선배로서 충고한다. 이쯤에서 그만둬. 나도 너처럼 그런, 사랑 해본 적 있어. 하지만 지나고 보니 그 건 잠깐의 불장난이었어. 불나방은 결국 타죽어, 남의 것 빼앗아야 사랑이 결실을 볼 수 있을까?"

"사랑과 도덕은 다른 차원의 이야기가 아닌가요? 사랑에는 원래 그런 장애는 있지 않나요?"

"휴! 이 멍청한 인간아. 그런 사랑이란 소설에서나 나오는 헛소리들이야. 작가들이 지어낸 공상의 세계란 말이다. 너의 사랑은 흔해 빠진 불륜에 지나지 않아. 처음에 달콤하지 않는 연애가 어디 있겠어? 아름답지 않는 사랑이 어디 있겠어? 하지만 폭풍이 끝나면 추악한 허무만 남더라. 이제 병원 내에서도 아는 사람은 다 알아. 넌 원래 착하고 예쁜 여자였잖아. 더 이상 추해지기 전에 처음의 너로 돌아가야 돼, 연극은 끝났어. 더 시간 끌다가는 둘 다 망신당하고 쫓겨난다." 간호과장에게 경고를 받았다.

"지연아 고향 가자. 너 서울 와서 사람 버렸다. 이제 집에 가자" 아버지가 병원에 와서 애걸한다. 어머니는 아무 말도 못하고 손을 잡고 울기만 한다.

여자의 분홍색 립스틱이 짙은 붉은 색으로 변하자, 그녀의 주변 색깔도 변했다. 그날 밤 여자 의사에게 에리히 프롬의 책을 빼앗기지 않고 열심히 읽었다면 과연 집착하지 않고, 소유하지 않고 존재의 사랑만 할 수 있었을까? 그래서 행복하게 살고 있었을까?

"난 시집가지 않아. 죽으면 죽었지 고향에 가지 않을 거야."

"넌 하나님의 딸이잖아? 너가 뭐가 아쉬워 남의 것을 탐하는 거니? 너 눈에 보이는 건 악마의 그림자일 뿐이야."

"신부님이 사랑은 아름답고 숭고한 거라고 했어. 끝까지 해보라고 말씀하셨단 말이야. 내가 뭘 잘못하고 있는데" 석고같이 굳은 표정의 그녀가 힘없이 중얼거렸다.

"야 이것아. 넌 지금 딴 사람의 가슴에 못을 박고 있단 말이야. 죄를 짓고 있는 거야."

"아버지 나 한강 물에 뛰어들 거야."

이지연은 병원에서 보이지 않았다. "언니 나 예뻐?"하고 까불대던 소프라노 목소리는 더 이상 들을 수 없었다.
"지 까짓 게 뭔데?"하고 이따금 혼자 중얼거리던 이지현은 없어졌다. 병원은 조용했다. 온갖 소문이 나돌았다. 한강에 투신했다, 고향 갔다, 결혼했다, 그러나 누구도 확실하게 아는 사람은 없었다. 사람은 눈앞에 보이지 않는 사물에는 관심이 없기 때문이다.

[먼 훗날 펼쳐진 편지. 편지 1] - 사랑의 시작.

집 앞 창밖 야산에 드는 햇살이 따스하게 느껴지는 날이에요. 오늘은 작은 아이가 동계 야영을 갔다 오는 날인데 오는 시각 맞추어서 학교에 가야 돼요. 먼 길 다녀오는데 아무도 안 나가면 섭섭해하곤 해요. 아주 배려를 많이 해주어야 하는 딸이에요. 밖에 나가서도 작은 아이를 생각하면 즐거워요. 사랑스럽고 귀여운 아이예요. 보셨다면 내 말이 맞다고 하실 거예요.

당신은 어느 날 도망치듯 내 곁을 떠나갔어요. 하긴 간다고 말은 했지요. 하지만 말했다고 그냥 떠나지는 않을 거라고 나는 믿었어요. 배신당했다는 생각이 들었어요. 하지만 이제 다 지난 일이에요. 언제가 우리가 한 하늘 아래, 같이 있었다는 사실을 비석처럼 남기고 싶었어요. 당신에게 줄곧 우리의 사연을 써보아야겠다는 생각이 머릿속을 떠나지 않고 맴돌고 있었어요. 아주 오래전 또 무어라고 머릿속에서 이야기하려고 생각했지만 어디서부터 시작할지 실마리를 생각인지 써야 할지도 잘 모르겠어요. 앞뒤가 맞는 이야기인지 뱅뱅 대고 있어요.

병원 밖에서 당신과 우리가 처음 만났을 때가 언제인지는 확실한 생각은 나지 않아요. 하지만 맨 처음 만났던 장소는 기억해요. 신촌 창신동 어느 상가 안에 있는 찻집이었지요. 당신은 그때 이미 마음속이 혼란스러운 상태였어요. 자재 하다가 나에게 만남을 청한 거죠. 저는 그때는 아주 철없는 시절이었어요. 그때는 이렇게 오랫동안 힘들게 살지도 모르고 그저 좋기만 한 한때였어요.

당신은 중환자실 첫 대면 때부터 나에게 호의적이고 자상한 사람이었어요. 내가 좋아할 만한 조건을 가지고 있었어요. 순수하고 유식하고, 유모가 풍부한 사람이었어요. 내가 좋아하는 조건을 거의 다 갖춘 셈이었지요. 나중에 정신 옳게 들고 보니 당신은 하긴 무뚝뚝하고 감정을 조절할 줄 모르는 단점이 있었는데 그때는 그게 작은 티끌처럼 느껴졌어요. 사실은 결혼했다는 것과 아내를 매우 사랑한 사람이었다는 것. 우리가 사랑할 수 없는 큰 단점을 가진 사람이란 걸 알지 못했어요. 내가 왜 그렇게 철이 없었을까요? 한 남자가 한 생을 살면서 가장 사랑하는 사람과 아이를 가진 것으로 행복하였을 텐데 그 속에 그 마음속 귀퉁이를 차지하려는 나는 너무 철이 없었어요. 지금이라면 그렇게 하진 않았을 텐데, 그렇게 후회할 일을 만들지는 않았을 텐데,

신촌 병원에서 당신과 함께한 몇 년은 행복했어요. 당신을 수시로 만날 수 있었고 당신을 느낄 수 있었으니까요. 중환자실, 복도, 외국의 회의실, 식당, 연구실, 병원 구석구석 어디서도 당신을 만날 수 있었지요. 같은 공간에서 함께 산다는 것 함께 숨을 쉬고 있다는 것 그리고 나를 바라보는 따스한 눈길을 느낄 수 있다는 것 모두가 행복했어요. 내가 변덕을 부리고 토라질 때도 당신은 웃으며 나를 사랑해 주었어요. 그런 시간 당신은 심신은 시간이 지난 복숭아 속살처럼 녹아내리고 있다는 사실을 몰랐어요. 아니 알았어요. 그러나 애써 눈을 감고 잊으려고 안간힘을 썼어요.

[편지 2. 사랑할 때]

지난번 편지를 쓰다가 더 이상 말을 이어 나갈 수가 없었어요. 조금 시간이 지나갔어요. 오늘은 작은 아이가 편도선 수술을 했어요. 지금 수술하고 병실에 있는데 통증이 조금 가라앉았는지 자고 있어요. 창밖은 어느 사이 어두워지고 귀가를 서두르는 차들로 길이 막혀 있군요. 해가 지면 누구든지 쉴 곳, 돌아갈

곳, 몸담을 곳을 찾고 거기에서 평안함을 느끼고 쉬고 해요.

그때 병원에서 당신을 보고 있을 때의 당신이 세상에서 제일 멋있고 모든 게 내 마음에 들었다는 사실 알고 계셨나요? 당신은 어디에나 어느 곳에서 나와 함께 하셨어요. 못된 성격을 가진 그 모든 부분까지도 당신은 나를 사랑했었지요. 늦은 밤 중환자 처치를 끝내고 가는 당신의 모습을 보고 난 후에야 잠이 들 수 있었고, 고궁을 같이 걸을 때도, 한강 둑에 함께 앉아서 해지는 저녁놀을 보고 있을 때도, 어느 이름 모를 골목길을 걸을 때 보였던 당신의 모습도 나에게 뚜렷하게 남아 있어요. 당신이 멀리 출장 가 장거리 전화할 때 전화국에서 신청한 사람을 부르면 저는 한참 동안 통화할 수가 없었어요. 가슴이 두근거려서 말할 수 없었기 때문이지요. 당신의 목소리를 듣고서, 당신의 시선만 받아도 저는 대단한 사람처럼 콧대가 높고 의기양양하고 자신감에 차 있었지요.

그 어느 해인가 당신이 내 곁을 떠나야 한다고 말한 뒤 어느 날 훌쩍 떠나 버렸어요. 당신이 떠난 병원 중환자실, 응급실, 수술방, 연구실에서 떠난 당신의 모습을 찾고 기억하려고 몇 번이나 그 곳을 들락거렸는지 몰라요. 내방 머리맡 베개가 얼마나 눈물로 적셨는지 당신은 모르시죠? 저는 그때 참 많이 울었어요. 그렇게 떠난 당신이 야속했고 그렇게 보내버린 내가 얼마나 야속했는지 몰라요. 이제 시간은 그렇게 많이 지나버리고 우리는 변했어요. 며칠 전 '메디슨 카운티의 다리'라는 영화를 봤어요. 로버트가 떠나는 장면이 나오는데 한참 울었어요. 제가 눈물이 많아요. TV 연속극에 슬픈 사건이 나오면 아이나 아이 아빠가 미리 휴지를 갖다가 줘요. -또 운다고 놀리면서. 그리고 얼마 뒤 '조개 줍는 아이들'이라는 책을 읽다가 또 울었어요. 당신도

34

한 번 보시길 권해요. 내가 죽지 않고 현실에 견딜 수 있었던 건 천주님과 독서의 덕이라고 생각합니다.

[편지 3. 헤어질 때]

지난번에 편지를 쓰다 숨이 막혀서 중단하고 말았어요. 이제는 다시 쓰질 못할 편지라고 생각해서 오늘 못다 한 말을 다 하고 끝내려 해요. 그동안 시간이 많이 갔구나 싶어요. 그 모든 일들을 기억하기에 살고 싶지않는 시간이에요. 이제는 이렇게 살고 싶어요. 지나가 버린 시간에 연연하지 않고 이 생활에 물혀서 그냥 살고 싶어요. 당신에 대한 그 모든 기억을 가슴속 깊이 눌러 놓어 있고 살고 싶어요. 아무도 누구에게도 들키지 않고 나에게 조차도 들키지 않게 내 마음 깊은 곳에 간직한 체 영원히 가지고 있을게요. 우리는 참 좋은 만남을 가졌지요. 우리는 아마 전생에 헤어지지 못할 연인이나 부부였든지 헤어지지 못할 인연이었을 거에요. 그러기에 이렇게 질긴 인연의 끈을 가지고 있겠지요. 그렇게 사세요. 끊어지지 않은 인연의 끈에 연연하지 말고 가슴속 깊이 묻어버리세요.

아아. 죽은 후에 당신과의 인연이 이어진다면 그때는 떠나겠다고 하지 마세요. 모든 일들을 마음에 깊이 담아두세요. 소중한 것일수록 귀한 것일수록 입 밖에 나오면, 마음에서 나오면 그 순간 다 잃어버릴 거에요. 당신도 그렇게 하세요. 잃어버리지 않도록 깊은 곳에 소중히 간직하세요. 그 질긴 인연의 끈을 당신과 나만 가지고 있다는 생각을 하면 마음이 훈훈하고 편해지실 거에요. 저는 당신이 편했으면 좋겠어요. 현실적으로 만족하고 편해 보였으면 좋겠어요. 당신은 내가 제일 사랑한 사람이 있었어요. 추억 간직하세요. 저도 마찬가지예요. 다음 생에서 좋은 조건으로 만나요. 그때는 옛날처럼 마음에도 없는 빈정거리고 자존심 강한 이야기는 하지 않겠어요. 당신도 하지 마세요. 이제 이별의 시간입니다. 마음 편히 지내세요. 당신 마음 불편하면 저도 불편해요. 평안하세요. 안녕.

[편지 4. 추신]

편지를 써놓고도 부치질 못했어요. 읽어봐도 횡설수설이라 잘한 건지도 모르겠고. 일단 썼으니까 그냥 부칠게요. 저에게는 회답 보내려 하지 마세요. 무언가 간직해야 한다는 사실이 부담스럽고 죄스러워요. 이해하시리라 믿어요. 이제 다 끝났네요.

안녕.

제 3 화

고구마의 일기

　사람들은 나를 '고구마'라고 부른다. 하지만 그 건 못생겼다고 놀리는 아주 듣기 싫은 별명이다. '야고보'라는 좋은 이름이 있지만 아무도 불러 주지 않는다. 고향은 S.O.S 마을이다. 태어난 곳은 길거리 쓰레기통 옆이다. 새벽기도 가던 어떤 신자가 주워서 S.O.S 마을 총무 수녀님에게 갖다 주어 그곳이 내 고향이 된 것이다. 초등학교 다니던 중 어느 날 담임선생님이 "고구마는 내일부터 학교에 그만 와"라고 했다. 그 말을 전해 듣고 엄마도 학교 가지 말라고 했다. 내 이름이 살아진 것은 학교에서 공부 못한다고 쫓겨나는 그 무렵부터인 것 같다.

　딴 고아원 출신 친구에게 들어보니 천주교에서 경영하는 S.O.S 마을은 좋은 고아원이었던 같다. 그곳은 수십 개의 가정으로 나누어 애들을 수용하고 있다. 우리 가족은 1녀 3남으로 이루어져 있었다. 맏이는 '정진' 누나로 우리 마을에서 가장 예쁘고 공부도 잘했다. 우리 집에서는 누나라기보다 이모처럼 일하고 동생들을 돌보았다. 둘째부터는 아들인데 맏아들인데 잘생겼다고 '성일', 셋째는 머리가 좋다고 '수재'라고 불렀다. 막내인 내 이름은 '야고보'였다. 엄마는 시집도 가지 않고 평생을 고아들을 돌보며 살았다. 때로 회초리도 들었지만 내가 잘못해서 맞는 거니까 맞아도 맵지가 않았다. 정진 누나도 우리 형제들을 자주 혼내었다. 그래도 나는 정진 누가가 최고로 좋았다. 굶주림 없고 사랑받던 이 시절이 내 인생에서 가장 행복했던 때인 것 같다.

15살이 되자 S.O.S 마을에서 다 컸다며 나가라고 했다. 돈을 조금 받아 시내로 나갔는데 그날로 양아치들에게 돈을 빼앗기고 거지가 되었다. 쓰레기통도 뒤지고 얻어먹기도 하며 며칠 지내다가 엄마에게 찾아갔다. 엄마는 "내가 잘못했다"라고 울면서 혼잣말을 했다. 며칠 동안 엄마 집에 있었다.

"네가 배운 게 없어 일할 곳이 없었던 거야. 하지만 천주님이 도움을 주셔서 좋은 자리를 마련했으니까 거기서 딴마음 먹지 말고 일하고 기도하며 살아야 해. 신부님, 수녀님 말씀만 잘 들으면 야고보는 행복하게 살 수 있어. 거기에는 성일이가 사무장하고 있으니 든든한 힘이 되어줄 거야."

간 곳은 수녀님들이 운영하는 무료 급식소였다. 급식소 옆에 성당과 자선병원이 있었는데 식당과 성당의 허드렛일을 하는 것이 나의 일이었다. 본당 안젤모 신부님은 유럽 유학을 가서 박사학위를 따고 갓 귀국한 학문이 높은 분이었다. 하지만 성당 일은 초보여서 서툰 게 많았다. 게다가 성질이 급하고 여유가 없어 늘 허둥대고 실수를 자주 했다. 하지만 그런 작은 단점들이 닳아빠진 신부들보다 순수하게 보여 오히려 정이 많이 갔다. 신부님은 주교님이 무료 급식소 일을 확대하고 자선진료소도 발전시키며 지역 주민들에게 파고드는 선교를 하라는 지시를 받았다고 한다. 신부님은 아직 세상 물정이 어두워도 사무장 성일이 형이 모든 일을 다 해주는 덕에 무난하게 사업을 해 나가는 것 같았다.

"야고보야 너 전파사 가서 가요 테이프 몇 장 사 와라." 하며 신부님이 돈을 주었다.

"왜 신부님 미사 때 가요 부르게요?"
"아니야. 성지 순례 때 부르려고 그래. 신자들하고 성지 순례 자주 가잖아. 그런데 성지서는 그렇게 엄숙하던 신자들이 돌아올 때는 버스 속에서 난리굿을 하는 거야. 술 마시고 춤추고 노래 부르고 껴안고 블루스를 춘다. 나는 그런 분위가 역겹고 이중인격자들 같아 성지 순례는 지옥 가는 기분이야. 그 사람들은 내가 저희와 같이 어울리지 않는다고 건방지다고 욕한다잖아. 그렇다고 성지 순례를 안 갈 수도 없고." 신부님은 틈틈이 테이프를 들으며 공부해서 드디어 조용필 노래 몇 곡을 가사 보지 않고 부르게 되었다. 음치들의 특징은 꼭 어려운 노래를 자신의 18번으로 만드는 것이다. 안젤모 신부님 역시 그 법칙을 벗어나지 못한다.

어느 날 오후 초라한 행색의 대머리 남자가 급식소에 나타났다. 급식 시간이 지났으니 내일 점심때 오라고 수녀님들이 돌려보내려고 하자 그 대머리는 화를 내려 버럭 고함질렀다. "사람 똑똑하게 봐. 나도 보시하러 왔다고" 그의 손에는 조그마한 자루가 한 개가 들려 있었고 일행 너댓 사람이 뒤에 서 있었다.

"'숙녀님'들 내가 거지처럼 보여요?" 차라리 아무 말도 하지 않았으면 거지로 보지 않았을 데 이런 말을 듣자, 수녀님들은 이들을 불량자로 치부하게 되었다. 양아치들은 수녀님들을 존칭으로 '숙녀님'이라고 흔히들 부른다. 그리고 주로 밥 때가 지난 시간에 온다. 어떨 때는 술에 만취되어 밤중에 와서 문을 발로 차며 밥상을 차리라고 한다.

"내 뒤에 이분들은 기자님들이고 나는 스님인데 '숙녀님'들에게 보시하기 위해 쌀을 갖고 왔어요. 책임자를 좀 만나게 해주셔" 결국 신부님을 만났고 신부님 성격에 주먹이 올라갔을 법도 한데 기자들이 왔다고 하니 최대한 얼굴에 미소를 지으며 인자한 표정으로 면담하였다. 결국 조그마한 쌀 한 봉다리를 주고받는 모습을 많은 사진을 찍은 뒤 그들은 돌아갔다.

"아! 참는다고 힘들었다. 나는 코메디언 이기동 닮은 그 중이 양아치인 줄 알았거든 알고 보니 양아치가 맞았어. 하지만 기자들이 함께 있는데 어떻게 참았지. 나도 용해.”

다음 날 신문에는 대서특필로 천주교와 불교의 만남이란 기사에다 사진을 곁들여 성당과 병원과 급식소가 실려 있었다. 양측이 손해나지 않는 거래였다. 이렇게 소문이 난 뒤 세월이 흐르자, 스님은 “사형수의 아버지, 김일중 스님”이란 별병을 얻게 되며 전국적 인물이 되고 신부님은 “가난한 자의 목자, 안젤모 신부님”이란 이름으로 텔레비전에 특집으로 등장하고 이윽고는 대통령 표창까지 받게 된다. 이들은 처음 시작은 미미하였으나 그 끝은 창대하였다.

이 무렵 성당 부근에는 천막 교회가 생겼다. 천막 주인은 자신은 아직은 선교사이므로 장로라고 불러 달라고 했다. 장로는 딴 종교의 성직자들은 모두 지점장이라고 했다. 목사나 신부는 하나님, 부처님을 본사 회장을 모시고 그 말단의 지점은 운영하고 있다. 하지만 자신은 매일 밤 직접 하늘을 올라가 신들과 일일 결산을 하고 다음 날 하강하는 신이므로 호칭은 장로지만 사실은 ‘신인神人’이라는 것이다. 그러므로 자신의 예배당은 신이 직영하는 본점이라는 것이다. 박 장로의 천막 교회에는 썰렁하기 짝이 없다. 가끔 아무 도움 안 되는 주정뱅이나 정신병자들만 어슬렁거릴 뿐이었다. 천막에는 나의 둘째 수재형이 신인의 집사로 일하고 있었다. 이 형은 똑똑해서 고아원에서 수재로 불려졌지만 상급 학교를 못 다니고 아는 사람이 없으므로 취업할 때가 없었다. 천막 교회의 신인과 그 유일의 사도 수재형은 입에 풀칠하기 위해 아침에는 신문과 우유배달을 하고 밤에는 군고구마도 팔았다. 수재 형은 낮에 노가다도 뛰고 밤에 술집 앞에서 삐끼 노릇까지 하며 선지자를 모셨다.

땅딸이 스님은 서울로 올라갔다. 그곳 시장이 더 컸기 때문이다. 서울 가서도 교도소는 출입했지만, 부업이 되었고 강남의 마나님들을 먹이로 그 세력을 키웠고 이윽고 거대한 절간을 창건한다. 원래 불교와는 무관한 사람이어서 교리도 아는 것이 없었으므로 조계사와는 관계없이 독자 노선을 걸었다. 그러나 사형수의 아버지라는 명함이 그의 앞길에 광명을 비추어 주고 항상 인자한 미소를 짓고 급식소를 차려 배고픈 이에게 밥을 주니 강남에서는 그를 '산부처'라고 추앙하게 되었다.

월요일 밤이면 성당에 신부님들이 모여들었다. 큰형 말로는 대부분 안젤모 신부님의 신학대학교 동기동창 신부님들이고 했다. 모여서 대게는 카드놀이를 했다. 돈을 걸고 하는 노름이었지만 성직자들이라 모두가 밑천이 딸려 오래 하지 못하고 끝이 났다. 딴 돈으로는 술과 안주를 사서 마셨는데 가끔 나이 든 신부님이 오면 그날은 술과 안주가 넘쳐난다. 선배 신부가 항상 돈을 두둑하게 갖고 오기 때문이다. 그 신부는 운동권의 대부라고 하는데 나는 그 말이 무슨 말인 줄 몰랐다. 알통도 안 나오고 빼빼 마른 남자인데 무슨 운동을 했으며 저 체격에 무슨 왕초가 되느냐 말이다.

"고구마야. 저 왕초는 북한도 몇 번 갔다 오고 데모하는 곳이면 항상 저 사람이 앞장서 전번 대통령도 저 신부의 똘만이라는 소문이 있어." 형이 설명해주었다.

"형 그럼 저 신부님은 무슨 돈이 그렇게 많아?"
"나도 그 비법을 배우는 중이야, 소문에는 제주도에도 별장
이 있다고 할 정도니 돈이 많긴 많은가 봐. 가만 보니 후원회
라는 게 생기면 대박이 나더군. 후원회가 생기면 책을 써도 왕
창 팔리고 강의도 가도 천만 원씩 주지."

"그럼, 우리 본당 신부님은 왜 후원회를 만들지 않을까?"
"야 이 멍청아, 우리 신부님은 후원회 만들어도 어떤 놈이
알아주는 놈이 있어야지. 그리고 왕초 신부는 내 보기에는 후
원회 말고도 또 어디서 뭉칫돈이 생기는 눈치야. 계산상 후원
금으로는 저렇게 많이 돈을 흥청망청 뿌리고 다닐 수는 없어"

돼지 족발과 통닭구이 그리고 맥주와 소주를 사서 사제관으
로 들어가는데 방안에서는 이미 양주를 마시며 선배 신부가 큰
소리로 떠들고 있었다.

"대통령 이치가 며칠 뒤 해외 순방 간다잖아. 이번 미사 강
론에는 비행기가 추락하도록 기도하자고. 걔는 미국의 앞잡이.
친일파로 우리 민족의 적이다. 이런 벌레 같은 것들은 빨리 지
옥으로 보내야 해. 내일 의성 '사드' 모임에는 수녀들도 전부
보내. 요새 원불교에서도 성직자들이 나서고 있어, 딴 종교에게
우세를 뺏기면 안 돼."" 최고 권력자를 죽이라는 말을 듣고 나
니 나같은 미물은 조그만 잘못 해도 현장에서 즉결처분 될지도

모른다는 두려운 생각이 들어 도망치듯 그 자리를 떠나왔다.

"형 잘 돼가?" 천막 교회 형을 만나 말을 걸었다.
"이제 성도가 100명을 넘었어. 이제 손익분기점이야."
"그 게 무슨 말인데?"

"이제부터 들어오는 돈은 전부 남는 돈이라는 말이지. 일단 돈이 모이면 다음부터는 눈덩이처럼 굴리기만 해도 저절로 덩치가 커져. 그때는 큰 예배당도 짓고 여러 가지 사업도 할 수가 있다고 신인께서 말씀하셨어."

한편, 소문에 서울로 간 김일중 스님은 이제는 전국을 다니며 '즉문즉답'이라는 프로그램을 신설하여 뻥 치고 다니는데 그를 친견하려고 모이는 신도 수가 구름 같다고 한다. 정말 천재적인 스님이다. 나는 남들이 물으면 한참 생각해도 대답을 잘못하는데 일중 스님은 그 어려운 종교 교리뿐만 아니라 정치, 경제 그리고 인생의 모든 어려운 문제를 묻자마자, 순간적으로 대답한다니 놀라운 일이다. 서부영화에서 '게리 쿠퍼'가 재빠르게 권총을 뽑아 정확하게 악당을 쏴 죽이는 모습을 보는 느낌이다.

우리 성당 수녀님들이 하는 급식소가 번창하기 시작했다. 처음에는 수녀님들의 이곳저곳 다니면서 고개 숙여 쌀과 반찬 살 돈을 모았는데 연예인들이 와서 몇 번 봉사하는 모습이 텔레비전에 방영되자 돈과 봉사자가 넘쳐났다. 그 바람에 덩달아 자선병원도 널리 알려지고 그곳 의사들도 한국의 슈바이처로 이름을 알리게 되었다. 신부님이 계속 텔레비전에 출연했다. 독일에서 박사학위를 받고 매일 교도소 가서 사회에서 버림받고 영혼이 병든 재소자의 마음을 녹여주고, 심신이 병들고 가난에 배곯은 불쌍한 양 떼들에게 매일 약과 음식을 주는 마음이 가난한 신부, 그 이름 안젤모이다. 시청자에게 예수님 버금가는 성인으로 묘사되었다. 하긴 그때까지는 그렇게 말해도 약간의 과장에 지나지 않았다. 그러나 많은 사람들에게 알려지고 돈이 쏟아져 들어오자, 안젤모 신부님은 정신 줄을 놓게 되었다. 후원금이 몰려오는데 일단 통장에 들어오면 돈 쓰기가 어렵다. 쓰고 나서도 증빙서류를 다 갖춰야 되므로 짜증이 난다.

"신부님은 학자이고 성직자이시지 활동가는 아니에요. 전부 저에게 맡기시고 신부님은 기도만 하세요. 후원금을 신부님 통장으로 받겠습니다. 그러면 지출이 쉬워지고 장부 정리하기도 간단합니다. 양심만 지키면 되잖아요. 신부님은 책 쓰고 운동이나 하세요." 수재 형님이 신부님에게 사업의 방향을 제시했다.

안젤모 신부님은 성질은 불같고 수양은 모자라도 머리가 좋고 깨끗한 사람이다. 신부님은 검도를 배우러 다녔다. 월요일에는 검도 사범을 성당에 데리고 와서 진검 기술을 익혔다. 내가 하루 종일 짚단을 둥글게 묶어 길게 기둥을 만들어 마당에 세워두면 신부님이 뛰어가며 칼로 짚단을 베어내는 기술이다. 처음에는 짚단이 구불어지기만 하고 베어지지 않았지만 익숙해지자, 빗금으로 칼을 내리치면 짚단이 종이 잘라지듯 넘어졌다.

45

이 광경을 보면 소름이 끼쳤다. 내 눈에는 그 베어지는 짚단이 사람의 머리처럼 보였기 때문이다. 그 기술을 낼 때 신부님 눈은 살기 띤 맹수의 그것으로 보였다.

조용한 밤이면 자주 내가 불쌍하다는 생각이 든다. 안젤모 신부님은 외국 유학까지 갔다 오고 저렇게 팽팽 놀며 칼싸움 놀이만 하고 손에 물 하나 묻히지 않고도 즐겁게 산다. 그러면서도 많은 사람에게 존경을 받고 산다. 형들은 신교, 구교에 빌붙어 성장하고 있다. 나는 아무 희망이 없다. 목표도 없다. 혼자 성당에 들어가서 앉아있다. 외로워 견디기가 힘들 때는 성당에 이렇게 앉아 있기라도 하면 조금 낫다. 그날은 동네 조폭들이 그들의 단체에 가입하라는 지시를 받았다. 내 앞길을 예수님에게 물어보려고 고상 십자가 앞에 앉아 기도를 올리며 예수님을 쳐다보았다. 그런데 십자가에 예수님이 없었다. 밋밋한 십자가만 걸려 있었다. 장난 좋아하고 기발난 교회 수재 형이 자기네들 십자가와 바꾸어 놓았다는 생각이 먼저 떠올랐다. 다음 날 교회에 가보니 예수님 없는 그들의 십자가가 걸려 있었다. 성당에 돌아와 보니 예수님이 달린 고상 십자가 있었다.

머리가 아팠다. 본당 십자가 위의 예수님이 있다가, 없다가, 하기 때문이다. 사무장 형이 내 말을 듣고 자선병원 봉사 나오는 정신과 의사에게 진료를 의뢰했다. 병원과 급식소에서 모두가 '또라이'라고 부르는 의사다. 맨발에 슬리퍼를 질질 끌며 다니며 머리는 파란 물로 염색하고 다녔다. 병원에도 오다 말다 제 마음대로 출근했다. 올 때면 꽈배기를 한 봉투 사 와서 이 사람 저 사람에게 나누어준다. 환자들은 "선생님 최고"라고 치켜세워준다.

"형제님은 예수님이 십자가에서 내려오는 것도 본 일이 있나요?" 면담이 시작되었다.

"아뇨. 본 일은 없지만 자리를 비운 것은 자주 봅니다."
"예수님은 죽어 없어진 것이 아니라 우리 함께 이 세상에 살아 계십니다. 이 시간에도 많은 곳으로 돌아다니고 계시지요. 단 그이를 느끼는 사람은 착한 사람들뿐이거든요. 그분은 이 시각에도 가난한 사람, 병든 사람, 핍박받는 사람들을 돌보기 위해 부지런히 다니고 계십니다. 구약성서에서 보면 하나님을 본 사람은 죽게 마련이지만 선한 사람은 보고도 죽지 않아요. 감자 형제님도 착한 사람이어서 예수님의 빈자리가 보이는 것입니다"

또라이 의사는 나를 정상적이라고 하고 게다가 '선택받는 사람'이라고 불러 주니 뭔가 말장난 같으면서도 기분은 좋았다. 덕택에 목 잘리지 않고 계속 알젤모의 '나와바리'에 기생할 수 있게 되었다.

"형님 난 멀쩡한데요. 그런데 또라이 선생은 고구마와 감자를 구별하지 못하던데요. 나보고 감자라고 불렀어요." 형이 말했다.

"옛날부터 콩과 보리를 함께 숙맥菽麥이라고 불렀는데 바보들은 이 둘을 구별 못 하니까 숙맥이라고 불렀지. 쑥맥이라고도 부르지. 또라이 의사는 원래 머리는 좋은 사람이었지 하지만 미치는 바람에 쑥맥이 된 거야. 우리가 이해해 줘야지. 그리고 넌 고구마든 감자든 호칭은 관계없잖아?"

천막 교회는 드디어 건물을 지었다. '치유의 교회'라는 간판을 달면서 신인도 울고 일등형도 울었다. 교회는 난치병 환자들이 떼로 물려와 연일 철야 '통성기도'를 했다. 목발 짚고 온 사내가 나갈 때는 혼자 걸어서 갔다. 수십 년 가슴앓이하던 아낙네는 '할레루야'를 외치니 가슴이 뚫렸다며 울었다. N수생'이 스카이 대학 합격하고, 9번 낙방한 고시생이 검사가 되었다. 부도 직전의 회사는 갑자기 은행 대출이 이루어져 상장회사가 되었다. 이곳, 저곳에서 기쁨의 아멘 소리가 높이 울려 퍼졌다.

"일등아, 이제는 법인 회사를 빨리 만들자. 돈이 있어야 성전에 바칠 희생물을 준비할 수 있으니까 말이야." 많은 사람들이 내일 모래 지구의 종말이 온다며 아니 벌써 왔다며 치유의 동산에 몰려들었다. 그들의 재산으로 간장 공장, 카스텔라 공장. 이불 공장 등이 만들어졌다. '치유의 물'을 팔았다. 교회 뒤뜰 샘에서 퍼 올린 물일 따름인데 이름을 붙이자, 전국에서 주문이 물려왔다.

김일중 스님이 성당에 나타났다. 우아한 법복에다 표정은 부처님보다 더 인자하게 보였다. 신부님께 자그마한 보시라며 1

억 원을 건넸다. 그날밤에 오랜만에 만난 세 성직자들은 룸싸롱에서 중견이 된 자신들의 자태를 서로 뽐내는 재롱잔치를 하고 있었다. 신부는 사무장을 통해서 목사의 밑구멍까지 샅샅이 알고 있었고 목사는 집사를 통해 신부의 허상을 자세히 파악하고 있었다. 일중의 행각은 언론에 자주 보도되므로 두 하나님의 이복 아들들이 잘 알고 있다. 신부님이 분위기를 따뜻하게 데운답시고 운을 띄웠다.

"스님 내 재미있는 이야기 하나할 게 들어봐. 군종신부로 있을 때 말야, 어느 날 밤에 밖이 소란해 잠을 잘 수 없었어. 화가 나서 소리를 찾아 창문을 열고 내다보니 달밤에 군종 목사가 두 팔을 하늘 향해 휘저으며 큰 소리로 설교 연습하고 있는 거라."

"그야말로 달밤에 체조로군. 왜 그런데?"

"다음 날 군단 창설이라 불교, 기독교, 천주교 합동 예배가 있는 날이거든"

"그래서?" 목사가 침을 삼키며 질문했다.

"야. 죽을 뻔했어. 다음 날 먼저 군종 법사의 설법이 끝나고 군목의 설교가 시작되었지. 설교 도중 아무도 감동하지 않는데 군목 제 혼자 도취 되어 두 팔을 휘저으며 찬송가를 부르다가 설교하다가 난리굿을 하는 거야. 달밤의 체조가 생각이 나서 웃음이 터져 나와 허벅지를 꼬집다가, 안 돼, 혀를 깨물며 참으려고 했어. 하지만 웃음은 설사 직전처럼 입에서 터져 나오려고 하는 거야." 옆에 앉아 있는 계집애들이 신부의 무릎에 올라타며 "너무 재미있어요" 하며 "다음은요", "그래 웃고 말았나요?" 하고 재촉한다.

"망할 년들 가만히 듣기나 해. 내가 반성했어. '군목을 깔보기 때문에 웃음이 나온다.'라고 군목을 존경하기로 마음을 바꾸었지. 설교에 최선을 다해 귀 기울였지. 처방이 성공했어. 웃음은 사라지고 나중에는 감동의 눈물까지 나더군." 목사는 가만 듣고 보니 자신을 빈정대는 이야기다. 왕년에 유도했던 터라 주먹이 운다. 목사가 시동을 걸었다.

"야 한 잔 따라봐"라고 한 뒤 위스키를 탁 한입에 털어 넣고 신부의 멱살을 잡았다.

"이중인격자, 너는 거지와 주정뱅이와 수녀와 직원들의 머리를 밟고 그 위에 군림하며 산 예수 노릇하는 저질, 남미 신부들의 해방신학 흉내만 내지 말고 무기 들고 도시 게릴라 활동을 하던지 국회의원 나와 정면으로 수구꼴통들과 붙어 보란 말이야. 너희들은 걸핏하면 북한을 드나들더니 그곳의 니네들 고향이 되었냐? 사드가 중국을 향한 미국의 레이더 기지이며 유도탄 발사대라며? 그건 그렇다 치자, 그런데 뭐 거기서 방사선이 나와 동네 농작물 다 오염되고 농민들은 방사선에 튀겨 죽는다며? 우리 대통령은 죽여야 할 버러지고 일성이는 너희들

아버지라며? 똥물에 튀겨 죽일 새끼"이 소리를 듣고 신부도 더 이상 참을 수 없다.

"병 낫게 해준다며 밤낮으로 여신도와 몸 섞어대는 네 놈, 정력, 한 번 끝내준다. 니 자지 씻은 물이 치료수라고? 벼락 맞을 새끼. 넌 밤마다 하늘에 올라가 자고 온다며? 인마 여자 배가 하늘이냐? 자칭 재림 예수라는 놈이 선거 때마다 출마하는데 돈은 어디서 나오는지 내 다 안다. 입장료 10만 원, 너 친견하는데 100만 원, 교회에 입장료 받는 놈이 어디 있어. 대동강물 팔아먹은 봉이 김선달이 따로 없네. 말세가 온다고 우매한 양 떼들을 속여 가정을 파탄 내고 말 듣지 않으며 목숨을 빼앗고. 솔직히 나도 니가 무섭다. 그래서 오늘 네 놈을 지옥에 보내려고 목검을 갖고 왔다." 스님이 둘을 밖으로 데려갔다. "둘이 여기서 붙으셔"라며 작대기로 땅바닥에 네모난 링을 그어주었다. 둘은 계속 고함만 질러댔다.

"야야 계집애들처럼 말 그만들 하고 붙어, 빨리 붙으란 말이다"동네 건달들이 무리 지어 서서 보며 고함을 지르고 있다. 신부가 목검으로 장로의 머리를 치며 싸움이 시작되었다. 기습을 당한 목사가 휘청했다. 다시 신부의 죽도가 장로의 목을 치는 순간. 그 전에 이미 목검은 장로의 손아귀에 잡히고 신부는 장로의 업어치기 한 판에 땅바닥에 뒹굴고 말았다. 두 성직자가 멱살을 맞잡고 식식거리고 있다.

"잘한다. 바로 그거야. 그래 계속 한번 세게 붙어봐" 양아치들이 분위기를 부추겼다.

서로 맞잡고 있으니 김 장로의 유도 기술이 유리했다. 그는 '다리 후리기'로 신부를 눕힌 뒤 목조르기를 시작했다. 10초쯤 눌리고 있던 신부가 기절하는가 싶었는데 갑자기 목사를 배 위에서 튕겨 낸 뒤 쏜살같이 죽도를 찾아 쥐고 목사의 뒤통수를 후려갈겼다. 정신을 잃고 쓰러진 목사에게 마지막으로 목을 향해 목검을 내리쳤다. 그리고 또 한 번 죽음을 확인이라도 하려는 듯 신부는 목검을 목사의 가슴으로 내리꽂으려고 했다. 양아치 큰 형님 '야수'가 재빨리 목검을 손으로 막아내고 신부의 면상에 크게 한주먹 날렸다. 신부가 쓰러지자, 가슴을 발로 크게 한 번 내려찍었다. 공터에는 신교, 구교 성직자 둘이 널부러졌다. 양아치들과 술집 작부들은 재빠르게 골목을 빠져나갔다. 나는 이러지도 저러지도 못하고 혼자 서 있었다.

왼 영감님 한 분이 공터로 다가오고 있었다. 낯익은 얼굴인데 어둠 때문에 확실히 알 수가 없다. 가까이 오니 바로 '그분' 이었다.

"아니 예수님. 왜 또 내려오셨나요?" 예수님은 십자가를 내려와 외출하다 마주칠 때면 검지로 입술을 가렸다. '아무에게도 말하지 말라는 신호'다. 그 신호에는 거역할 수 없는 두려움이 함께 하였다. 비밀은 그래서 오래 지속된 듯하다.

"야고보야 내가 십자가에서 내려온 까닭을 이제는 알겠지.

이제 연극의 일 막이 끝났으니, 너도 너의 길로 가라."는 말을 남기고 예수님은 어둠 속으로 사라졌다. 나도 성호를 긋고 조용히 그 자리를 벗어났다.

제 4 화

곤충 공화국

쨍쨍하던 대낮, 하늘이 갑자기 컴컴해지고 있었다. 안개 같은 거대한 검은 장막이 온 하늘을 뒤덮기 시작했다. 구름은 이내 대지 위로 몰려와 비를 산란한다. 막상 비와 섞여 떨어지는 외계인은 메뚜기들이었다. 그것들은 낙하산 병사처럼 카르만 라인에서 떼거리로 지구 대지를 접수하고 혹은 빠르게 날고 혹은 초고속 점프로 뛴다. 날거나 뛰면서 땅위의 푸른 식물들을 마구잡이로 먹어 치우고 있었다.

인간들은 입으로는 늘 생명 존중과 자연보호를 외친다. 그러나 막상 하는 행동은 잔혹하고 무지막지하다. 인간들끼리도 그러하니 나약한 곤충들에 대한 그들의 오만불손하고 표리부동한 행동은 두말할 것이 없다. 더 한심한 일은 이런 만행에는 입만

뺑긋하면 약자 보호를 외치는 시민단체까지도 침묵을 지키고 있다는 것이다. 웃기는 일은 소수의 곤충 종류인 반딧불이, 장수하늘소 그리고 산굴뚝나비 등은 천연기념물로 지정하여 보호하고 있다는 것이다. 이런 모순되는 소수 곤충에 대한 보호 행동은 생명 존중에서 그러는 것이 아니다. 관광객을 끌어들여 돈을 벌기 위한 감상용, 놀잇감으로 곤충을 이용하는 짓일 뿐이다. 나아가 곤충을 더 죽이기 위한 학술용으로 필요해서 하는 짓이다. 최근 인간들은 잔인한 본성을 표출하며 곤충들을 많이 잡아먹자는 운동을 대대적으로 정부에서 벌이고 있다.

쌀이 남아돌아 어쩔 줄 모르면서 곤충을 먹자니 이 무슨 해괴한 망발인가 말이다. 정부에서는 '국민의 모자라는 단백질 보충을 위한 대책'이라며 곤충 먹기를 적극적으로 권한다. 이런 정책의 홍보 방법으로 "곤충 식품 페스티벌 및 심포지엄"이 열렸다. 얼마 전 개를 먹지 말자는 법을 만들더니 이제 개 대신 곤충이라는 말이다. 정부가 권장하는 먹이용 곤충의 명단은 다음과 같다. 갈색거저리 유충, 흰점박이꽃무지, 장수풍뎅이, 유충 쌍별귀뚜라미, 요리사들은 비위가 약한 인간들을 위해 맛있게 먹는 방법도 소개했다. 곤충들을 바싹 말려 가루를 만든 다음 초콜릿, 강정, 누룽지를 만들어 먹는다는 것이다.

이런 인간들의 야만적인 행동에 대해 곤충 나라 대통령이 참을 수가 없었다. 용감하고 저돌적 행동이 주특기인 대통령 사마귀가 부하들을 데리고 거리로 나섰다. 가슴에 띠를 두르고 매일 거리에 나가 "개만 생명이냐? 곤충의 생존권도 보장하

라.”는 구호를 외쳤다. 아울러 곤충들을 선동하여 관제 시위에
도 열을 올렸다. 솔깃해진 외국 언론 기자들이 그와 회견을 요
청하였다.

“왜 당신들은 힘도 없으면서 인간들에게 대드는가?”라고 기
자들이 질문했다.

“인간들의 만행을 더 두고 볼 수 없었기 때문이다. 쩨쩨하게
시리 그들은 벌을 키워 꿀을 뺏어 먹는다. 하지만 겨울에는 주
인이 설탕물을 주며 벌을 살 수 있게는 해준다. 그러나 어떤
인간들은 산에 사는 벌의 꿀을 뺏는다. 산속의 벌들은 바위나
나무에 그들의 겨울 양식을 위해 꿀을 모아둔다. 이 미물들의
겨우살이 양식을 홀라당 뺏어간다는 말이다. 설탕물 정도는 남
겨두는 인정머리도 없다. 이 산 벌들은 그해 겨울 모두 굶어
죽는다.”

“또 예를 더 들 수 있나?”

“아 물론이지. 누에들은 나방이가 되려고 고치를 만든다. 번
데기가 되어 고치 속에 들어앉아 있으면 모두 끓는 물에 삶아
죽인다. 번데기는 간식으로 먹고 고치는 인간들의 옷감이 된다.
비단벌레의 날개를 벗겨 장식용 재료로 쓴다. 말벌도 집채로
잡혀 소주 속에 잠긴다.”

“이 나라 인간들은 원래 메뚜기를 볶아먹고 개구리 뒷다리도

구워 먹고 했다."라고 기자들이 반문했다.

"그건 옛날 양식이 모자랄 때 이야기다. 그때는 우리도 잡아 먹었다. 지금은 쌀이 남아돌아 농민들이 해마다 가을이면 난리를 친다. 양식은 남는데 왜 곤충을 먹는다는 걸까? 부족한 단백질이라고 하는데 그 건 콩이 있지 않나? 왜, 살생을 하는지 이유를 알 수가 없다. 그들은 항상 생명 존중 사상을 강조한다. 그러나 그들의 핏속에는 살생에 대한 쾌락의 본능을 갖고 있다는 증거다. 우리는 그런 '한쪽 눈 가진 잭(One eyed Jack. / 이중 인격)'이 밉다." 언론은 항상 힘센 자나 패거리가 많은 쪽의 편이므로 곤충의 편이 되어주지 않는다. 그 기자회견의 내용은 큰 뉴스거리가 되지 못한다.

정부에서는 서울 광장에서 곤충들이 보라는 듯한 큰 행사를 벌였다. 식용 곤충의 종류 안내와 요리 방법 소개, 번데기 많이 먹기 시합, 비단옷 패션 디자인 경영 대회, 비단벌레 날개로 만든 보석함 소개, 메뚜기 튀기기 달인 뽑기, 석청, 목청 그리고 말벌술에 대한 추억의 백일장과 그 곤충들이 인체에 끼치는 영향 등의 학술대회까지 갖가지 곤충을 비웃는 행사가 벌어지고 있었다. 이를 본 곤충들은 모멸감과 분노에 머리가 터질 것 같았다.

이제는 투쟁만이 살길이다. 사마귀와 그 참모들은 국정을 운영할 능력은 없고 선동에만 능하여 그렇게 표를 모아 대통령이 되었다. 머리가 나빠 투쟁하면 이긴다는 단순한 생각밖에 못

한다. 사마귀 일당은 매일 투쟁을 외치며 거리로 나섰지만, 그 투쟁은 오래가지를 못했다. 사마귀를 앞세운 시위대가 거리로 나섰다. 경찰차가 신고 안 된 불법 집회라며 해산하라고 방송했다. 사마귀는 최루탄을 쏘고 있는 경찰차 앞에 두 손 들고 차를 막아섰다. 경찰차가 멈출 줄 알았겠지. 그러나 인간 대통령도 총칼로 정권을 쟁취한 무지막지한 인간이라 피도 눈물도 없는 인간이었다. 안 그래도 '저놈 어떻게 하면 기름에 튀겨 먹을까?' 궁리 중인데 절호의 기회가 온 것이다. 경찰차는 그대로 직진했다. 눈치 없는 사마귀는 스스로 자동차에 몸을 던진 꼴이니 '나 죽여주소'하는 꼴이었다. 사마귀는 온몸이 으깨어져 죽었다.

곤충 국가는 빨리 새 대통령을 선출해야 했다. 잠자리, 사마귀, 방아깨비, 나비, 벌, 개미 등이 후보로 나섰다. 곤충들이 원하는 대통령의 조건은 후보들의 출신 성분과 인간에 대한 강한 적개심과 투쟁력 그리고 각 개인의 깨끗한 도덕성과 따뜻한 성격이었다. 민중들이 가장 선호하는 조건은 투쟁력이었다.

잠자리는 물속 애벌레 시절부터 무적의 싸움꾼이다. 강한 턱을 가져 작은 동물이면 다 먹어 치웠다. 투쟁의 선봉에 설 수 있는 강력한 후보였다. 그러나 불완전변태 집안 출신인 점이 약점이 된다. 애벌레에서 번데기가 되지 않고 어미벌레가 되었다는 것이다. 절지동물들은 불완전변태를 한다. 곤충 세계에서는 불완전변태 곤충은 저속하고 흉한 절지동물들과 같은 족속이라며 깔보며 싫어한다. 이스라엘 등의 나라에서 할례割禮(포경수술)를 한 인간만이 선택된 하나님 참 자손이라고 빼기는 것과 흡사, 왜곡된 집단 무의식적 선민사상選民思想이다.

잠자리는 어른이 되어 물속에서 공중으로 날아오르고도 어린이 때의 그 기질은 변함없이 육식 곤충으로 용감무쌍했다. 겁 없이 까불다 자주 제비와 참새의 먹이가 되기도 하고 풀에 앉아서 졸다가 개구리의 밥이 되기도 하지만 지금 싸움꾼이 필요한 정국에서는 잠자리가 최고 적임자다.

잠자리는 태생 외 또 하나의 약점은 암컷 곤충들이 매우 싫어하는 습성을 갖고 있다. 교미 때가 되면 대게, 동물들은 암컷에게 잘 보이기 위해 온갖 아양을 떨고 재롱을 부린다. 그러나 잠자리는 날아다니다 암컷이 보이면 아무 말도 없이 그의 꼬리에 달린 가시로 암컷의 목덜미를 덥석 찔러 꼼짝 못 하게 한 뒤 공중을 날며 다음 강제로 교미한다. 이런 무지막지한 마초 습성 때문에 암컷 곤충들의 표가 줄어든다.

사마귀 후보는 능숙하게 날지도 못하고 빠르게 기지도 못하지만 역시 투쟁력 하나는 최고다. 짐승이든 사람이든 심지어 수레를 만나도 겁이 없다. 도망은 커녕 두 발을 들어 덤벼든다. 참 멋있다. 그래서 지난번 대통령이 그들의 출신이었다. 그러나 실속이 없는 싸움꾼이다. 그의 투쟁은 효율성이 없어 제 몸만 으깨어질 뿐이다. 인간들이 이런 행동을 당랑거철螳螂拒轍(수레 앞에서 두 발을 들고 덤빈다.)이라면 비웃는다. 또 하나의 약점은 교미 후에 암놈이 수컷을 잡아먹기 때문에 막돼먹은 천한 집안이라며 멸시를 받는다는 것이다.

방아깨비 후보도 천한 신분이란 약점이 있다. 하지만 덩치가 크고 믿음직하게 생겨 남들에게 호감을 준다. 사귀어 보면 성격 또한 후덕하다. 부부 금실도 좋아 외출할 때는 큰 암놈이 작은 수놈을 등에 태워 다닌다. 외모, 언변, 글쓰기, 판단력身言書判(신언서판)을 다 갖춘 훌륭한 곤충이다. 방아깨비는 메뚜기면서도 날렵하지 못하고 암놈은 적을 만나도 동작이 느려 바로 포로가 되어 죽는다. 수놈은 암놈보다는 조금 빠르게 날기는 하지만 소리를 내며 날다가 식육 곤충이나 새들의 먹이가 된다. 제 몸 하나 제대로 추스르지 못하는데 '인간들에게 싸워 이길 지도자가 될 수 있을까?'하고 유권자들이 염려한다.

그 외 군소 후보들 하나인 여왕벌은 제 능력으로 왕이 된 것이 아니다. 알을 낳기 위해 일벌들이 로얄젤리를 먹여 덩치를 크게 만든 겉모습만 왕일 뿐 지휘 능력이나 지혜는 전혀 없다는 중론이다. 개미 후보도 떼거리 지어 싸우는 데는 능숙하여 투쟁에는 좋은 후보이나 명령 없이는 스스로 싸워 이길 줄 모르는 벌과 비슷한 약점이 있다. 엎치락뒤치락한 뒤 여치와 귀뚜라미 등 메뚜기 족속 후보들이 단일화 해서 방아깨비를 지지하고 난 뒤 아슬아슬한 표 차이로 대표로 선출되었다.

대통령인 방아깨비는 인간에 대한 목숨을 건 총력전을 선언했다. 하지만 적은 표 차이에 패배해 심술이 난 야당 곤충들은 방아깨비가 '말만 그럴듯하게 하는 허깨비에 지나지 않는다며 비웃고 인간의 괴뢰라고 핑계를 댔다. 그래서 그의 통치를 따르지 않겠다'라고 선언했다. 야당 곤충들은 사람과의 투쟁은 뒷전에 미루고 동족인 방아깨비 퇴출에 온 힘을 쏟았다. 대통령의 임기가 옳게 시작도 되기 전에 방아깨비의 초상화를 불태우고 탄핵을 들고 나왔다. 전쟁 중에 적전 분열이 일어났다. 서민들은 샌드위치 신세다. 한편으로는 인간들의 밥이 되고 있으며 또한 편으로는 동족들 싸움판의 졸이 되어 삶의 희망과 의욕을 잃고 산다. 경제는 파탄에 이르고 망하는 나라의 말기증상인 해괴한 일들이 벌어진다.

풍뎅이와 장수하늘소가 교미하고 나비와 나방이 흘레를 붙는다. 동성애와 수간으로 멸망한 소돔과 고모라와 똑같은 현상이 곤충 세계에서 재현되고 있었다. 해가 가끔 남쪽에서 뜬다. 달이 뜨다가 다시 가라앉아 버린다. 곤충들은 공황장애에 빠진다. 야당은 이 모든 흉악한 현상과 민심의 파탄은 권력을 장악한 검찰과 돈을 거머쥔 재벌 메뚜기들의 독식한 탓이라며 선동하자 온 나라 곤충들이 총궐기했다. 성직자들까지 정치 곤충들에 휘둘려 미사나 설교 때도 대통령 죽기를 하늘에 빌었다. 양초 공장 사장들은 신이 나서 매일 공짜로 초를 공급해 주었다. 소주 회사도 매출이 올라 신이 났다. 시위장은 술판이며 놀이판이었다. 곤충들은 시위만 하고 생산도 하지 않았고 간혹 물건이 있어도 유통하지 않았다. 생산품이 희귀한 데다 물류까지 중지되니 경제는 바닥을 친다. 굶어 죽는 곤충, 우울해서 죽는 곤충 민주공화국은 매일 우는 소리로 가득하다. 방아깨비도 스스로 죽기로 결심했다. 금식기도를 시작했다. '출퇴근 금식'을 하지 않으니 물 안 마시고 밥 굶은 지, 보름 만에 죽게 되었다. 기진맥진해 숨이 끊어지려 하자 헛것이 보이고 헛소리가 들렸다. 온 하늘에 요란한 함성과 함께 먹구름이 몰려드는 것이 보였다.

"저 구름은 저승사자를 태우고 오는 거겠지?"생각했다. 방아깨비 기도가 하늘에 닿았을까,

몽골 초원에서 시작한 소수의 메뚜기 무리가 도중에 세력을 확장하며 거대한 구름이 되어 한반도로 몰려온 것이다. 원정 온 메뚜기 떼들은 방아깨비의 눈앞에 내려앉기 시작했다. 그날부터 메뚜기 떼들은 전국으로 퍼져 나갔다. 모든 종류의 풀들을 다 뜯어 먹었다. 나라는 사막이 되었다. 곤충은 물론 사람들까지 굶어 죽게 되었다. 시위를 이끌던 야당 곤충들이 돈과 금덩이를 챙겨 들고 가장 먼저 비행기 타고 배 타고 외국으로 도망을 갔다. 뒤를 이어 돈과 권력을 가진 사람들도 곤충들의 방식대로 딴 나라로 살길을 찾아 떠났다. 먹이가 없어지자, 메뚜기 떼들은 어디론가 사라졌다. 죽음 사막 땅에 슬픔의 비가 내리기 시작한다. 석 달 열흘 비는 줄기차게 내리더니 이윽고 홍수가 되어 나라의 모든 생물을 다 훑어갔다.

온 나라가 '그라운드 제로(Groud Zero : 공중폭발 후, 그 아래 지점)'가 되었다.

제 5 화

금강산의 결투

 휴전선의 큰 철책 통문이 서서히 열렸다. 가슴이 두근거렸다. 이산가족 상봉 차 북한 초청으로 가는 평화적 행렬이다. 철책선과 철모 쓴 군인들은 보자 그들의 모습에서 청춘 시절 이런 GOP 철책선에서 근무하던 육군 장교 시절이 투영되고 있었다. 통문 넘어는 처음 와본다. 가이드가 길 한가운데를 가리켰다. 꾸부정하고 가는 작대기가 하나 꽂혀 있었는데 그곳이 휴전선이란다. 북한지역으로 들어섰다는 이야기다. 경치가 달라진다. 풍경이 갑자기 천연색에서 흑백영화로 바뀐다. 산에 나무가 전혀 없다. 달나라에 온 느낌이다.

 통일원에서 교육받았던 지침을 다시 외워 본다.
 "이북에 가면 양측에서 합의한 단어를 쓰셔야 합니다. 일단 사진을 찍지 마세요. 화장실은 위생소, 뱃지는 휘장, 북한은 귀측 혹은 북측, 우리 측은 남측이라고 부르세요. 그리고 절대로 그들의 고위층을 비난하거나 관계되는 물건을 훼손毀損하면 안 됩니다. 우리나라에 못 돌아옵니다."

왜 그들의 용어를 써야 하는 걸까? 왜 맨날 끌려다녀야 될까? 짜증나는 일이다. 오래지 않아 양측의 세관 역할을 하는 CIQ(출입국 관리시설)에 도착했다. 입경 수속과 함께 소지품 검사를 받고 휴대폰은 보관시켰다. 생전 처음 북쪽 땅에 발을 내딛는다. 안내하는 군인들이 여럿 보였다. 아주 짧은 동안 혼란이 왔다. 저들을 때려눕혀야 하는가 아니면 도망을 가야 되는가. 군 복무 삼 년 동안 매일 아침 '무찌르자 공산당, 때려잡자 김일성' 외치던 예비역 장교가 적을 만나니 잠깐 현실감을 잃는다. 그곳 병사들은 우리 중 학생만 한 체격이었다. 손님들에게 위화감을 주지 않으려고 일부러 소년병들을 동원한 줄 알았는데 나중에 보니 그곳 병사들은 전부가 고만고만한 크기였다. 우리가 타고 온 버스는 남쪽에 남고 CIQ 북쪽에서는 현대에서 내어 온 버스로 갈아탔다. 안내양이 앞으로 지켜야 되는 주의 사항을 말한다.

"북측 땅에 가서 지켜야 할 일 몇 가지를 설명합니다. 여러분들이 규정을 어겼을 때는 병사가 호각을 불면서 붉은 깃발을 들 것입니다. 그러면 여러분들은 그 자리에 꼼짝 말고 서야 됩니다. 만약 이를 어기면 사격을 당합니다. 연행하게 될 때도 말 없이 따르셔야 합니다. 미리 교육을 받으셨겠지만, 공화국과 그리고 수령님이나 장군님에 대한 불손한 언사를 하거나 예의에 어긋난 행동을 하면 남쪽으로는 다시 가지 못할 것입니다."

등등 의시시한 주의를 들었다. 10여 대의 버스가 비상 등을 켜고 긴 행렬을 짓고 가는데 환영하는 주민들은 보이지 않았다. 간혹 밭 매는 농부가 보였는데 땅만 보고 일을 했다. 철둑에서 노농적위대라는 젊은이들이 무리 지어 작업을 하고 있었는데 이들도 우리 쪽에 눈길도 주지 않았다. '우리는 하나'라고 외치며 그렇게 한민족을 강조하는 이 사람들이 이렇게 손님을 냉대하다니 섭섭하기보다는 이해가 되지 않았다.

금강산은 그리 멀지 않았다. 일동은 바다 위에 건축해서 현대가 운영하는 해금강호텔과 그 부근의 팬션 스타일의 건물에 짐을 풀었다. 잠깐의 휴식 뒤 남북 가족상봉이 있다고 했다. 광장에 둥근 반원의 온정각이란 건물에 커다란 공연장과 기념품 가계가 있었다. 면회소는 가계의 물건을 들어내고 임시로 상봉 장소로 개조해 놓았다. 테이블 위에 번호푯말이 서 있고 식사와 다과가 차려져 있었다. 일행이 자리 잡자, 남북적십자사 회장의 인사말이 있고 이어 사회자가 양측 가족들에게 식사하며 담소를 나누시라고 한다. 가족들은 서먹서먹해 말없이 서로 쳐다보기만 했다. 양측의 의료진들은 노령의 가족들이 많아서 혹시 충격으로 졸도라도 할까, 장내를 둘러보았다. 북한 의사와 간호사가 보였다. 반가워서 앞에 있던 간호사에게 악수를 청했는데 손은 내밀다가 의사 얼굴이 이지러지자, 손을 놓았다. 의사에게 인사말을 하며 악수를 청했는데 휙 하고 딴 곳으로 가

버렸다. 째째한 인간이다. 제 뜻인지 지시를 받았는지 괘씸한 생각이 들었다. 가족들은 형제나 부모 사이가 아닌 사람들은 덤덤했다. 또 가까운 혈연이라도 세월이 너무 흘러선지 그렇게 정다운 분위기도 아니고 더구나 눈물짓는 이는 거의 보이지 않았다. 양측 정부가 진정으로 이산가족들에 대한 진정한 배려심 있는 작자들이라면 이런 번거로운 쇼를 하지 말고 개성에 일 년 내내 면회소를 운영하면 된다. 편지도 교환하게 하고 나아가 서로의 거주지까지 방문하도록 하는 것이 진정한 인류애가될 것이다. 사회자가 정부 측 인사들도 앉아 2시간 동안 담소를 하라는 권유인지 지시인지를 했다.

우리 쪽은 간호사와 통일부 여직원 그리고 나 함께 셋이 앉았다. 북쪽은 험상궂은 얼굴에 큰 체격을 가진 남자와 나이가 들어 약간 순해 보이는 기자 완장 찬 남자가 앉아 있었다. 이 사나이들은 시작하자, 말자 말없이 소주병 뚜껑을 딴다.

"원장 선생 먼저 한 말씀 하시라요." 하며 기자가 술을 따르며 말을 건다. 모두가 술잔을 들었지만 우리는 셋은 술잔을 입에 대고 입술만 추겼다. 나는 얼굴이 붉어져 그들에게 약점을 보이는 것 같아 마시지 않았다. 그들의 안색이 변했다.

"원장이 원장다워야 원장이지." 저희끼리 하는 말처럼 시비를 건다. 어색하며 쌀쌀한 시간이 느리게 흘러가고 있었다. 말하다 보니 험상궂은 사나이는 정보부 사람이었다.

"원장님은 어디서 오셨어요?"

"대구서 왔는데요?"

"대구 어디에 사시나요?" 포로 신문하는 분위기다. 짜증난다.

"어디 산다고 말하면 알기나 하나요?"하고 쏘아붙였다.

"아. 그럼요. 동화사도 동촌도 알고 달성공원도 가봤어요."

가슴이 서늘하다. '이치들이 정체를 미리 다 알고 왔구나'하는 두려움이 들었다.

"어떻게 그렇게 샅샅이 잘 아세요?"

"유니버시아드 할 때 대구에 취재하러 갔거든요. 그때 여기저기 다녀서 몇 군데 알아요."라고 기자 완장 찬 사나이가 말했다. 그래도 반신반의다. 그러나 그 사나이가 노력해서 분위가 조금씩 풀려가기 시작했다.

"북측에서 남측보다 먼저 팔만대장경을 한글 번역하셨지요?"라면서 그들이 듣기 좋아할 이야기를 끄집어내었다. 그들의 얼굴빛이 풀어지며,

"흥 팔만대장경이래."라고 약간 비웃는듯한 말투로 저희끼리 술잔을 기우리며 말을 나누었다.

"그럼 두 분은 봉급을 타서 어떻게 쓰나요?"

"저는 남편과 각각 자신이 번 돈은 자기가 관리하지요." 둘이 같은 대답을 했다.

"아니 그 기 무시기 소리요? 부부가 딴 주머니 차고 있다니"

"원장 선생도 그렇게 하시나요?"

"아니요. 봉급 타면 몽탕, 내가 알아서 관리하지요. 집사람은 내가 주는 돈으로 생활비도 주고 세금과 공과금도 내지요."라고 그들의 예상 답을 말해 주자, 그들은 매우 기뻐하며,

"저래야지, 남측 여자들은 대가 세군요."

술도 얼큰해지고 나도 그들이 그렇게 미워할 부르조아만이 아닌 걸 알았는지 그들은 나와 한패가 되어 남한 여성을 비난하며 우호를 돈독하게 하고 있었다. 산적 두목 같은 정보요원이 더 친근감을 보였다. 그동안 적십자 일로 중국 공산당 간부들과 일본 정부 관리들과도 몇번 만난 적이 있다. 그들과 처음에는 매우 어색했으나 결국은 친해졌다. 성실과 사랑이 밑바닥에 있으면 만나서 대화하다 보면 서로 통하게 된다는 사실을 알게 되었다. 그날도 도중에 당장 때려치우고 일어서고 싶었지만, 헤어질 때는 서로가 아쉬워하고 있었다. 상봉이 끝나고 딴 테이블에서는 두 시간 동안 말 한마디도 안 하고 헤어진 팀도 있었다. 우리 테이블은 그런대로 무난하게 끝을 맺은 모양이었다.

다음 날 가족 개별 상봉한다고 한다. 그날은 북쪽 가족들이 우리 쪽을 초청하는 형식이라 그들이 운영하는 금강산 호텔에서 모임을 한다고 했다. 점심때 만나는데 아침부터 바쁘다. 그쪽에 가기 위해 인원 점검을 해보니 한 사람이 모자란다. 방에

가보니 가족 한 사람이 술이 덜 깨서 갈 수가 없다고 한다. 밉다가도 얼굴도 모르고 촌수만 아는 가족이니 뭐 그리 만나고 싶었겠나 하는 생각이 들었다. 북쪽 가족들에게 주는 선물은 달러가 최고라고 한다. 소문에는 우리 측 가족들이 주는 돈은 정부에서 반 이상 빼앗아 간다고 돈을 배로 주라고 했다.

"원장님 점심용으로 즉석라면 갖고 가세요" 자주 이북에 드나드는 정부 측 직원 하나가 말했다.

"아니 그곳에서 점심을 주지 않나요?"
"부페식으로 한식을 차려 주는데 먹을 게 없어요."
"에이 무슨 말씀을 그렇게 하시오. 어제저녁 만찬 때 나온 음식들 크게 좋은 것들은 아니었어도 그런대로 괜찮았잖아요?"

"그 건 항상 그렇게 줘요. 전 세계 기자들이 취재를 하잖아요. 그리고 양쪽 가족들과 정부 측 사람들이 다 함께 만나니까요. 오늘은 가족들은 각자 그들의 호텔 방에서 식사합니다. 우리 정부 측 사람들은 따로 식사를 주니까 반찬 가지 수도 몇 개 안 됩니다, 전에는 찬밥을 주었다니까요."

"찬밥이라니오? 설마"라고 반문하자,
"처음에는 평양에서 밥과 반찬을 만들어 오느라 그랬던가 봐요. 요즘 밥은 여기서 만드니까 따뜻하지만, 반찬은 가서 보세요. 욕이 나옵니다."
북측에서 운영하는 금강산 호텔 앞에서 버스를 내렸다. 우리가 묵고 있는 해금강호텔에 비해 규모가 크고 화려했다. 마이크에서 '복순이네 집 앞을 지날 때'와 '반갑습니다'라는 노래가 반복해서 울려 나오고 전 호텔직원들도 밖에 나와 박수를 치고 노래를 부르며 웃음 지으며 환영했다. 우리 측 가족들은 그들의 북쪽 가족들이 머무는 방으로 안내되어 들어갔다. 우리 정부 직원들은 면회가 이루어지고 있는 방들의 가운데 있는 홀에 앉아 있었다. 북쪽 직원들도 그들대로 자리를 잡고 우리 쪽을 물끄러미 바라보고 있었다. 이들은 자주 만나는 사이여서 서로 만나 이야기하고 시간을 보낼 줄 알았는데 예상외로 냉랭하고 차라리 살벌한 분위기로 간격을 두고 서로 노려보고 있었다. 점심시간이 되자 남북 정부 직원들은 각자 지정된 그들의 식당으로 들어갔다. 정말이었다. 뷔페 음식을 차린 상에는 김치, 나박김치, 산나물무침, 고추와 오이와 생된장이 놓여 있었다. 후식 코너에는 껍질을 깎지 않은 사과와 과자 두어 가지가 놓여 있었다. 맛도 없었다. 성의가 없어선지 아니면 돈을 더 달라는 표시인지 몰라도 불쾌했다.

식사 후 베란다로 나갔다. 혹은 서서 혹은 앉아서 바로 옆에 우뚝 선 금강산의 기슭을 바라보고 있었다. 조금이라도 산을 가까이 보기 위해 베란다에서 몸을 굽혀 산을 올려보고 있었다. 맑은 산 공기가 햇볕과 섞여 다이아몬드처럼 눈부시게 빛났다. 흡인된 공기가 가슴속에서 반짝거리는 느낌이었다. 한 참 산 경치를 둘러보다가 이상한 것들이 눈에 보였다. 군데군데 정으로 음각하고 붉은 글씨로 덧칠한 온갖 구호들이었다. '당이 명하면 우리는 한다.'라는 말도 있었고 '천출 김정일 장군 만세.'

라는 구호도 새겨져 있었다. 두런두런 말소리가 들려 바라보니 반대편 식당에서 북쪽 관리들도 밥을 먹고 베란다로 나오고 있었다. 그들과 우리는 섞이지 않았지만, 말소리는 알아들을 사이로 가까워져 있었다.

"이 새끼들 정말 낙서하는 버릇은 변함이 없어"라고 낮은 목소리를 우리 쪽 사람들이 속삭이는 소리가 들렸다.

"게다가 천출 김정일이란 천한 출신이라는 말로 해석될 수도 있잖아."

"그 건 우리 식 해석이고 걔네들은 하늘이 내주신 김정일이라는 뜻이겠지"갑자기 욕하는 소리가 들렸다.

"야 이 종간나 새끼들, 너들 지금 뭐랬어? 천한 출신이라고?"

어느새 북쪽 요원 한 놈이 나타나 우리 요원의 멱살을 잡았다. 둘 다 무술깨나 하는 사람들인 것 같았다. 먼저 얼굴을 가격당한 우리 쪽이 북쪽을 엎어치기로 땅바닥으로 내리쳤다. 이러자 양쪽 요원들은 일제히 태권도. 유도 등 각종 무술의 격투기가 벌어졌다. 어금버금 실력이 쉽게 우열이 가려지지 않고 있었다. 격투가 쉽게 끝나지 않자 탕 하고 총소리가 들렸다. 우리 측 요원이 쏜 것이다.

"야 이 새끼들아! 우리끼리 말했는데 왜, 니들이 우리 대화를 엿듣고 시비질이야. 오늘 몇 놈 죽이고 말 거야. 평소부터 이상한 새끼 몇 놈 있었어. 그런 놈이 없어져야 양쪽에 분란이 생기지 않아."

그래도 양측 정보부 요원들의 집단 난투는 계속되고 있었다. 이 작은 남북 전쟁에 끼어들어야 하는지, 말아야 하는지 망설이고 있는데 갑자기 삐익 하는 호각 소리가 나자 북쪽은 어느새 사라지고 없었다.

"저놈들은 굽히고 들어가면 짓을 내서 더 기고만장해져요. 빨갱이들은 어느 나라라도 저런 습성이 있어요. 일단 시비를 걸어 약하면 덤벼들고 강하면 도망가지요. 우리 정부 고위층도 맨날 쌀 퍼주고 돈 보내주지요. 놈들이 하자는 대로 하니까 항상 그들이 주도권을 잡는 거죠"

"오늘 당신들 보니 눈물 나도록 행복했습니다. 현 정권이 들어서고 북남 통일이 되었다고 생각했지요. 언제 남북 고위층이 서로 만나 통일선언만 하면 끝난다고 항상 조마조마하게 생각하고 살았지요. 그런데 오늘 여러분들 보니까 안심이 되네요."

"선생님. 고위층들은 어떤지 몰라도 대한민국의 하부조직은 아직은 단단합니다. 걱정하지 마세요. 절대 놈들에게 밀리지 않습니다."라고 국정원 직원이 말했다.

점심 후에도 가족 개별 면회는 계속되었다. 선물을 좀 사려고 이층 매점에 가니 아무도 없어 두리번거리고 있었다.

"원장 선생 뭐하고 계세요?"라고 어제 만난 북측 정보부 사나이가 다가오면 말을 걸었다. 아직 본심을 알 수가 없는 상태다.

"원장 선생 뭐 사시려고요?"
"점원이 안 보이는데요"라고 하자 그가 재빨리 어디 가서 여점원을 데리고 온 뒤 제 갈 길로 가며 말했다.
"이 봐 이 손님 잘 모셔."

"여기 소주 몇 병 사려는데 규정상 두 병밖에 못 산다는데…"라고 말을 흐렸다. 그녀가 물었다.

"정부 요원이세요? 가족이세요?" 적십자 직원이라고 말하자.
"규정은 그래도 정부 요원은 관계없습니다. 한 박스 사도 되요."라고 말한다.

공산주의는 계급을 타파하는 것이 그들의 장기가 아닌가? 누구는 두 병만 되고 누구는 무제한이라니 이해가 안 된다. 예쁘장한데 말도 싹싹하게 잘한다. 정보부 사나이가 소개한 것도 그녀의 친절한 이유도 되겠지.

"아까 호텔에 들어올 때 당신들이 줄을 서서 '반갑습니다'라는 노래를 불렀잖아요? 모두 환하게 웃으며 우리를 환영 해주어 참 기뻤어요. 그런데 개 중에 몇몇 여직원은 하나도 안 반

가운 얼굴로 노래만 부르던데요."라고 물었다. 뭐라고 대답하는
지 떠보려고 질문했다.

"아 개네들은 새내기들이 돼서 그래요. 여기 온 지 며칠 되
지 않았거든요. 안 반가운 게 아니고 어색하고 수줍어서 그런
거예요."라고 대답했다. 이어서,

"금강산 담배 몇 보루하고 탄산 단물과 들쭉술도 좀 사시라
요." 하면서 마치 남대문 시장 상인같은 말투로 상품을 권했다.

"예쁜 아가씨가 권하니 다 사야지. 그런데 아까 그 직원은
뭐하는 사람이요?"
"그 건 말할 수가 없어요."라고 딱 잡아뗀다.

다음 날은 삼일포로 야유회를 갔다. 그곳은 원래 바다였는데
양쪽 산의 흙이 바다 입구를 메꾸어 호수가 된 곳이라고 한다.
금강산과 해금강 그리고 삼일포가 삼대 절경이라 한다. 김일성
부자도 놀러 온 적이 있다고 한다. 북한 적십자사에서 모든, 사
람들에게 점심과 간식이 든 자루 하나씩 주었다. 안을 보니 도
시락 외에 사이다. 과자, 사탕 등이 들어있었다. 과자와 사탕은
50년대 우리나라 시골 장터에서 팔던 것과 똑같은 것이다. 추
억의 물건이어서 반가웠다. 양쪽 가족들은 자리를 펴고 그 선
물을 펴서 먹으며 이야기하고 있다. 어떤 노인은 훈장을 쭉 펴
놓고 자랑하는데 가까이 가보니 우리 어릴 때 갖고 놀던 양철
로 만든 계급장들이었다. 조잡한 훈장을 펴놓고 앉아 있는 모

습을 보니 눈물이 난다. 아무리 그래도 그렇지 저런 양철 장난 감을 남들 앞에 펴놓고도 부끄럽지 않는 백성들이 불쌍했다.

미녀 안내원을 만나 기념사진도 찍으며 시간을 보내다 기념 품 가게로 갔다. 뭔가라도 살 작정이었는데 정말 손이 가는 물 건이 없다. 왜 저러는 걸까. 아무리 엉터리 나라라도 손재주 있 는 사람은 있을 텐데 예쁜 공예품이라도 만들어 팔면 안 되나? 어린이들도 사지 않을 이상한 물건들만 가져다 놓은 것이 이해 가 가지 않는다. 옆방에 가니 그림들이 걸려 있었다. 그림에 문 외한이지만 시골 이발소의 그림보다 못한 그림만 잔뜩 걸려 있 었다. 초라한 점퍼를 입은 몇 사람들이 자기들의 그림이라며 사달라고 한다. 명색이 화가들인데 마치 구걸하는 사람 같아 보여 마음이 아프다. 그 사람들이 한쪽을 가리키며 저 그림을 한 번 보라고 한다.

"저 그림은 북측에서 정말 유명한 화가가 그린 겁네다. 사 가셔도 손해 보지 않을 거예요."그럼, 자신들은 엉터리 화가들 이란 말인가. 속이 답답해서 매점을 뛰쳐나오고 말았다. 한참을 돌아다니니 다리가 아팠다. 앉을 곳을 찾아봐도 자리가 없다. 한참 돌아다니다 보니 네모난 까만 돌이 눈에 보였다. 그 바위 에 앉아 아픈 다리를 쉬고 있었다. 누가 급하게 잡아당긴다.

"원장 선생, 빨리 저리로 갑시다."눈익은 정보부 요원이었다.
"왜 무슨 일이 생겼나요?"그 사나이는 대답하지 않고 나를 끌고 야산으로 올라갔다.

"그 자리는 우리 수령님 부자가 삼일포 오신 기념으로 만든 기념 비석이에요. 누가 봤으면 선생은 고의든 아니든 관계없이 총살감입니다. 빨리 저를 따라 오세요."

그가 나를 데려간 곳은 삼일포를 둘러싸고 있는 야산 등선인데 일반인 금지구역이라고 했다. 군인들이 군데군데 서서 아래를 내려보고 있었다. 이들은 이 사나이가 익숙한지, 우리에게 눈길도 주지 않고 아래만 바라보고 있었다.

"여기가 가장 경치 좋은 곳입네다. 우리 들켰으면 탄광으로 가야돼요."

그제야 둘은 금강산 담배들 나눠 피며 영광의 탈출을 자축하고 있었다. 그 사나이가 좋아지고 있었다. '이러다 간첩이 되나 보다'하고 속으로 생각하며 웃었다. 남북 장관 회담 때, 이규호 장관이 선물 받아온 금강산 담배를 피워 본 적이 있다. 그때는 필터가 없었는데 그 새 필터가 붙은 고급으로 변해있었다. 등이 땀으로 축축하게 젖어 있었다. 유신정권이 기승을 부릴 때 이북으로 도망이나 갈까, 생각한 적이 있었던지라 오늘 하는 꼴을 보니 만정이 다 떨어졌다. '별 거지 같은 나라가 다 있네. 그때 안 오길 정말 잘했어.'라고 혼자 속으로 중얼거리고 있었다.

떠나는 날이 되었다. 북쪽 가족들이 먼저 떠난다고 해서 급히 배웅하러 갔다. 텔레비전이나 신문에서 보고 얼마나 가슴이 뭉클했던가, 차마 헤어지지 못해 움직이는 버스 차창의 안팎으로 손바닥을 맞대고 우는 모습. 떠나 버린 버스 뒤에 퍼 질고 앉아 몸부림치는 광경. 잊혀지지 않는 장면들이었다. 그러나 그날 많은 평양행 버스들은 시간도 덜 되어 떠나버렸고 출발하고 있는 버스에도 모여든 가족은 별로 없었다. 그냥 맹숭맹숭하게 떠났다. 정부와 언론이 민족의 비극을 과대포장을 해서 국민을 속이고 있다는 생각이 들었다.

금강산에 와서 금강산 구경은 해보지도 못하고 떠난다. 매일 새벽 장전항구로 산책을 갔다. 해변의 끝에 가면 나무로 만든 산책로가 끝난다. 그곳에 연두색 철망이 가로막혀있다. 그 항구는 원래 군용 항구였는데 금강산 관광이 시작되면서 어항과 해수욕장으로 개조되어 있다. 산책로 끝의 철조망은 바다 쪽으로는 터져있다. 산책로를 내려 모래밭으로 걸으면 항구로 갈 수가 있다. 항구 부근에는 육군부대도 있었다. 산에서 숲에서 군인들이 밤낮으로 우리를 주시하는 눈길을 느낀다. 산책로 끝에 오면 등이 쭈빗쭈빗하다. 한 발짝, 잘 못 디디면 총알이 날아올 것이다. 언제가 군대 경험이 없는 관광객이 이 자리 오면 총 맞아 죽을 일이 생길 것이라는 예감이 들었다.

출국 수속 때 큰일이 생겼다. 나의 이름이 없다고 통과를 시켜 주지 않는다. 그동안 그들이 언동에서 '반동분자임을 꿰뚫어 보고 있었구나' 속이 뜨끔했다. '아오지탄광으로 가는 모양이다' 하는 생각이 퍼뜩 떠올랐다.

"없긴 뭐가 없어 여기 맨 위에 이름이 있잖아!"라고 우리 정보부 요원이 북측의 장교에게 고함을 질렀다. 그러자 그는 아무 일 없었던 듯이 통과하라는 손짓을 보냈다. 그들은 항상 이런 수법을 썼다. 될 일도 괜히 비틀고 겁준다. 그냥 봐도 될 일을 째려본다. 그러면서 늘 말한다. "우리는 하나"라고. 휴전선을 넘어 고성에서 대구로 오는 길에 온갖 색깔이 칠해진 조잡한 간판들과 찌그러진 시골집들이 그리 반가울 수가 없었다. 흑백 무성영화에서 총천연색 시네마스코프 영화로의 전환이다. 혼란과 다양성이 이렇게 좋은 줄 처음 느꼈다.

제 6 화

나가사키 여행기 1

나가사키長崎는 이름에 나타나 있듯이 큰 두 산맥이 가운데 바다를 좌우로 둘러쌓고 있다. 마치 사람이 다리를 벌리고 앉은 형국이다. 사타리의 가운데는 항구가 있다. 하루의 시작은 데지마出島에서 출발하는 산책을 권한다. 데지마는 일본이 쇄국정책을 쓸 때 1641년 네덜란드 사람들만 살 수 있도록 허락을 해주고 그들이 상관商館을 운영할 수 있도록 만든 인공섬이다. 바다 따라 걷다 보면, "데지만 워프"라는 짧은 음식점 거리가 나온다. 상점가는 어젯밤에는 향락에 젖어 흥청망청했으면서도 마치 아무 일도 없었던 것처럼 시침을 떼고 바다를 보고 늘어서 있다. 파도 길을 계속 걸으면, 항만이 넓어지며 외항이 나온다. 속이 탁 트인다. 앞 바다에는 '하시마端島(군함섬)'가 있다. 나가사키 만의 양안兩岸은 '메가미오오하시女神大橋'라는 다리가 이어주며 산책길은 끝난다. 건너에 보이는 바다의 연안에는 '미쓰비시三菱' 조선소가 있다. 태평양 전쟁 때는 군함을 만드는 곳이라 미국의 원자탄을 맞게 되는 빌미를 주는 비극의 조선소다.

산책길에는 있는 조그마한 해변공원에는 여러 종류의 개를 데리고 나온 사람들이 많다. 개들은 조용한데 사람들이 웃고 떠드느라 누가 누구를 산책시키는지 모르겠다. 많은 배들이 드나드는 항구이지만 바닷물은 기름 한 방울 떠 있지 않고 맑고 깨끗하고 냄새도 없다. 작은 고기들이 헤엄치는 모습이 훤하게 다 들여다 보인다. 일본의 바닷가 횟집은 수족관이 없다. 그들은 고기를 바로 회를 처먹지 않고 숙성시켜 먹는 습관이 있고 또 정부에서 오염 문제로 수족관을 설치하지 못하게 한 탓이라고 한다. 그 덕에 바다가 깨끗하다. 그리고 그들의 남에 폐를 끼치지 않는 깔끔한 성격도 맑은 바다를 유지하는 이유가 될 것이다.

나가사키는 꿈의 도시요, 동화의 도시다. 낮에는 그 핵심인 '구로바 엔Glover園'을 가봐야 된다. 시내에 있던 영국 무기상이었던 갑부 '글로버'와 '그린거', '구오르트' 등의 사택 8체를 야트막한 동산 '미나미야마테쵸南山手町'에 옮겨와 분수도 만들고 기화요초琪花瑤草로 정원을 꾸며 놓은 곳이다. 엉성하지도 않고 화려하지도 않는 정원. 벤치에 앉아 작은 숲과 화초를 보고, 바다에서 미끄러져 가는 배들을 보고, 숲에서 우는 새소리와 풀벌레 소리를 듣고 앉아 있노라면 동화의 세상에 온 듯한 착각에 빠진다. 세상 살기 싫은 사람들은 여기 오면 병든 영혼이 바로 치유될 것이다. 노약자를 위해서 에스컬레이터를 운영하는데 정원의 숲과 절묘하게 조화를 이루고 있어 거부감이 없다. 숨을 헐떡거리고, 땀을 흘리고 올라오면 눈에 뭐가 옳게 보이고 귀에 무슨 소리가 바르게 들릴까? 어느 나라 같으면 '자연훼손'이라며 펄펄 뛰며 반대했을 에스컬레이터이다. 구로바엔은 일본의 무릉도원武陵桃源이다. 공원의 아래쪽에는 여가수 '미우라 다마키三浦環'의 노래 부르는 동상이 서 있다. 푸치니의 오페라 나비 부인의 단골 프리마돈나이다. 국내뿐만이 아니라 미국, 이탈리아, 프랑스 등 외국으로 다니며 나비부인 역할을 2,000여 회나 했던 불멸의 가수다. "어느 날 수평선에 검은 연기를 올리며 그 배는 나타나고 이윽고 대포를 쏘며 항구에 나타나겠지" 배신자 스핑턴을 애타게 부르는 아리아 "어떤 개인 날" 아무리 오페라의 문외한이라도 들으면 가슴이 미어지는 곡이다. 전쟁에 진 나라, 그리고 정복한 나라 군인에게 배신당해 자살하는 여인, 죽을지언정 징징대지 않는 약자들의 악문 입의 고요가 더 슬프다.

나가사키는 원자탄으로 불바다가 되었던 비극의 도시다. 1945년 8월 6일 미국 공군은 '마리아나 군도'에 있는 '티니안' 섬에서 '에놀라 게이'라고 명명 지어진 B-29에 '리틀 보이(소년)'로 불리는 원자탄을 싣고 히로시마廣島로 간다. 8시 15분 원자탄을 투하해 시민 14만을 죽였다. 일본은 항복하지 않았다. 또다시 에놀라 게이가 뜬다. 이번 목표지점은 '고쿠라小倉'였다. 비행기가 날아간 현장에는 구름이 잔뜩 끼어 아래가 보이지 않는다. 상공을 몇 차례 선회하지만, 날씨는 계속 흐리다. 연료가 떨어져 간다. 궁여지책으로 3번째 폭격 예정지였던 나가사키로 순서가 바뀐다. 여기도 구름이 잔뜩 끼어 있었다. 마침 한군데 구름이 없이 둥근 공간이 보였다. 그 작은 틈새로 두 번째 인류를 덮친 원자탄 '패트 맨(뚱뚱이)'이 투하가 되었다. 히로시마 원자탄은 우라늄으로 만들었고 나가사키 것은, 성능이 더 개발된 플루토늄이었다. 그 폭탄에 8월9일 11시 2분. 인구 24만의 도시였던 나가사키는 7만 3천 884명을 잃게 된다. 그중에 한국인은 1만 명이 끼어 있었다. 핵폭 중심에는 나가사키 형무소와 의과대학 그리고 '우라카미浦上' 천주당이 있었다. 히로시마는 피폭 후, 겨우 형체의 일부가 남아 있던 물산장려관을 '겐바쿠原爆돔'이라며 그대로 보존 해둔 덕에 유네스코 세계 문화유산으로 등재되어 세계적으로 비극을 상징하는 표징이 되었다. 나카사키도 기적적으로 우라카미 성당의 종과 성당 건물 기둥이 몇 개 남았다. 그냥 그 자리에 두었으면 전쟁의 참상과 종교의 신비를 증명할 좋은 자료들이다. 너무 깔끔했던 나가사키 사람들은 그 것들이 너무 보기 싫다고 창고로 옮겨 보관했다. 그 바람에 비극의 유산들이 세계의 이목을 끌지 못하고 지하에 처량하게 웅크리고 서 있다.

기념관에 가보면 공부하다 죽은 의과대학생들의 시체가 모양은 없어지고, 그 형체들이 땅바닥에 그림물감처럼 스며져 있는 믿기지 않는 비극의 사진이 있다. 물을 달라고 외치며 죽어가던 수많은 피폭자에게 저승에서나마 원 없이 물을 마시라고 기념관의 한 곳은 많은 작은 분수를 만들어 놨다. 가장 가슴 아프게 하는 사진은 열 살 남짓한 소년이 고개가 축 늘어진 동생을 업고 줄 서 있는 것이다. 죽은 동생을 화장하기 위해 부모도 잃은 형이 동생의 순서를 기다리는 사진이다. 그 사진의 아래는 내용만 설명 해주고 있지 이런 비극을 잊지 말자느니 피해를 준 나라에 복수하자느니 하는 그런 너절한 말은 없다. 왜 일본은 미국을 욕하지 않을까? 일본은 아무 말을 하지 않는다. 기념관 아래의 '평화의 공원'에는 커다란 푸른 남자 동상이 서 있다. 왼손은 수평으로 뻗었는데 평화를 의미하고 오른손은 하늘을 향했는데 원폭의 위험을 상징한다고 한다. 아무리 팔을 그렇게 뻗고 있어도 핵무기 만드는 인간들은 오불관언吾不關焉. 항상 제 마음대로 핵무기를 만들고 있다.

평화공원을 나와 야트막한 동산을 오른다. '뇨코지(如己堂)'을 가기 위해서다. '우에노마치上野町'의 언덕길을 오르다 보니 추레한 복장을 한 얼굴 순박하고 키 훌쩍하게 잘 생긴 새댁 한 사람이 서 있었다. 그녀 발아래 광주리에는 푸성귀가 들어있다. 퍼질러 앉아 너스레를 떨며 팔아야만 되는 물건인데도 그녀는 서있었다. 수줍어 나물을 사라는 말도 못 하고 날은 더운데 그늘로 갈 생각도 못 하는지 땡볕에서 남새 광주리 옆에 서 있다. 사람들을 옳게 쳐다보지도 못한다. 울면서 나물을 사달라는 모습보다 더 내 가슴이 아려왔다. 이 언덕 끝머리의 뇨코지의 주인 '나가이 타카시永井隆'가 이런 사람들을 위해 살다가 죽었다.

3평 남짓한 건물의 '뇨코'라는 당호 뜻은 "너 자신처럼 이웃을 사랑해야 한다" 마가복음 12장 31절에서 따온 구절이다. 나가사키 의대 교수였던 그는 일본에서는 흔하지 않는 천주교 신자로서 일찍이 부인을 원자탄으로 잃고 두 남매를 키우며 살다 43세 죽었다. 그의 저서 '이 아이를 남기고'와 '나가사키의 종'은 문학작품으로도 유명하다. 그는 자그마한 집을 지어놓고 백혈병과 투쟁하며 천주교에 헌신하여 이웃사랑과 영구적 평화를 전도하다 죽었다. 많은 사람이 순고하게 살다 간 그의 행적을 본받기 위해 산토스 거리에 있는 뇨코지를 찾아온다. 일본에는 천주교 신자가 별로 없는데도 추기경이 우리보다 먼저 생겼고 나가사키의 오우라성당은 세계유산에 등제 된 지 오래다. 뇨코지와 더불어 성지 순례지로 손꼽히는 곳은 나가사키 역 근처의 '니시자카西板공원'이다. 이곳은 1597년 2월 5일 일본인 20명과 외국인 6명이 십자가에 매달려 순교한 성지다. 이 공원의 동판에 새겨진 성인들의 부조를 볼 때마다 종교도 나라가 힘이 있고 사람이 순수해야 남을 감동을 시킬 수 있다는 생각이 든다.

점심으로는 나가사키짬뽕을 먹기로 한다. 숙주나물이 뜸뿍 얹어있고 빨간 테두리를 한 흰 어묵이 섞여 있는 짬뽕은 보기만 해도 군침이 돈다. 1899년 중국 복건성 출신 '진평순陳平順'이 그의 식당 '시카이로四海樓'에서 발명한 요리인데 일본 전역에서 팔리는 명물이 되었다. 현지에서는 원조보다 1946년에 문을 연 '코잔루江山樓'의 짬뽕이 더 유명하다. 일본 음식은 우리보다 짜다. 나가사키 짬뽕이 유명하다니 먹긴 했는데 '역시 맛있었어'하는, 사람은 적다. 짜기 때문이다. 맛있게 먹으려면 볶음밥을 같이 시켜 함께 먹으면 맛이 절묘하게 어울린다. 중국음식이 더 당기면 나가사키 '신치추가新地中華街'에는 차이나타운에 가면은 된다. 요코하마, 코베 그리고 나가사키에는 일본 3대 중국 음식 거리가 있다. 약 250m의 거리에 40여 개의 점포가 있는데 일본 사람들은 귀한 손님 접대를 할 때 초밥집도 가고 불고기 집도 가지만 대게는 중국 요리 집을 택하는 경우가 많다. 특히 나가사키 사람들은 특히 그런 경향을 많이 보인다.

식사 후 단 음식으로 후식을 하고 싶다면 카스테라가 좋다. 포루투갈 과자인 '팡 드 카스텔라'가 일본에 건너와 카스테라가 되었다. 이곳의 카스테라는 맛도 맛이거니와 우선 보기만 해도 예술적 모양에 입이 벌어진다. 아름답게 생겼다. 간식으로 사러 갔다가 선물로 사가고 싶어진다. 무엇이든지 '잇쇼켄메-生顯命' 하는 일본인들의 혼이 엿보이는 빵이다. 나가사키 카스테라의 삼대천왕은 1624년에 창업한 '후쿠사야福砂屋', 1681년에 개업한 '쇼오켄松翁軒' 그리고 1900년에 문을 연 '분메이도文明堂'이다. 분메이도 카스테라는 동경에서도 파는 전국적으로 유명하다. 그러나 현지인들은 후쿠사야 것이 더 맛있다고 하는 사람이 많다. 이곳 카스테라 특징은 한결같이 밑바닥에 '자라메'라고 불리는 굵은 설탕을 뿌려 빵을 만들어 그 설탕이 씹히는 것이 특징이다. 일본 사람을 작다는 의미로 왜矮라는 수식어가 붙는데 그런 말을 하면 안 된다. 작은 도시의 한 카스테라 공장 생긴 지가 400년씩 된 것만 봐도 느낄 수 있다. 일본에는 1,000년 넘는 기업이 7개, 200년 된 기업이 3,000개, 100년 넘은 곳은 5만 개가 넘는다. 야마나시山梨에 있는 '게온칸慶雲館'이란 여관은 705년에 창업해 52대에 걸쳐 한 가족이 지금까지도 운영하고 있다. 1,300년이나 되었으니 놀라운 일본인들의 쇼쿠닌職

人 정신이다. 주부지방에 있는 '히다飛驒 산맥', '기소木曾 산맥', '아카이시赤石' 산맥은 일본 알프스라고 불리며 해방 2,000m를 넘는 산들이 즐비하고 그 중 아카이시 산맥에는 3,000m 넘는 산들이 집중해 있다. 이렇게 산해숭심山海崇深한 나라를 보고 달랑 2,000m 산하나 가진 나라가 감히 작다고 깔보면 무식하다고 무시를 당한다.

거리에는 버스와 더불어 전차가 많이 다닌다. 버스는 거리에 따라 요금이 다른데 전차는 어디로 가든 120엔으로 균일하다. 1653년 우리나라에 표류했던 네덜란드 사람 하멜이 13년의 억류 생활을 마치고 찾아간 곳이 바로 나가사키이다. 나가사키는 일찍이 서양에 문을 연 도시였던 덕에 도시 전체에 동서양이 어울려 묘한 분위기를 연출한다. 옛날 건물은 서양풍이 많다. 음식도 외국에서 들어 온 것들이 유명하다. 공장이 적어 공기는 맑고 달콤하다. 햇볕은 따사롭고 빛난다. 사람들도 규칙을 잘 지키고 유순하며 공손하다. 동화의 나라에 온 느낌을 준다. 데지마 앞에 있던 '토레디아' 호텔에 머물던 시절 상관을 넓힌다고 공사하는 광경을 매일 밤 본적이 있다. 지하 공사도 매일 했는데 그 공사장을 낮에는 흔적을 찾을 수가 없다. 조용한 심야가 되면 지하 공사장 부근이 환하게 밝아지고 어디선가 많은 인부들이 모여들어 드나들면 일을 한다. 다 똑같은 옅은 청색 작업복을 입고 소리 없이 일을 한다. 그리고 새벽이면 흔적도 없이 살아진다. 마치 백설공주에 나오는 요정 난장이들 같은 모습이었다. 인권, 복지 운운하며 '너만 인간이냐? 우리도 인간' 이라며 좁은 터널에 아침 러시아워에 인부들도 같이 출근해서 작업을 시작한다. 길은 차가 막혀 미어터지고 성질 급한 사람은 심장마비가 일어난다. 일본에는 방음벽 된 길이 거의 없다. 동네로 기차나 전철이 다녀도 대게가 무방 벽이다. 심지어 철교 아래 사람이 산다. 한국의 반지하는 여기에 비하면 천국이다. 일본 여자들은 시집가면 성이 없어진다. 그렇다고 일본에는 복지가 없고 민생을 챙기지 않고 여성이 천대받는 곳이라는 말을 들어본 적이 없다. 세계 유일의 여성부가 있는 한국은 아직도 여권 신장한다고 난리를 치고 있다.

나가사키 여행의 클라이막스는 밤이다. 우선 두 개의 다리를 보아야 된다. '시안바시思案橋'와 '메가네바시眼境橋'이다. 시안바시 동네는 현재는 쇼핑과 패션과 먹자골목이 되었지만 옛날에는 유곽과 요정의 거리였다. 현재도 '카게츠花月'라는 요정이 있는데 옛날의 유곽 행위 하던 건물이다. '시안'이라는 일본말은 무언가를 '궁리한다 혹은 고민한다'라는 뜻이다. 노류장화路柳墻花를 따러 가려고 막상 다리까지는 왔지만 건너야 되나 말아야 되나 궁리 고민하던 옛날 일본 청년들의 모습이 눈에 어른거려 웃음을 참을 수가 없다. 다리는 모양보다 그 이름이 재미가 있다. 메가네바시 역시 별 볼품없는 다리지만 일본에서 가장 오래된 아치형 다리여서 국가 문화재로 지정되어 있다. 다리가 물에 비쳐 안경처럼 보인다고 붙인 이름이나 그런 다리는 어디에도 많다. 그래서 나가사키 사람들은 다리 아래 개천에는 비단잉어를 키우고 뚝방의 벽은 하트 모양을 한 벽돌을 한 장 꽂아 명물로 만들었다. 그 하트 모양 벽돌이 사랑이 이루어지게 한다고 호기심을 부추기고 있다. 택시를 타고 그곳에 갔을 때 내 또래 운전수와 나는 서로 쳐다보고 웃었다. 여기는 청춘남녀가 오는 곳인 줄 그제야 알았기 때문이다.

　물을 보았으니, 이제는 야경夜景을 보는 것이다. '유메사이토 夢彩都'백화점 4층 전문 식당가에서 싼 음식으로 간단히 저녁을 때우거나 데지마 와프에 가서 회나 불고기로 저녁을 먹는다. 이제는 '이나사稻佐'에 있는 '후쿠노유稻佐'온천에 가서 온천을 하고 정상에 오른다. 산은 169m로 그다지 높지 않으나 시내 중심지는 다 보인다. 홋카이도北海道의 하코다테函館, 효고兵庫 현의 고베神戶와 더불어 '일본 3대 야경'이며 모나코, 홍콩 그리고 나가사키 '세계 3대 야경'에 들어가는 야경. 산정에서 좌우를 돌아보면 U자형의 양쪽 산에 온갖 보석이 빼곡히 박혀 반짝인다. 산호, 호박, 금강석, 마노, 오팔이 빛나고 있다. 검은 바다에는 오가는 배들의 불빛이 아름다운 야경에 추임새를 더한다. 신선놀음에 시간 가는 줄 모르다 한참 뒤 정신을 차린다. 멀리 그 보석이 뻔히 불빛인 줄 알면서도 "이나사 산"을 내려와 차마 숙소로 가지 못하고 일부러 보석들의 무더기가 보이는 반대편의 151m의 가자가시라風頭 산에 올라본다. 보석들이 무더기로 있을 거라 생각하며 밤의 산동네를 찾아갔다. 그러나 보석은 간데없고 그저 초라한 산동네 빈민촌 건물만 빼곡하게 박혀있다. 가난한 창문의 등불들이 희미하게 켜져 있고 가로등이 졸고 있을 뿐이었다. 아무리 돌아보고 또 봐도 보석은 없다. 좁은 공터에 오니 희미한 가로등 아래서 거세게 생긴 중년 여인 하나가 억센 말로 순경에게 큰소리를 치고 있다. 말은 알아듣지 못하겠지만 분위기는 여자도 무슨 해결을 위한 하소연도 아니고 떠드는 게 목적인 듯, 하였고 순경도 그저 건성으로 운운하면서 맞장구치는 것으로 그의 밤 근무를 수행하고 있었다. 방금 내려온 이나사 산의 불빛이 보석처럼 보이듯이 이 남녀들도 멀리서 보면 보석처럼 반짝일까 생각하니 웃음이 나온다. 무지개의 뿌리를 찾아다니던 '칼 붓세'의 허무를 경험한 밤이었다. 나가사키에만 가면 보석들의 반짝이는 소리에 불면의 밤을 자주 보내게 된다.

오로지 당신만을 사랑했어요.
당신의 그 마음을 믿어 왔어요
그 모습 그 모습 그리워서
외로이 외로이 헤메는 이 밤
마음도 발걸음도 무겁기만 해
아~ 나가사키는 오늘도 비가 내렸네

한밤의 마루야마丸山를 찾아가 봐도
싸늘한 찬 바람만 몸에 스며드네
사랑스런 사랑스런 그 사람은
어디에 어디에 있는 걸가
가르쳐 주오 가로등이여
아~ 나가사키는 오늘도 비가 내렸네

뺨에 흐르는 눈물은 비에 섞여
목숨도 사랑도 다 바쳤건만
마음이 마음이 심란해서

마시고 마셔 취해보아도

술에게는 원한이 없는 것을

아~ 나가사키는 오늘도 비가 내렸네

- **나가사키는 오늘도 비가 내렸다**, 전문 인용
(노래 : 마에카와 키요시前川 淸 1969년 2월 발표)

제 7 화

나가사키 여행기 2

점심으로는 나가사키짬뽕을 먹기로 한다. 숙주나물이 듬뿍 얹어있고 빨간 테두리를 한 흰 어묵이 섞여져 있는 짬뽕은 보기만 해도 군침이 돋는다. 1899년 복건성 출신 '진평순陳平順'이 그의 식당 '시카이로四海樓'에서 발명한 요리인데 일본 전역에서 팔리는 명물이 되었다. 현지에서는 원조보다 1946년에 문을 연 '코잔루江山樓'의 짬뽕이 더 유명하다. 일본 음식은 우리보다 짜다. 나가사키짬뽕이 유명하다니 먹긴 했는데 '역시 맛있었어'하는 이는 적다. 짜기 때문이다. 맛있게 먹으려면 볶음밥을 같이 시켜 함께 먹으면 맛이 절묘하게 어울린다. 중국 음식이 더 당기면 나가사키 '신치추가新地中華街'에는 차이나타운에 가면 된다. 요코하마, 코베 그리고 나가사키에는 일본 3대중국 음식 거리가 있다. 약 250m의 거리에 40여 개의 점포가 있는데 일본 사람들은 귀한 손님 접대를 할 때 초밥집도 가고 불고 기집도 가지만 대게는 중국요리집을 택하는 경우가 많다. 특히 나가사키 사람들은 특히 그런 경향을 많이 보인다.

식사 후 단 음식으로 후식하고 싶다면 카스테라가 좋다. 포루투갈 과자인 '팡드 카스텔라'가 일본에 건너와 카스테라가 되었다. 이곳의 카스테라는 맛도 맛이거니와 우선 보기만 해도 예술적 모양에 입이 벌어진다. 아름답게 생겼다. 간식으로 사러 갔다가 선물로 사서 가지고 가고 싶어진다. 무엇이든지 '잇쇼켄 메一生顯命'하는 일본인들의 혼이 엿보이는 빵이다. 나가사키 카스테라 삼대천왕은 1624년에 창업한 '후쿠사야福砂屋', 1681년에 개업한 '쇼오켄松翁軒' 그리고 1900년에 문을 연 '분메이도文明堂'이다. 분메이도 카스테라는 동경에서도 파는 전국적으로 유명하다. 그러나 현지인들은 후쿠사야 것이 더 맛있다고 하는 사람이 많다. 이곳 카스테라 특징은 한결같이 밑바닥에 '자라메'라고 불리는 굵은 설탕을 뿌려 빵을 만들어 그 설탕이 씹히는 것이 특징이다. 일본 사람을 작다는 의미로 왜矮라는 수식어가 붙는데 그런 말 하면 안 된다. 작은 도시의 한 카스테라 공장이 창업한 지가 400년이나 된 것만 봐도 알 수 있다.

일본에는 1,000년 넘는 기업이 7개, 200년 된 기업이 3,000개, 100년 넘은 곳은 5만 개가 넘는다. 야마나시山梨에 있는 '게온칸慶雲館'이란 여관은 705년에 창업해 52대에 걸쳐 한 가족이 지금까지도 운영하고 있다. 1,300년이나 되었으니 놀라운 일본인들의 쇼쿠닌職人 정신이다. 주부지방에 있는 '히다飛

駴' 산맥, '기소木曾' 산맥, '아카이시赤石' 산맥은 일본 알프스라고 불리며 해발 2,000m를 넘는 산들이 즐비하고 그 중 아카이시 산맥에는 3,000m 넘는 산들이 집중해 있다. 이렇게 산해숭심山海崇深한 나라를 보고 달랑 2,744m 백두산 산 하나, 2,000m (1,947m) 한라산 하나, 1,708m 설악산 하나, 1,638m 금강산 하나를 가진 나라가 작다고 깔보면 우세 당할 수도 있겠지만, 산에 가치는 풍경이 얼마나 아름다우냐로 그 명성이 정해지리라. 우리 조상님들이 왜놈이라고 한 건, 우리 한반도 사람들과 섞이기 전에 일본 토종 원주민들이 키가 작고 왜소해서이고 우리 한반도 문명을 받았으면서도 고마운 줄 모르고 자신들 왕조에 조상에 나라 우리 한반도 삼면 바다에 침투하여 노략질하고, 사람을 죽이고, 장인들을 끌고 가고 해서 미개인 취급을 했으리라.

거리에는 버스와 더불어 전차가 많이 다닌다. 버스는 거리에 따라 요금이 다른데 전차는 어디로 가든 120엔으로 균일하다. 1653년 우리나라에 표류했던 네덜란드 사람 하멜이 13년의 억류 생활을 마치고 찾아간 곳이 바로 나가사키이다. 나가사키는 일찍이 서양에 문을 연 도시였던 덕에 도시 전체에 동서양이 어울려 묘한 분위기를 연출한다. 옛날 건물은 서양풍이 많다. 음식도 외국에서 들어 온 것들이 유명하다. 공장이 적어 공기는 맑고 달콤하다. 햇볕은 따사롭고 빛난다. 사람들도 규칙을 잘 지키고 유순하며 공손하다. 동화의 나라에 온 느낌을 준다. 데지마 앞에 있던 '토레디아' 호텔에 머물던 시절 상관을 넓힌다고 공사하는 광경을 매일 밤 본적이 있다. 지하 공사도 매일 했는데 그 공사장을 낮에는 흔적을 찾을 수가 없다. 조용한 심야가 되면 지하 공사장 부근이 환하게 밝아지고 어디선가 많은 인부들이 모여들어 드나들면 일을 한다. 다 똑같은 옅은 청색 작업복을 입고 소리 없이 일을 한다. 그리고 새벽이면 흔적도 없이 살아진다. 마치 백설공주에 나오는 요정 난장이 같은 모습이었다. 인권, 복지 운운하며 '너만 인간이냐? 우리도 인간'이라며 좁은 터널에 아침 러시아워에 인부들도 같이 출근해서 작업을 시작한다. 길은 차가 막혀 미어터지고 성질 급한 사람은 심장마비가 일어난다. 일본에는 방음벽이 된 길이 거의 없다. 동네로 기차나 전철이 다녀도 대게가 무방 벽이다. 심지어 철교 아래 사람이 산다. 한국의 반지하는 여기에 비하면 천국이다. 일본 여자들은 시집가면 성이 없어진다. 그렇다고 일본에는 복지가 없고 민생을 챙기지 않고 여성이 천대받는 곳이라는 말을 들어본 적이 없다. 세계 유일의 여성부가 있는 한국은 아직도 여권이 더 신장하여야 한다고 난장을 치고 있다.

나가사키 여행의 클라이막스는 밤이다. 우선 두 개의 다리를 보아야 된다. '시안바시思案橋'와 '메가네바시眼境橋'이다. 시안바시 동네는 현재는 쇼핑과 패션과 먹자골목이 되었지만, 옛날에는 유곽(창녀 집장촌)과 요정(술과 기생집)의 거리였다. 현재도 '카게츠花月'라는 요정이 있는데 옛날의 유곽 행위 하던 건물이다. '시안'이라는 일본말은 무언가를 '궁리한다 혹은 고민한다'라는 뜻이다. 아무나 쉽게 꺾을 수 있는 길가의 버들과 담 밑에 피어있는 꽃, 노류장화路柳墻花를 따러 가려고 막상 다리 앞까지는 왔지만 건너야 되나, 말아야 되나, 궁리 고민하던 옛날 일본 청년들의 모습이 눈에 어른거려 웃음을 참을 수가 없다. 다리는 모양보다 그 이름이 재미가 있다. 메가네바시 역시 별 볼품 없는 다리지만 일본에서 가장 오래된 아치형 다리여서 국가 문화재로 지정되어 있다. 다리가 물에 비쳐 안경처럼 보인다고 붙인 이름이나 그런 다리는 어디에도 많다. 그래서 나가사키 사람들은 다리 아래 개천에는 비단잉어를 키우고 둑방의 벽은 하트 모양을 한, 벽돌을 한 개 꽂아 형상화된 명물로 만들었다. 그 하트 모양 형상을 한 벽돌이 사랑이 이루어지게 한다고 호기심을 부추겨 나그네를 끌어 모으고 있다. 차량를 타고 같이 간 택시기사와 나는 쳐다보며 미소를 지었다.

물을 보았으니, 이제는 야경夜景을 보는 것이다. '유메사이토夢彩都' 백화점 4층 전문 식당가에서 싼 음식으로 간단히 저녁을 먹거나 데지마 와프에 가서 회나 불고기로 저녁을 먹는다. 이제는 '이나사稻佐' 산에 있는 '후쿠노유稻佐' 온천에 가서 온천을 하고 정상에 오른다. 산은 169m로 그다지 높지 않으나 시내 중심지는 다 보인다. 홋카이도北海道의 하코다테函館, 효고兵庫현의 고배神戸와 더불어 '일본 3대 야경'이며 모나코, 홍콩 그리고 나가사키 '세계 3대 야경'에 들어가는 야경. 산정에서 좌우를 돌아보면 U자형의 양쪽 산에 온갖 보석이 빼곡히 박혀 반짝인다. 산호, 호박, 금강석, 마노, 오팔이 빛나고 있다. 검은 바다에는 오가는 배들의 불빛이 아름다운 야경에 추임새를 더한다. 신선놀음에 시간 가는 줄 모르다 한참 뒤 정신을 차린다. 멀리 그 보석이 뻔히 불빛인 줄 알면서도 이나사 산을 내려와서 차마 숙소로 가지 못하고 일부러 보석들의 무더기가 보이는 반대편의 151m의 가자가시라風頭 산에 올라 본다. 보석들이 무더기로 있을 거라고, 생각하며 밤의 산동네를 찾아갔다. 그러나 보석은 간데없고 그저 초라한 산동네 빈민촌 건물만 빼곡하게 박혀있다. 가난한 창문의 등불들이 희미하게 켜져 있고 가로등이 졸고 있을 뿐이었다. 아무리 돌아보고 또 봐도 보석은 없다. 좁은 공터에 오니 희미한 가로등 아래서 거세게 생긴 중년 여인 하나가 억센 말로 순경에게 큰소리를 치고 있다. 말은 알아듣지 못하겠지만 분위기는 여자도 무슨 해결을 위한 하소연도 아니고 떠드는 게 목적인 듯 하였고, 순경도 그저 건성으로 운운하면서 맞장구치는 것으로 그의 밤 근무를 수행하고 있었다. 방금 내려온 이나사 산 불빛이 보석처럼 보이듯이 이 남녀들도 멀리서 보면 보석처럼 반짝일까 생각하니 웃음이 나온다. 무지개의 뿌리를 찾아다니던 '칼 붓세'의 허무를 경험한 밤이었다. 나가사키에만 가면 보석들의 반짝이는 소리에 불면의 밤을 자주 보내게 된다.

제 8 화

나가사키 여행기 3

나가사키 평화공원을 가기 위해 작은 동네 언덕길을 내려가고 있었다. 여느 동네 일본 집들이 대개는 그렇듯 이 동네도 비슷비슷한 크기의 살림집들이 모여 있고 가게가 모여 있지 않다. 동전 세탁소, 채소 가게, 육소간, 생선가게 등이 여기저기 흩어져 있다. 공원 쪽으로 내려가다 보니 젊은 여자 한 사람이 푸성귀 담긴 광주리를 길거리 한쪽에 내리고 있다. 물건이나 사람의 행색으로 보아 아마 변두리 쪽에 사는 가난한 새댁이 작은 밭에서 수확한 채소들을 갖고 온 것 같았다. 이런 곳에서 푸성귀를 팔 생각하는 걸 보면 아직은 초보인가 보다는 생각이 들었다.

평화공원은 원자폭탄이 공중에서 폭발한 그 바로 아래 지점에 만들어진 기념 공원이다. 공원 지하에는 당시에 남은 유물들과 사진들이 전시되어 있다. 사진은 온갖 비참한 사상자들의 사진이 있는데 살아 있으면서 가죽이 훌렁 벗겨진 사람 모습을 보면 저절로 눈을 감게 된다. 대낮에 원자탄이 터지자 수업받던 의과대학 학생들이 한꺼번에 몰살당하고 그 주검들이 교실 바닥에 그림자처럼 줄지어 눌어붙어 있는 사진. 이 사진은 의미를 잘 몰라 한 참 본 뒤에 서야 외면하게 된다. 초등학교 5학년쯤 되는 남자애가 고개 뒤로 젖혀진 어린 동생을 등에 업고 여러 사람과 함께 줄 서 있는 사진도 있다. 처음에는 구호물자 배급을 타기 위한 줄서기인 줄 알았다. 그러나 그런 평범한 사진이 여기 전시될 리가 없다. 화장장 앞에 줄 서 있는 광경인데 동생 업은 사진은 부모의 몸뚱이는 원자폭탄에 어디론가 날아가 버렸고 겨우 죽은 동생을 찾아 업고와 화장 순서를 기다리는 내용이다. 사진의 주인공은 울지도 않고 입술만 꼭 깨물고 서 있다. 차라리 그 애가 울면서 서 있었다면 내 가슴이 그렇게 아프지는 않았을 것이다. 평화공원에는 온갖 추모탑들이 서 있다. 철도청, 경찰서, 학교 등등 기관에서 직장 선후배의 영혼을 기리는 탑이다. 한국인들도 1만여 명이 죽었다. 그러나 우리나라 정부는 물론 어떤 시민단체 한 곳도 위령비하나 만들 생각을 않고 있다. 갈 때마다 설마설마하고 찾아다니던 중 어느 해, 탑 한 개를 발견했다. 그럼 그렇지 하고 자세히 들여다보니 조총련에서 추도비를 만든 것이었다. 그래서 이곳에 왔다 갈 때는 늘 기분이 나빠서 돌아간다.

　평화공원 볼일을 마친 뒤 아침에 왔던 길을 되돌아 올라갔다.

일행들과 헤어져 시간적 여유가 있어 뇨코지如己堂를 들렀다가
갈 생각이었기 때문이다. 아침 그 자리에 그 여자가 서 있었다.
이미 해는 하늘 한가운데 떠 있고 날씨는 더웠다. 그 여자의
곁으로 다가갔다. 나이는 30대 초반 미모였다. 지금 당장 옷만
이라도 옳게 차려입으면 긴자나 유라쿠 초에 가도 빠질 게 없
는 외모다. 평소 입던 옷을 그냥 입고 온 듯 모양도 없고 깨끗
하지도 않았다. 옷은 초라해도 여인의 살결은 엷은 초코릿 빛
깔에 밝고 투명하다. 눈도 크고 입술도 또렷하다. 그러나 장사
하러 나온 눈은 앞을 보지 못하고 땅바닥을 내려다보고 있다.
손님을 보면 입이 움직여야 되는 데 말이 없다. 지나쳐도 서로
인사를 하는 것이 일본의 풍습인데 이 새댁은 손님에게 말을
하지 못한다. 오히려 빨리 가기를 바라는 눈치였다. 그녀의 나
물 소쿠리는 작아서 다 팔아 보아야 집에 돌아갈 차비라도 나
올까 걱정되었다. 날은 더운데 차라리 그늘에라도 서 있었다면
내 마음이 슬프지 않았을 것이다. 나물 소쿠리는 다행히 그늘
에 있었지만, 새댁은 땡볕에 서 있었다. 도회의 미녀라면 멋있
는 큰 키였을 덴데 초보 나물 장수의 키는 커서 슬퍼 보였다.
그녀가 좌판을 벌인 동네가 평화공원에서 가까운 거리이기는
하지만 관람객들이 이 언덕으로 올라오는 사람은 별로 없다.
왜 인적이 드문 동네에 서서 있는 것일까? 행인을 불러 세울
용기도 없으면서 손님들이 모인 곳으로 왜 가지 못할까? 나물
을 사 줄 수도 없고 그냥 가기도 그렇다. 나가사키만 생각하면
늘 떠오르는 그날의 풍경화가 지금까지 풀지 못하는 나의 화두
중에 하나다.

이 언덕 끝머리의 뇨코지의 주인 '나가이 타카시永井隆'는 나가사키 의대 교수였다. 원자탄으로 부인이 죽고 자신은 그 후유증으로 생긴 암 때문에 죽을 무렵에는 배에 물이 차서 숨도 제대로 쉬지 못하였다. 그런 어려움 속에서도 두 남매를 교육시키고 책을 쓰고 의학 연구를 하며 살았다. 일본에서는 흔치 않는 천주교 신자로서 자신처럼 뻔뻔스럽지도 못하고 돈에 눈이 어둡고 운수도 없는 가난한 사람들을 위해 최선 다해 하나님의 말씀을 전도하며 그들과 함께 기도하며 살다가 43세에 죽었다. 3평 남짓한 건물의 '뇨코(여기)'라는 당호 뜻은 "너 자신처럼 이웃을 사랑해야 한다" 마가복음 12장 31절에서 따온 구절이다. 나가이 타카시가 살았을 때는 많은 착하고 부지런한 사람들이 그를 방문하여 성자로 받들어 모셨다. 그는 자나 깨나 착하고 부지런한 사람들이 잘사는 세상을 기도하며 살았다. 지금 자신의 초막 아래는 아무 죄도 없으면서도 부끄러워 나물 하나 팔지 못하고 서 있는 여인이 있다. 그 여인을 위해 기도할 성자는 없다. 나가이 선생의 뇨코지를 내려오니 그 여인은 없었다. 누군가 그 나물을 광주리 채로 사 갔는지 아니면 시든 나물을 그냥 머리에 이고 집으로 갔는지 나는 모른다. 그녀는 왜 "내 나물 좀 사가세요!"라고 내 소매를 끌지 못했을까?

제 9 화

나가사키는 오늘도

오늘도 비가 내렸네

태평양 전쟁이 한창이다. 미국과 일본은 수많은 사상자를 내면서도 전쟁은 쉬 끝날 기미가 보이지 않았다. 초조해진 미국은 '복스카'란 애칭을 가진 B-29 폭격기를 일본의 '규슈九州'의 군수 도시 '고쿠라小倉' 상공으로 띄웠다. 기내에는 '패트 맨(똥뚱이)'이란 별명을 가진 공포의 폭탄인 원자탄이 실려 있었다. 폭격기는 예정된 시간에 목표지점 상공에 도달했다. 도시 위는 구름이 가득 덮혀 있어 원자탄을 낙하할 지점을 정할 수가 없다. 30분 이상을 떠다녔지만, 기상 조건은 여전히 악화 상태다. 기장 '척 스위니' 소령은 마음이 타들어 간다. 시간을 더 끌다가는 일본 전투기들이 올라올 수가 있고 '티니안' 기지로 되돌아갈 연료가 바닥나 추락할 수도 있다. 급박한 상황을 보고받은 사령부는 제3의 목표로 가라는 지시를 보내왔다. 복스카는

20분 뒤 '나가사키長崎' 상공에 도달했다. 그곳도 구름이 가득했고 아래가 보이지 않았다. 몇 번 선회한 뒤 회항하려는 순간 창문으로 둥글게 구름 없는 곳이 보였다. 스위니는 기지로 "판사님 출근 하십니다"라는 암호 무전을 보냈다. 타전 직후 풍풍이 폭탄을 그 둥근 공간으로 투하했다.

1945년 8월 9일 11시 2분. 인구 밀집한 민가 동네에는 형무소, 의과대학, 우라카미浦上 성당도 포함되어 있었는데 그 상공에서 원자탄이 터졌다. 인구 24만이었던 도시는 순간적으로 7만 3천 884명이 없어졌다. 폭탄 투하 직후 60도 각도로 급회전 상승한 뒤 막 하늘로 피어오르는 버섯구름을 사진 찍고 폭격기는 기지로 돌아갔다. 이미 8월 6일 미국은 B-29 '에노라 게이'로 '히로시마廣島'에 원자탄 '리틀보이(소년)'를 투하하여 14만의 사람들을 희생시켰다. 일본은 아무 반응이 없었다. 성급해진 미군은 항복을 재촉하기 위한 두 번째의 원자탄을 이곳에 내리꽂은 것이다. 8월 15일 일본은 드디어 항복했다. 피폭자들은 공교롭게도 경상도 출신들이 많았다. 종전 후 교포들의 많은 수가 귀국하였고 고향에 가족이 없는 사람들은 합천에 모여 공동생활을 하게 되었다. 나가사키 현, 적십자사는 해마다 대구와 합천을 방문하여 피폭자 실태를 조사하고 환자들 상태를 파악하고 일본의 병원으로 초대한다. 또한 적십자 대구병원과 합천 요양원 근무자 그리고 서울 소재 대학병원 내과 의사들을 나가사키로 초청해 교육도 하고 재일 한국 피폭자들의 실태를 파악하게 해준다. 내가 적십자 대구병원에 원장이 되었을 때도 이런 행사가 계속 진행되고 있었다.

그 해도 일본 적십자 관계자들이 정기 방문을 하고 떠날 채비를 하고 있었다. 떠나기 전날 저녁 고생하고 고마웠다는 말도 하고 격의 없는 대화도 할 겸 그들을 식사 초대를 했다. 적십자 나가사키 병원 부원장 '모리森', 의과대학 '오쯔루大鶴' 내과 교수, '미쯔코光子' 정신과 여자 교수, 현청 담당관 '쿠사바草場', 그리고 병원 간호과장 '마유미眞由美' 등이었다. 그들은 몇 년 동안 왔어도 이런 대접은 처음이라고 하며 놀란다. 처음에 고맙지만 규정을 어기는 것이라고 한사코 손사래를 치며 모임을 거절하였다. 하지만 계급 높은 사람이 의견을 내면 무조건 따르는 게 일본 풍습이다. 비록 내가 그들의 상사는 아니지만 직함을 존중해주는 의미에서 결국 초청에 응해 주었다. 회식 자리에서 내가 쓴 책 두 권씩을 선물했다. 장편 소설 '녹슨 철모鐵帽'와 논픽션 '아름다운 사람들'이다. 식사 후 노래방으로 안내하니 그들은 또 놀란다. 오야붕親分인 원장이 꼬붕子分들을 불러 함께 밥 먹는 일도 드문데 노래까지 함께 부르는 것은 파격적인 행동이기 때문이다. 모리 부원장은 '노란 샤스 입은 사람', 미쯔코 교수는 '해도 하나 달도 하나'를 우리말로 불렀다. 나도 답례로 '나가사키는 오늘도 비가 내렸네'를 일본어로 불렀다. 이날의 모임에서 진정한 우정을 느꼈는지 일행들이 본국에 돌아가서 양쪽 적십자병원이 자매결연을 하자는 제의를 해왔다. 우리 병원의 홍삼열 관리부장과 현청의 쿠사바가 작업을 진행해 드디어 나가사키에서 자매결연 조인식을 하게 되었다.

조인식은 나가사키 의사회관 강당에서 거행되었는데 강당에 딸린 작은 방에서 그쪽 병원의 신도 원장과 자매결연 협약서에서명했다. 매스컴에서 외국인과 문서에 사인하고 서로 주고받는 모습만 보다가 막상 취재의 주인공이 되고 보니 흥분되어 정신이 없었다. 기자들이 들락거리며 마이크를 들이대는 데 옆에 있는 우리 정부 인사가 대답하는 테두리를 정해주는 바람에 더욱 정신이 혼미해진다. 조인식이 끝나자, 부원장 모리가 옆방으로 자리를 옮기자고 했다. 조촐하게 다과회나 하는 줄 알고 문을 열고 들어가다 깜짝 놀랐다. 그곳은 작은 방이 아니고 커다란 강당이었기 때문이다. 수백 명이 모여 있었다. 사회자의 권유로 내가 축사를 했다. 계속해서 나가사키병원장의 답사, 시장과 시 의사협회 회장과 원폭연구소 소장 등등의 축사가 이어졌다. 연설이 끝나자, 강당에 모인 모든 사람이 큰소리로 만세 삼창을 하면서 의식은 끝이 났다. 이 의식으로 전혀 관계없던 남들이 먼 친척이 되는 느낌이었다.

다음 날부터 피폭 현장 견학과 피해자들의 당시 경험담과 현재 상태와 후유증을 직접 보고 학술강의를 들었다. 안내는 쿠사바와 그리고 현지 우리나라 파견 공무원들이 했다. 먼저 평화공원에 갔다. 입구 광장에는 커다란 청동으로 만든 남자 기념상이 앉아 있었다. 오른팔은 옆으로 벌리고 있었는데 원자탄의 위험을 상징하고 왼팔은 하늘로 뻗어 평화를 기원하는 상징이라고 했다. 공원 뒤쪽 약간 언덕진 곳 500m 상공에서 원자탄이 폭발했다고 한다. 폭심 바로 아래 형무소에 수감 되어있던 죄수 134명 전원과 의과대학에서 수업 받던 학생 모두가 즉사했다. 그 폭심 지하에 기념관이 있었다. 입구에 실물 크기로 만든 국방 색칠한 모형 원자탄 "패트 맨"이 걸려 있다. 보기만 해도 몸이 오그라든다. 벽에는 11시 2분에 멈춘 시계들이 걸려 있었다. 진열장에는 옷가지, 살림살이 도구, 생활용품 등의 당시의 물건들이 들어있었고 벽면에는 온갖 참상을 다룬 사진이 **빽빽**하게 전시되어 있었다.

불에 데어 온몸의 피부가 홀랑 벗겨진 사람. 죽은 동생을 업고 화장 순서를 기다리는 8세쯤 되는 어린 소년(미 해병대 사진병 조 오도넬 촬영), 수업 받다가 죽은 의대생들의 몸뚱이들이 검은 얼룩이 되어 나란히 땅바닥에 눌어붙어 있는 모습의 사진 등의 참혹한 사진은 아직도 뇌리를 떠나지 않는다. 폭심 부근에 있던 '우라카미浦上'성당은 전체가 홀랑 날아가 버렸는데도 기적적으로 쭈그러진 종 한 개와 기둥 몇 개가 부서지지 않고 남아 있었다. 그것들도 피폭 장소에서 옮겨 기념관에 보관하고 있었다.

"참 안타까운 일입니다. 히로시마에서는 폭격 맞고도 기적적으로 무너지지 않고 서 있던 '물산 장려관'을 그대로 현장에 그대로 두고 보존하여 그 건물 철제 돔 천정은 전 세계에 원자탄의 참혹상을 보여 주는 상징물이 되었습니다. 우리도 우라카미 성당의 기둥과 종을 그 자리에 두었다면 천주교 성지 순례처와 세계문화유산이 되었을 것입니다. 그런데 성급하게 기념관으로 옮겨 보관하는 바람에 귀중한 기회를 놓쳐 버렸어요." 쿠사바가 굉장히 아쉬운 마음을 토로한다. 지상으로 올라오는 벽면서부터 지상의 큰 연못까지 수많은 크고 작은 분수들이 솟아오르고 있다. 화상으로 죽어가며 물을 달라고 외치던 원혼들에게 지금이라도 원 없이 많이 마시라는 위령 분수들이다.

"저곳에는 많은 위령비가 있습니다." 쿠사바가 가르키는 공원의 한 곳을 보니 수많은 종이학을 접어 넝쿨을 만들어 걸어둔 위령비들이 보였다. 가까이 가보니 각종 직업별 그리고 지역별로 그들의 고향 사람, 동료, 선배를 위로하는 비석들이었다.

"한국인들이 세운 위령비는 어디 있나요?" 내가 묻자.
"유감스럽게 없습니다. 저기 일본 주민들이 세워준 비는 있습니만" 하고 쿠사바가 민망한 듯이 설명해 준다.

'무슨 이딴 나라가 다 있단 말인가! 지도자들이 잘못해서 나라를 빼앗겨서 천추에 남을 원혼이 되게 하고서는 자신들의 민족을 이렇게 이역만리에 방치하다니!' 물론 일본이 잘못해 수많은 우리 민초를 사지로 몰아넣은 원수이지만, 그래도 우리 동포는 우리가 챙겨야 되는 원혼들이 아닌가?

"원혼들이여 미안합니다. 우리를 용서하소서, 얼마나 서러우십니까, 원한을 푸시고, 저들을 살리소서, 당신들이 살리소서, 다시는 당신들의 정체성인 삼천리 백두대간이 타족他族 야만인들에게 침탈당하고 억울한 죽음이 없도록 당신들이 살리소서, 죽은 자가 산 자를 살리소서, 그대들에 정체성으로 생령을 불어넣어 그대들이 성자聖子로, 성녀聖女로 부활하소서, 분출하지 못한 붉은 피, 삼천리 백두대간에 심으소서, 임들이시여!

옆에 있는 산 자들을 쳐다보기가 민망했다. 아니 분한 생각이 들었다. 무능한 우리 정부나 원흉 일본 정부가 우리 동포들을, 민초들을 처참하게 죽도록 만들었다. 세상이 바뀌었건만 한국이나 일본 정치인들은 이 죽음에는 무관심하다.

쿠사바가 말했다. "한국 정부에서 지금 위령비 제작 문제를 토의 중이라고 하더군요. 머지않아 위령비가 생기겠지요" 더 부끄럽다. '전쟁 끝난 지가 언젠데…' 일본 민초들이 세운 위령비에 큰절을 올렸다. 일행 중에 나를 따라 절하는 사람은 아무도 없었다. 오랫동안 풀 수 없는 의문이다. 기념 공원 관람이 끝나고 나가사키 의과대학으로 갔다. 그곳에서 내과 오쯔루 교수의 안내로 일행은 그의 연구실에서 피폭 후의 인체의 후유증에 관한 연구 결과를 설명 듣는다.

공식 일과가 끝난 첫날 미쯔코 교수가 특별 개인과외를 한다며 나만 그녀의 승용차로 어둠이 깔리고 있는 '이나사稻佐'산으로 데리고 갔다. 169m로 별로 높지 않는 산이나 전망대에 오르니 시내의 중심지는 대게 다 보인다. 산으로 둘러싸인 밤 도시는 온통 금과 은, 그리고 산호, 금강석, 오팔 등의 보석 더미 속에 푹 빠져 있는 것 같다. 멀고 가까운 산동네 온갖 등불 전부가 반짝이며 교태嬌態 섞인 소리를 지른다. 도시의 한가운데 검은 밤바다가 끼어 있으니, 산과 건물들의 불빛과 항구의 실루엣이 함께 어울려 한 폭의 명화를 만들고 있다. 전망대에서 그녀가 나의 팔을 가볍게 끼고 있었다. 모르는 척 그녀의 허리를 가볍게 손으로 감았다.

"일본에는 삼대 유명 야경지夜景地가 있다지요?" 내 말에 미소를 자주 띠며 쳐다보는 그녀의 표정이 콧소리와 어울려 요염하게 느껴진다.

"여기 나가사키와 '효고兵庫'의 '코베神戸' 그리고 '홋카이도北海道'의 '하코다테函館'라고 흔히들 말하지요. 사람에 따라 나가사키 대신에 '오사카大阪'를 넣기도 한답니다."라고 설명한다.

"저기가 '테지마出島 와프' 같은데요?" 항구 옆에 있는 작은 불빛 동네를 가르키며 물었다.

"아이고 선생님은 역시 머리가 좋으셔. 일본말도 잘하시고 객지의 밤 풍경인데 잘도 아시네요" 이런 식 일본 예의가 싫다. 지능이 80 정도 되어도 알 수 있는 일들을 이렇게 칭찬한다. 식당에 가서 더듬거리며 일본어를 하면 "역시 의사 선생이라 머리가 좋은가 봐. 어쩜 일본말을 그렇게 잘하세요."라고 낯간지러운 칭찬을 듣는다. 일본의 그 '다테마에建前(입으로 하는 인사)'가 싫다.

"미쯔코 선생, 나의 학설 하나 들어보실래요?" 빤히 쳐다보는 밤 여자의 얼굴에 철탑의 오색 네온 불빛이 반짝이며 흘러가고 있었다.

"기대되는군요. 어서 말해 보셔요."

"저기 보이는 불빛들이 크고 작은 크기의 차이 말고는 본래

자기 모양에 관계없이 전부가 똑같이 둥글게 보이잖아요? 그리고 그것 중 멀리 있는 것들은 모두가 스스로 반짝이며 빛을 내고 있습니다. 실제로는 도시의 불빛들은 저렇게 동그란 것은 거의 없지요. 위로 길쭉한 가로등 옆으로 길거나 네모난 간판, 글씨가 쓰여진 불규칙한 모양의 네온사인, 기업체 사무실의 창문이나 가정집 창문의 불빛 등 모두가 모양과 크기가 각가지로 다른 발광체입니다. 이렇게 모양과 크기가 다른 불빛들이 우리 눈에 멀어지면 어느 지점부터는 모두가 둥글게 보이게 되지요. 그리고 그 거리가 더 멀어지면 모두가 스스로 반짝이며 빛을 내게 됩니다. 인간의 눈이란 이렇게 엉터리예요. 물체를 가까이서 보는 것과 먼 곳에서 보는 것이 다르게 느껴진단 말입니다. 신기하지 않으세요?”

“나루호도(역시), 듣고 보니 그렇군요.” 물건들은 변하지 않는데 사람의 머리는 ‘둥근 것이야말로 안정된 모양이다’로 입력이 되어있다. 멀어서 변별이 어려운 곳 발광체가 있으면 네모든 세모든 관계없이 모두 둥글다고 해석해 버린다. 또 그것들의 거리가 멀어지면 스스로 반짝거리는 것으로 착시를 일으킨다.

“선생님 그럼, 인간 눈의 그런 착시 현상은 어떻게 설명할 수 있나요?”
“아직 자신은 없는 소리입니다만 원리는 뇌의 안정 추구 습관이라고 생각됩니다. 위기가 오면 모래에 대가리를 처박고 안정되었다고 스스로 속이는 칠면조의 습관이 있지요. 인간도 풀기 어려운 문제는 제 편한 대로 해석하는 것 같아요.” 엉터리

이론을 흥미 있는 것처럼 경청해 주는 모습이 고마운 생각이 들고 밤 보석빛이 반사되고 있는 그녀의 동공을 보니 안고 싶은 충동을 느낀다.

"인간의 관계에서 생기는 애증의 감정과 사고도 이런 법칙을 따르는 게 아닐까요? 상대와 떨어져 그냥 멀거니 바라보는 것과 가까이 몸을 밀착하고 자세히 보는 것과 같은 차이." 그녀가 내 손을 세게 잡으며 맞장구를 쳐준다.

"테지마 바로 뒤로 보이는 저 산은 무슨 산이에요?"
"아, '가자가시라風頭山' 산이라고 합니다. 한국말로 '풍두산'이라고 합니다" 뜬금없이 미쯔코는 한국인지도 모른다는 생각이 든다.

"저 동네 가고 싶어요. 지금."
"갑자기 왜 그러세요?"
"저렇게 보석이 반짝이는 곳에 가서 보석을 한 움큼 쥐고 싶어요."
"스바라시(좋아요.)"

이나사 산에서 갑자기 가자가시라로 가자고 하니 귀찮을 법도 한데 그녀가 소녀처럼 좋아해서 커피 향기 나는 데이트가 된다. 가자가시라 산으로 올라가니 산꼭대기에는 덩치는 큰데 허름한 호텔이 있었다. 호텔 주차장에 차를 세워두고 동네 골목길로 들어가 보석을 찾기 시작했다. 산동네는 전형적인 빈민

촌이었고 좁은 길은 맨 흙길이었다. 구차한 민가들의 창문 불빛이 희미하게 흘러나오고 간혹 텔레비전 소리도 들렸다. 군데군데 전봇대가 서 있는 구불구불한 골목에는 길고양이 몇 마리가 어슬렁거리고 있었다. 어떤 골목에 들어서니 거칠고 큰 여자 목소리가 들린다. 경찰관들과 이야기를 하고 있다. 내용은 모르겠지만 무슨 사건이 생겨 그 과정을 설명하는 모양이었다. 그녀는 옷차림이나 인물로 보니 선녀는 아니었다. 이 동네가 무지개의 뿌리가 박힌 엘도라도가 아닌 것을 실감이 간다. 땅은 그냥 평범한 흙이었고 어디에도 금가루가 뿌려져 있지도 않았고 보석이 박혀있지도 않았다. 그녀는 땅바닥에서 무엇을 하나 주워 손에 꼭 쥐어 주었다. 가자가시라 산을 내려와 온 쪽을 올려다보니 산 위에는 또다시 화려한 보석들이 빛나고 있었다. 차 안에서 손을 펴보니 평범한 자그마한 돌이 쥐어져 있었다.

"칼 부세님 이쯤하고 그만 내려가요. 피곤해요" 미안한 마음에 저녁을 사겠다고 했다. 신치추가가新地中樺街 차이나타운에 있는 짬뽕집으로 갔다. 1899년 중국인 진평순이 그 요리를 개발한 식당 시카이로四海樓로 가고 싶었다. 그녀는 "그곳은 이름보다 맛이 별로예요" 하며 고집을 부려 코잔루江山樓로 갔다.

"이 집도 1946년에 문을 열었으니, 역사가 만만치 않아요." 하며 식당으로 들어간다. 듬뿍 올린 숙주나물과 그사이에 섞여 있는 돼지고기와 흰색에 분홍 테두리가 된 가마보코가 들어 있는 것이 나가사키짬뽕의 특징이다. 냄새 고소하고 채소가 많아 맛은 있지만 짜다. 내 말을 듣고 미쯔꼬는 볶음밥을 시켜 짬뽕과 같이 먹자고 했다. 그렇게 먹으니 두 음식이 서로 조화를 이루어 맛이 풍미가 있다.

"우리 좀 걸어요." 차를 유료 주차장에 두고 그녀가 내 손을 잡고 시내로 이끌었다.

"나가사키에서 유명한 다리 두 개가 있는데 아세요?"

"'메가바시眼鏡橋'는 아는데…" 하며 걷다 보니 사람들이 붐벼 어깨가 부딪친다. 어느새 식당과 패션과 쇼핑의 거리의 번화가를 나와 있었다. 이제는 늘 그랬거나 한 것처럼 자연스러운 자세로 팔짱을 꼈다. 자그마한 다리 위에 섰다. '사안교思案橋'라는 다리 이름이 기둥에 새겨져 있다.

"이 다리가 유명한 두 번째 다리예요. 선생님 여자 필요하세요?"라고 뜻 모를 말하며 그녀가 크게 웃었다.
"무슨 소리요. 당신은 남자야?"라고 짜증 어린 소리를 했다.

"옛날에는 이 다리 너머는 유곽遊廓과 요정料亭의 거리였데요. 술에 취한 오입장이들이 이 다리에 서서 한참 고민했다더군요. 여자를 사야 하나 아니면 참고 그냥 집에 가냐고 말이죠. 호호호 그래서 생각하는 다리 즉 사안교라는 이름을 얻었대요." 그녀가 이끌고 간 곳은 '카케츠花月'이라는 간판이 걸려 있는 긴 이층집이었다. 현재도 영업을 하고 있었다. 그녀는 머뭇거리며 저항하는 나를 잡아끌고 그 집으로 들어갔다. 마침 종업원은 나오지 않았다. 그 사이 얼른 그곳을 떠나왔다. "에이 선생님도

시시하긴 여자 좀 사지 그래요. 사실 지금은 요정으로 운영하고 있어요."

"우리 저거 타고 호텔로 가요." 하면서 전차로 올라갔다. 그녀의 난데없는 제의에 혹시 무슨 의도가 있을 수도 있을지 모른다는 기대감에 머릿속이 잠깐 복잡해진다. 밤 전차에서 농익은 여인과 흔들리는 나무 의자에 살을 데고 앉아 있으니, 기분이 공중에 붕 뜬 것 같다. 전차에서 내려 호텔 앞까지 오자 기대의 풍선은 뻥 터지고 만다.

그녀가 "오늘 당신 덕택에 즐거웠어요. 내일은 재미있는 곳으로 안내할게요. 오야스미나사이"하고 도망치듯 가버렸기 때문이다.

금요일은 각자 전공 분야의 연수 교육이 있는 날이다. 미쯔코 교수는 자신이 근무하는 나가사키 의과대학 정신과로 나를 데리고 갔다. 주임교수와 인사를 나누고 전공의들도 만나 봤다. 미쯔코가 소개해 준 전공의 중에는 조총련朝總聯계의 의사가 있었다.

"저의 할아버지 고향은 문경입니다. 저의 할아버지는 어릴 때 징용으로 '니시마端島(일명 군함도)'에 와서 광부로 일하는 바람에 우리는 일본에 살게 되었어요. 아버지는 어부 노릇해서 우리를 먹여 살렸고 어머니가 식당 주방 일해서 나를 학교에 보냈습니다." 유창한 우리말이다.

"그럼, 이 선생은 나와 같은 고향 사람이네. 대구에 꼭 한 번 놀러 와요" 식당에서 콜라 한 잔씩 마시며 이야기를 나누었다.

"전 조국이 북조선입니다. 할아버지와 아버지는 고향인 남조선 정부에서 자국민의 대접을 받지 못했다고 합니다. 가족을 버린 남한은 저의 조국이 아닙니다. 저가 이렇게 한국말을 하고 일본의 의대에 진학할 수 있었던 것도 다 공화국의 뒷바라지 덕택입니다."

"하지만 북한은 독재체제로 국민이 헐벗고 아사 직전이잖아요? 지금 한국에서는 조총련계도 조국 방문이 허용되어 있어요. 이념 관계없이 고향 땅 남한에 한 번 놀러라도 와요"

"공화국의 고난은 열등한 체제 탓이 아닙니다. 제국주의 의식에 빠진 미국의 봉쇄 때문입니다. 그런 악랄한 수법에도 살아 남아서 공화국의 깃발이 휘날리는 모습의 조국이 너무 자랑스럽습니다." 미쯔코가 왜 이런 만남을 주선했을까? 기분이 매우 찝찝하였다. 그 후 병실을 건성으로 둘러본 뒤 공식 일과를 끝났다. 그 시절 우리 한국도 배고프고 못살고 헐떡거려서 해외 동포를 돌아볼 겨를이 없었던 사정은 왜 모를까?

병원 방문이 끝나자 미쯔코는 말했다. "요즘 애들 무서워요. 제 할 말은 다 한답니다. 한국도 마찬가지겠지요. 선생 노릇도 힘들어요. 골치 아픈 이야기는 이쯤하고 기분 '바라시(전환)'하기 위해 꿈의 세계로 안내할게요."

'미나미야마테쵸南山手町'에 있는 '구로바 엔Glover園'으로 간다고 한다. 공원 가는 골목길에 기모노를 입은 여자가 조각되어 있는 큰 동판이 보였다. 몰락한 사무라이 딸 게이샤(기생) '초초(나비)'가 점령군 미 해군 대위 '핑거튼'에게 속아 사기 결혼을 한다. 미국으로 전출 간 그를 기다리며 노래를 부른다.

어느 개인 날
우리는 볼 수 있을 거야.
수평선 저 멀리
피어오르는 연기 한 가닥을
그리고 흰 배가 나타날 거야

－오페라 아리아 '어떤 개인 날' 인용

'푸치니 오페라' '나비부인'의 단골 여주인공이 해외를 다니며 2,000여 회나 프리마돈나 역할을 한 '미우라 다마끼三浦環'가 동판의 주인공이다. 나라는 미국에 항복하고 소녀 기생은 미군의 접대부가 되어 죽는다는 내용의 오페라 나비부인. 이 오페라를 볼 때마다 떠오르는 의문이 있다. 푸치니는 '투란도트'라는 오페라도 작곡했는데 무대는 중국이다. 고흐는 수많은 일본 그림을 열심히 따라 그렸다. 이토록 많은 서양 사람이 일본과 중국 문화에는 관심이 많았는데, 그런데 바로 이웃인 우리나라는 어떻게 철저하게 찬밥이었을까? 정말 궁금한 생각이 든다. 다만, 유추해 볼 수 있는 것은 '우리 대한제국이 국권을 일본에 빼앗기어 세계적 화두가 되지 못해서였으리라. 비통한 일이다.
요즘도 일본, 티베트, 스리랑카, 태국에는 온갖 서양 사람들이 불교 공부를 하고 참선 수행을 배우러 몰려온다. 그런데도 대승불교의 종주국이라고 스스로 큰소리치는 우리나라에 불교를 배우러 오는 서양 사람이 이제는 많이 늘었다.

"흠 미쯔코 교수보다 더 아름다운 여자군." 동판에서 프리마돈나의 얼굴을 쓰다듬으며 어설픈 농담을 했다.

"센세, 날 그렇게 밖에 못 봐요? 한쪽 면만 보지 마셔요. 과정도 보고 속도 보고 좀 종합해서 평가해주세요."

눈을 살짝 흘기며 노려본다. 티격태격하면서 에스컬레이터를 타고 그로바 엔으로 입장했다. 일본의 개항 시절 영국의 무기상 글로버, 그린거, 구오르트 등을 포함하여 거부들이 살던 가옥 8채를 시청이 사서 동산에 옮겨 서양식 공원으로 만들었다. 집들은 서양 영화나 다큐멘터리에서 자주 보던 것들이어서 눈에 익었다. 방안 의자에 앉아 정원을 내다보니 기화요초琪花瑤草로 꾸며 놓은 정원은 살아있는 풍경화. 정원 벤치에 앉아서 보니 바다에는 작고 큰 배들이 눈높이에서 미끄러지듯 오가고 있어 꿈속 같다. 향기로운 바람은 뺨을 간질이고 한 잔의 라므네는 입안을 부드럽게 문질러 준다. 슬그머니 미쯔코가 내 손을 잡으며 말한다.

"센세 이런 말 해도 돼요?"

"미쯔코 상 언제는 허락 맡고 말했나요? 마음대로 해 보세요" 라고 일부러 부루퉁한 체, 말하지만 심장이 가볍게 뛰는 것이 느껴진다.

"바람 피고 싶어졌어요. 밀착해서 다니다 보니 그런 생각이 들어요. 당신의 '물체의 거리와 빛의 관계' 학설이 맞나 봐요." 하며 크큭 웃는다. 여자들의 말을 잘못 해석하는 판에 더구나 일본 여자가 주어主語도 없이 하는 말을 제대로 해석할 수가 없다.

"혼또(정말)?"

"작년 대구에 갔을 때 당신을 처음 보았을 때 일단 외모는 합격점이었어요. 하지만 눈매가 날카롭고 말속에 칼이 들어있어 호감이 가지 않았어요. 하지만 존경하는 마음은 들었지요. 일요일마다 외국인 무료 진료를 하고 미전향장기수(사형선고 받은 간첩)들과 친구가 되어있었어요. 윤락녀, 문제 청소년들을 위한 진료와 상담소 등을 운영하고 있더군요. 당신의 인생관이 고스란히 담긴 병원을 운영하고 있음을 느꼈어요. 적십자병원은 일본에서도 영리 추구하는 병원으로 전락한 지 오래되었어요. 이번에 당신과 가까이 지내면서 보니 또 다른 면이 보이네요."

"그쯤 합시다. 농담 그만하고 이제 당신의 이야기를 듣고 싶어요." 벼르고 있던 화재로 말머리를 돌렸다.

"난 '자이니찌在日(재일교포)'예요. 한국 이름은 최광자. '야나기柳'는 결혼 후 받은 성이지요. 시댁도 귀화한 조선인이에요. 시댁은 한국 경상북도 청송, 심씨 부잣집 자손입니다. 시아버지는 교토京都대학교 의과대학 출신으로 큰 병원을 경영하며 잘 살았어요. 해방 후는 민단民團에 가입하여 간부까지 했어요. 남한 정부에서 관리들이 일본 출장 오면 인사하러 오는 실력자였지요. 그러나 좌파 정권이 탄생하자 찬밥 신세가 되더군요. 시아버지는 일본으로 국적을 바꾸어 버렸습니다. 남편은 한국말을 잘못합니다. 저하고 성장 배경이 달라서인지, 우리 부부 두 사람은 아기자기한 정을 느끼지 못하고 살아요. 남편은 착하고 성실한 남자입니다. 그러나 나에게 안기려고 하는 나약한 사람입니다. 안타깝게 마마보이의 그런 기대를 채워 줄 의사가 없었지요. 그러자 남편은 내가 딴 남자에게 관심을 가진 탓이라며 부정망상을 갖게 되었습니다. 게다가 애까지 없으니 한 지붕 두 가족 격으로 살고 있지요. 우리 가족은 할아버지가 이곳에 있는 '미쓰비시三菱' 조선소로 징용을 온 게 일본과 인연의 시작입니다. 원자탄이 떨어졌을 때 아버지는 '가미가제神風' 특공대에 차출되어 '이부스키指宿'의 '치란知覽 돌격항공대'에서 훈련 중이었고 삼촌은 남양군도 '팔라우'에서 사병으로 싸우고 있던 참이라 두 형제는 피폭당하지 않았어요. 원자폭탄이 터질 때는 할아버지는 새 군함 성능시험 항해하러 나갔다 살았다고 하더군요." 우리말 한국어로 이야기를 한다.

"할머니는?"
"대학병원 청소부로 일하다 원자탄에 흔적 없이 사라졌어요."
"고생 많이 하고 살았겠군요."

"아니 별 고생하지 않았어요. 아버지는 '야쿠자'의 '샤테이슈弟(보스의 의형제)' 계급까지 올라가 편한 생활을 하며 빠찐코 가게까지 가지고 있었어요. 돈 있고 힘이 있으니까, 아무도 우리 가족에게 이지메(왕따) 하려는 사람은 없었어요. 북조선은 우리 같은 노동자, 농민을 챙겨 주는 나라라고 해서 조총련에 가입했어요. 자연 학교도 조총련이 세운 곳에 다녔어요. 치마, 저고리 입고 다니느라 주위 시선에 마음고생 많이 했죠. 학교에서 부모를 부르면 엄마는 일본말을 잘못 해 아버지가 왔는데 팔뚝에 문신하고 오니 부끄러워 애를 먹었어요. 운전하고 온 꼬붕들은 최경례(90도 경례)를 하니 친구들은 그걸 흉내 내며 나를 놀렸지요."

"삼촌은?"
"북조선에 살아요."
"그건 또 왜?"

"삼촌은 형과 같이 '야마구치구미山口組' 나가사키 지부에 속해 있었는데 조직원 한 놈이 배신해 칼로 찔러 죽였어요. 그때 자이니찌들의 북송北送이 한참이었죠. 경찰은 삼촌에게 체포하기 전에 북송선 타라고 권했지요. 일본은 골치 아픈 '조센징鮮人'을 청소해 좋고 북조선은 체재 선전용으로 이들을 이용할 수 있어 좋았지요. 누이 좋고 매부 좋고 해서 이 사업이 한동안 진행되었어요. 우리 조총련 소속 애들은 자주 '니가타新潟' 항구에 동원되었어요. 공화국 가는 '만경봉萬景峰'호를 향해 인공기를 손에 들고 울고 고함치며 흔들어대었지요. 삼촌은 이 배를 타고 합법적 도주를 한 거죠. 선생님 이제, 그만 해요."

"조금만 더 듣고 싶소."

"우리 가족은 조선인으로 사느냐 일본인이 되느냐 꽤 오랫동안 고민을 했지요. 따져보니 조국이라고 생각한 남쪽은 우리에게 아무런 도움을 준 적이 없습니다. 우리 고향이 대구 경산인데 그곳에는 지금 친척은 아무도 없어요. 짐승처럼 머슴살이하다 온 할아버지는 고아였거든요. 만약에 경산에 우리 피붙이가 산다면 결과를 달라졌을지도 모릅니다. 북조선은 조총련계 교포들에게 관심을 많이 기울여주었어요. 결국 북조선을 고국으로 정했습니다. 총련계 학교 다닌 덕에 조선말을 잊지 않게 된 겁니다.

기념 공원에서 보셨다시피 원폭으로 많은 한국인들이 죽었어도 남북 어느 쪽에서도 그 흔한 위령비 하나 세우지 않았어요. 보다 못한 일본인들이 위령비를 만들어 주었지요. 공화국이나 한국 어느 정부도 피폭자인 우리 자이니치에 관심 가져 주는 나라는 없었어요. 우리는 부모에게서 버림받은 고아 같은 신세예요. 오사카의 시민운동가 '이찌바市場' 여사는 우리를 보고 바보라고 했지요. 왜 한국이나 일본 정부에게 피해 보상을 옳게 받지 못하냐고요. 결혼하면서 나는 귀화한 시댁을 따라 일본 국적을 취득했습니다. 남편도 우리 대학 외과에 근무하고 있어요. 북조선도 한국도 나와는 관계없는 곳입니다."

그녀를 안았다. 그리고 입술로 볼을 부볐다. 거부하지 않고 살며시 기대어 왔다. 정원수에 앉아 있던 붉고 파란 털을 가진 새가 자지러진다. 수학여행 온 학생들이 몰려오자 우리는 포옹을 풀었다. 새도 조용해졌다.

"며칠 같이 지내면서 당신 본 모습을 보았어요. 대구서 본 모습과 다른 면이 보였어요. 여자를 무시하는 태도. 남들에게 쌀쌀맞게 구는 모습, 틀리지 않으려고 애를 쓰고 지지 않으려고 안간힘 쓰는 행동, 지금 보니 그것들은 다 그림자였어요. 당신은 여자에게 사랑받고 싶어 하고 약자를 품어주려는 게 당신의 본마음임을 알았습니다. 긴 세월 당신은 그 본마음을 감추고 어렵게 살고 있어요. 이번에 가까이서 보니 그것을 느끼게 된 거 같아요. 힘있는 남자, 여자를 보호해 줄 수 있는 남자, 당신이 좋아진 거예요. 아버지와 같은 대구말을 하니 호감이 더 가요. 성격도 닮았고. 당신 그거 생각나요? 일본 온 첫날 함께 길을 걷는데 나에게 어떤 꽃을 가리키며 이름을 물었지요. 대답을 못 하자 당신이 무슨 말 했는지 기억나세요? '교수가 그것도 몰라요?'라고 했어요. 얼마나 무안했는지 아직도 얼굴이 화끈거려요. 초면에 어떻게 그런 말을 다 해요? 어쩜 우리 오도상(아버지)과 그렇게나 닮았는지 호호호. 야쿠자의 딸에게 감히 그런 말을 하다니." 그녀가 하늘을 올려보며 웃었다.

"그 꽃은 히간바나彼岸의 꽃 한국어로 상사화였지요. 꽃과 줄기가 서로 다른 시기에 피어나 한 나무이면서도 서로 만나지 못하는 화초, 슬픈 꽃이지요?" 그녀는 쓸쓸하게 웃으며 말했다.

"그럼, 이제부터 난 당신의 애인이 되나요?"라고 웃으며 말했다. 그녀가 화들짝 놀란다. 아무것도 아닌 말에 왜 그렇게 과민반응을 보이는 걸까? 잠시 후 설명이 이어졌다.

"일본서 애인愛人(아이진)이란 말은 불륜의 대상을 말해요."

"그럼 사랑하는 사람은 뭐라고 불러요?"

"연인戀人(고이비또)이라고 부른답니다."

"그럼 난 연인? 애인?"하고 말하자 그녀는 화제를 돌렸다.

"선생님 기억나세요? 내가 대구서 불렀던 노래 제목."

"달도 하나 해도 하나를 불렀잖아? 그 노래는 한국전쟁이 발발하기 전, 남로당 소속들이 많이 부르던 노래예요. 난 속으로 당신이 '친북 일본인 인가?'라는 생각을 했어요."라고 대답했다.

"당신은 '나가사키는 오늘도 비가 내리네.'를 불렀잖아요"

"구라바 엔은 맑은 날은 달콤하며 꿈속 같은 곳이고, 비가 오면 슬프면서 포근한 곳이에요. 외로운 날이면 난 여기에 혼자 와서 노래를 많이 불렀어요." 눈물을 글썽이며 그녀가 어깨를 기대고 나지막하게 콧노래를 부른다.

뺨에 흐르는 눈물은 비에 섞여
목숨도 사랑도 다 바쳤건만
마음이, 마음이 심란해서
마시고 마셔 취해보아도
술에게는 원한이 없는 것을
아! 나가사키는 오늘도 비가 내렸네

"그 노래는 누구에게 배신당하고 부른 노래요?" 괜한 심술이 나서 물었다.

"당신은 나를 그렇게 만만하게 보지 마세요. 내가 인물이 모자라요? 공부가 모자라요?. 난 패배하지 않는 여자랍니다. 이렇게 울타리가 쳐지니 마음이 푸근해요. 행복해요."라며 손으로 내 뺨을 쓰다듬었다.

출장 마지막 날은 일행들에게 모두에게 종일 자유시간이 주어졌다. 나와 미쯔코는 나가사키현 '사세보佐世保'에 있는 '하우스 텐보스(숲속의 집)'로 갔다. 나가사키시에서 두 시간쯤 걸리는 승용차 거리에 있었다. 온 가족들이 다양하게 즐길 수 있도록 호텔, 오락, 문화시설과 전시용 건축물로 형성된 유료 공원이었다. 바다에 나가 크루즈 여행이나 낚시도 할 수 있고 공원 내에서 카약 타기, 캐널 크루즈 등도 할 수 있다. 영화관, 뮤지엄과 미술관도 품위 있는 볼거리다. 캐널 크루즈 배를 타고 가던 중 갑자기 배가 급커브를 돌았다. 선장이 연인들에게 준 선물이다. 그녀가 휘청하며 물속을 기우뚱한다. 깜짝 놀라 그녀의 상체를 안자 가슴에 안긴 채 웃으며 말한다.

"하하하 당신은 내가 죽는 건 싫어하는군요. 당신이 날 좋아하는가 실험해 본 거예요." 싫지 않는 소리다.

작은 유람선에서 내려 원내를 둘러본다. 유럽식 정원에다 고성을 흉내 낸 건물들이 있어 유럽에 온 착각을 일으키게 한다. 온갖 색깔로 활짝 핀 크고 작은 꽃으로 뒤덮인 작은 네덜란드 속으로 들어간다. 튤립은 지고 장미가 눈부시게 동산을 덮기 시작하고 있다. 그녀 쪽으로 관심이 이동해 버린 탓인지 경치 감상보다는 벤치에 앉아 아이스크림을 빨거나 둘이 이야기하는 것이 더 즐거웠다.

아침 일찍 오느라 벌써 배가 고프다. 그녀에게 기억에 남을 점심을 대접하고 싶었다. 공원 안에 있는 호텔 레스토랑에 가기 위해 그쪽으로 걸음 옮겼다. 호텔 로비에 들어서자 나도 모르게 발길이 카운터에 가서 빈방 있냐고 묻고 있었다. 한 걸음 뒤에 서 있던 그녀가 다가와 귀에 대고 조용하나 엄숙하게 속삭였다. "난 아직 그런 기분이 아니에요. 아직 준비되지 않았다니까."라고. 무안하고 화가 났다. 호텔을 나와버렸다. 인근 레스토랑에서 스테이크로 점심을 먹는데 입맛이 돌지 않아 건성으로 조금 먹은 뒤 나왔다. 시내로 들어와 그녀가 귀엽게 웃으며 말한다.

"기모찌가 와루이 데스까?(기분 좋지 않아요?) 이럴 때 특효약이 있는데…" 그녀는 애교 부릴 때는 '당신', 평소 대화에는 '선생', 공식 자리에서는 '원장',이라는 호칭을 쓴다. 당신이란 호칭에 미쯔꼬가 삐진 것이 아니라는 신호를 보내는 것으로 해석하고 그제야 안심이 되어 대꾸한다.

"혹시 맛있는 뽕이라도 주려는 거요"
"바로 그거예요. 잘도 아시네. 우울할 땐 단 음식이 최고지요."라면서 카스테라 가게로 안내했다. 상호가 '후쿠사야福砂屋'다. 자리에 앉자 심술이 덜 풀려 시비를 걸었다.

"나가사키 카스테라라면 세계적으로 '분메이도文明堂'인데 왜 이딴 이름 없는 집에 온 거요?"

"아이고 선생님도 모르시는 것이 있네, 호호호 후쿠사야는 1624년에 창립된 일본 카스테라의 원조예요. 1681년에 쇼오켄 松翁軒이 생겼구요. 분메이도는 1900년에야 문을 연 애송이예요. 그치들이 유명한 건 맛이 아니라 선전술이 뛰어났기 때문입니다. 아시겠어요. 센세?"

그녀는 말차와 카스테라를 먹으며 설명을 이어나갔다. "일본에는 1,000년 넘는 기업이 7개, 200년 된 기업이 3,000개, 100년 된 기업이 5만 개 넘어요. '야마나시山梨'에 있는 여관 게온 칸慶雲館은 52대에 걸쳐 1,300년째 운영하고 있습니다. 분메이도는 아직 유아인데 뭐 그렇게 맛이 있을까?" 보기 좋게 한 방 먹었다.

뭔가 다 채우지 못한 아쉬움에 젖은 담요를 뒤집어쓴 기분으로 호텔로 돌아왔다. 전화벨이 울린다. 직감으로 미쯔꼬란 걸 안다. 호텔 로비에 와 있는 걸까? 가슴 두근거리며 전화를 받았다.

"선생님 내일 마지막 날이잖아요. 운젠산雲仙岳 가요. 아침에 올게요. 도착 전 전화합니다. 오야스 미나사이(잘 주무세요)." 하고 전화가 급히 끝난다.

내가 말할 기회를 주지 않으려는 듯한 의도인 것 같았다. 아침에 그녀가 청바지에 보라색 티셔츠 차림으로 호텔로 왔다. 화장한 얼굴과 볼록한 가슴을 보니, 교수가 아니라 배우처럼 보인다. 시가지를 떠나니 속이 후련해진다. 운젠산 가는 도중 넓은 바다가 내려도 보이는 절벽의 휴게소에서 잠깐 쉰다. 그녀는 색안경을 끼고 나의 팔짱을 끼고 함께 사진을 찍었다. 남들이 오가고 있는데도 우리는 키스를 하였다. 그녀가 달콤한 반응을 해주었다. 휴게소에서도 한 참 더 달려 1,485m의 운젠산 아래 도착했다. 매표소 직원이 오늘 뭔가 좀 위험하다며 잘 생각해 보고 케이블카를 타라고 했다. 그 주의 말은 일본인들 특유의 과잉된 조심성이라 치부하고 산정에 올랐다. 관광객은 별로 없었다. 덕택에 조용한 산을 우리 것인 양 만끽할 수 있었다. 화구 주위의 산책로를 걷는다. 산 공기는 밝은 햇볕에 섞여 맑아 수정처럼 빛나고 있었고 깊은 호흡을 하니 정신도 금강석처럼 맑아진다. 산새 울음마저도 없는 조용하고 투명한 산은 텅 빈, 공간, 그 속에서 가득히 충만 된 그 무엇이 느껴진다.

얼마나 걸었을까, 경치에 취해 모르고 있었던 탓인지 어느새 화구에서 연기가 올라오고 발아래가 땅이 조금씩 흔들림을 느낀다. 착각인가 생각했다. 조금 뒤 더 크게 땅이 흔들렸다. 연이어 유황 냄새 잔뜩 품은 화산 연기가 자욱하게 피어오르고 자갈들이 튀어나왔다. 우리는 시멘트로 만든 대피소로 뛰어 들어 갔다. 서로가 부둥켜안고 있었다. 천둥 울리는 소리가 크게 들리자, 그녀가 가슴을 파고들었다. 머리칼의 은은한 향기에 가슴이 가볍게 두근거렸다. 귀에 입을 갖다 대고 "곧 끝날 거야 걱정마."라고 속삭였다. 화산 연기가 자욱해져 이제는 밖이 내다보이지 않았다. 큰 바위가 콘크리트 지붕에 쿵 하고 때리는 소리가 들렸다. 밖은 암흑이 되었다. 숨길이 가빠졌다. 그녀의 귓밥을 잘근잘근 씹었다. 입술은 귀를 떠나 그녀의 목으로 내려갔다. 혀는 목을 핥았다. 그녀가 밀착해 왔다. 붉은 용암은 보이지 않았으나 크고 작은 돌맹이들이 대피소 콘크리트 지붕을 소나기처럼 때리는 소리가 들렸다. 심하게 떨어질 때는 저절로 몸이 오그라들었다. 서로는 힘차게 입술을 빨며 혀는 서로의 것을 소중히 애무하고 있었다. 젖가슴을 더듬던 손이 아랫도리로 내려갔다. 흥건히 젖어 있었다. 그녀의 손도 바지 속에 들어와 꽉 쥔 채 앞뒤로 흔들고 있었다.

화산 폭발의 공포는 이미 증발해 버렸다. 무한한 우주, 진공 속에서 두 사람은 짐승처럼 으르렁거리며 서로를 공격하기 시작했다. 그녀의 손이 단단한 그것을 꽉 움켜쥐고 비틀었다. 붉은 용암이 우리를 덮쳤으면 좋겠다는 생각이 들었다. 서로가 상체와 하체를 거꾸로 정복하여 맞대고, 애욕을 분출하고 있었다. 그녀의 뜨거운 화구에 고개를 파묻고 그 심연에 혀를 밀어 넣었다. 그녀도 계곡에 입술을 들이대고 단단해진 큰 산을 물고 빨며 흔들어대니 뇌성雷聲이 친다. 서로의 육체는 용암보다 더 강력한 폭발력으로 내뿜기 시작했다. 서로가 지르는 뇌성 소리는 컸지만 강력한 화산 폭발 소리에 묻혀 들리지 않는다. 둘은 다시 얼굴을 마주 보는 자세로 바꾸었다. 한쪽은 큰 산을 깊은 계곡에 밀어 넣고 상대는 깊은 계곡을 벌려 큰 산을 깊숙이 받아들여 때로는 부드럽게 때로는 굳고 힘차게 서로의 음과 양의 우주적 기운이 융합하고 있었다. 짐승처럼 신음하며 초성初星을 토해냈다.

강과 약, 우주적 파동이 여러 번 끝나고 둘은 신성한 성자와 성녀로 누워있었다. 밖이 밝아져 있었다. 화산 폭발이 잦아든 모양이었다. 화산재도 올라오지 않고 자갈도 튀어 오르지 않았다. 간혹 묽어진 연기만 문득문득 피어오르고 있었다. 콘크리트 대피소를 나와 조용해진 화구 앞에 멍하게 서 있었다. 어디선가 기계음이 들리더니 케이블카가 올라왔다. 노란 옷을 입은 구조대원들이 내렸다. 그들은 주위의 딴 대피소도 더 둘러본 뒤 우리를 데리고 아래로 내려갔다. 미쯔코의 차량은 화산재로 덮여있었고 창문은 다 깨어있었다. 둘은 나가사키로 돌아오며 한마디도 하지 않았다.

3년 뒤, 일본에서 부친 소포 꾸러미를 한 개를 받았다. 미쯔코가 보낸 소포였다. 속에는 일본어로 된 책 두 권과 손편지 한 통이 들어있었다.

[미쯔코의 편지]

선생님 그동안 잘 지내셨어요. 오랫동안 인사 못 드렸네요. 운젠산 갔다 온 뒤 이혼했습니다. 차는 온통 화산재를 뒤집어쓰고 창문과 차체는 돌들에 찍혀 깨어져 있었고 게다가 내 몸은 멍과 상처투성이였으니 남편이 가만있을 수 없었겠지요. 집에 와서 T.V를 보니 산은 붉은 용암이 홍수 물처럼 흘러내리더군요. 그것들이 우리 쪽으로 흘렀으면 얼마나 좋았을까, 하는 생각이 들더군요. 당신이 일본 오셨을 때 내가 먼저 선생님 쪽으로 다가갔어요. 유혹했어요. 눈치채셨어요? 당신이 그때 물었던 꽃 이름은 상사화였지요. 그 꽃은 잎과 꽃이 한 몸이면서 서로가 보지 못하는 비극적인 꽃이란 걸 그때 처음 알았어요. 지금 나는 이곳 차안此岸에 당신은 저곳 피안彼岸에 있는 걸까요? 우린 상사화로 만났던 것일까요? 이혼한 해에 안식년을 맞았어요. 무척 힘든 한해였어요. 자주 골로바 옆에 갔어요. 가끔은 이나사 산이나 시안 바시에도 갔고요. 아무것도 남아 있지 않는 그곳들은 오히려 더 큰 아픔을 주었지요. 어느 날 광활한 바다로 나갔지요. 어느 정도 마음이 뚫리는 느낌이 들었어요. '이키壱岐'섬에 내려 산책하다 보니 '덴토쿠지天德寺'라는 절이 있더군요. 주지 스님에게 '저의 우울을 덜어 주세요'라고 농담조로 하소연을 하자 '남전참묘南泉斬猫'라는 화두를 주었습니다. "어느 날 남전이 고양이 한 마리를 두고 제자들이 서로 자기네 것이라고 다투자, 고양이를 칼로 두 동강이 내어 죽였답니다. 그리고 외출서 돌아온 수재자 조주에게 물었답니다. '내가 왜 고양이를 죽였을까?'" 스님은 그 화두를 풀면 안락한 세상을 만나게 된다고 했어요. 하지만 어려운 화두는 은산철벽銀山鐵壁처럼 더욱더 나의 가슴을 더 숨막히게 했어요.

어느 날 우연히 선생님의 소설 '녹슨 철모'를 뒤적거리게 되었습니다. 아마추어 냄새가 풀풀 나는 소설이었습니다. 흔한 군대 이야기였어요. 그러나 자세히 읽어보니 내용은 연애소설이더군요. 서로가 찾다가 맺어지지 못해 남자가 죽는 신파조의 이야기. 그게 저의 흥미를 자극했습니다. 심심파적心心破寂으로 몇 페이지 한국어로 번역을 해보았지요. 생각보다 쉽게 번역이 되었습니다. 내친김에 한 권, 전부를 번역하였지요. 매일 밤 한 시까지 번역하니 일년이 걸렸어요. 그 밤이 나의 화두 풀이 시간이었습니다. "살생 금지인 불가에서 큰 스님이 산 생명을 죽였다. 우리는 고양이가 산 생명이라고 생각하니, 남전 스님은 살생이란 끔찍한 죄를 지은 거예요. 하지만 원래 고양이는 없었어요. 이 세상에는 부처도 없고 고양이도 없는 거예요. 없는 고양이를 어떻게 죽여요? 학습하는 승려들은 고양이의 허상을 보면서 서로 제 것이라고 싸었죠. 그 망상을 남전 스님은 행위로 교육 시킨 것입니다. 나와 남이 따로 있다고 생각하는 것은 망상입니다. 지금 있다고 착각하니 사랑하게 되고 이윽고 내 것으로 만들려고 합니다. 그 결과 인간에게는 죽음이라는 비극이 생기는 것입니다." 맞게 풀었나요?

주변 지인들이 재미있다는 소리를 듣고 어리석게도 출판사에서 원고를 보냈습니다만 전부 거절당했습니다. 오기가 생겨 자비출판을 했어요. 그 안식년은 화두 참선과 소설 번역이 그 한해의 주된 일이었습니다. 다음 해는 강의와 진료가 시작되었습니다만 한 해 동안 버릇 들인 번역 습관이 나를 그냥 두지 않았습니다. 퇴근하고 집에 와 거의 매일 밤 한두 시간씩 '아름다운 사람들'을 번역했습니다. 가자가시라 산에서는 당신에게 꿈 깨라고 돌멩이를 선물했지요. 미안해요. 이번 선물은 진짜입니다. 조개의 상처에 생긴 눈물방울 진주가 운젠산에서 맺어지면서 순간적으로 증발해 버린 사랑에 그 아픔의 흔적인 이 두 권의 번역 본을 당신께 드립니다.

모든 건 흘러갔습니다. 과거는 흘러가서 없고 앞날은 오지 않아 없습니다. 우리에는 다만 현재만 있지요. 하지만 현재마저도 흘러가며 없어진다는 것을 깨닫게 되면 우리는 자신의 본성을 발견한 것이겠지요. 당신과 나 아무런 사이도 아니에요. 우린 애초부터 만난 적이 없었으니까요. 안녕 원장님.^^

한밤의 마루야마를 찾아가 봐도
싸늘한 찬 바람만 몸에 스며드네

사랑스런 사랑스런 그 사람은
어디에, 어디에 있는 걸까

가르쳐 주오. 가로등이여
아! 나가사키는 오늘도 비가 내렸네

-〈나가사키는 오늘도 비가 내렸네, 인용〉

[노래 - 마에카와 키요시(前川 淸)]

제 10 화

나는 청소부

화장실 청소 중 총무과에서 급히 제1 정신과장에게 가라는 지시를 받았다. 왜 또 부르는가 하는 생각이 들고 가슴이 콱 막힌다. 뻔하다. 세면기 청소는 왜 이따위로 했느냐? 방바닥과 책상의 얼룩은 왜 닦다 말았냐? 창틀에 먼지는 닦긴 닦았냐? 또 그런 타박이겠지. 각오하고 들어간다. 영감이 얼굴을 잔뜩 찌푸린 체, 종이상자를 내민다. "먹을 수 있으면 먹어" 이 노인 나에게 먹을 것을 주고 왜 안 하던 짓을 하는 걸까? 기쁜 마음보다 의구심이 먼저 든다. 영감 의사를 만나고 나면 늘 기분이 나쁘다. 학문과 인격이 무르익은 어르신이라고 의시대는 건지, 의사라는 고귀한 직업을 가졌다고 유세有勢하는 건지 안하무인이다. 병원 직원 누구에게도 존댓말을 쓰지 않는다. 그냥 사람을 깔보는 것이다. 상자 뚜껑은 열어 보니 속에는 열 개의 감이 들어있었는데 일곱 개가 썩은 것이었다. 썩은 감이면 쓰레기통에 던져두면 될 텐데 왜 일부러 나를 부른 걸까? 먹으라고 했으니, 청소부의 위장은 쓰레기통이라고 생각하는가 보다.

　영양, 일월산 밑에서 살다 배가 고파서 대구로 왔다. 신천동 직조공장에서 편직부서에서 직수공으로 생계를 꾸렸다. 향촌동 '나이트'에 놀러 다니다 가슴에 호랑이 그림이 그려진 '기도木戶' 보는 사내와 친해졌다. 술에 취해 그 향촌동파의 '꼬붕子分'과 하룻밤같이 자는 바람에 애정없는 결혼을 했다. 그는 결혼 뒤에도 수시로 경찰서와 교도소를 들락거렸다. 돈이 생기면 술 마시고 뽕하고 계집들과 놀아나다 늘그막에는 모은 돈도 없이 병들어 눕고 말았다. 입원하기 전까지 남편은 법무부가 전과자들의 갱생용 B.B.S의 구두닦기 부스를 마련해주어 거기서 생계비를 마련했다. 병원에 취업해 입원한 환자들을 만나 보니 기초수급자들은 모든 게 무료였다. 이들은 일 년 열두 달 냉난방 된 병실에서 공짜로 숙식하며 편안하게 살았다. 게다가 나라에서 주는 수급비를 모아 몇 천만 원 저축해둔 환자들도 여럿 보았다. 우리 집은 쥐꼬리만 하지만 남편의 수입이 있으니 '기초수급자'가 되지 못한다. 남편에게 구두닦기를 치우고 나도 풀빵 장사를 접고 우리도 아예 기초수급자가 되자고 제의했다 혼났다. 사지 멀쩡한 인간들이 왜 거지 노릇 하자냐며 고함을 질렀다. 딱한 처지를 잘 아는 동사무소 복지사가 우리 집을 차상위 계급에 넣어 주었다. 그 덕에 여러 분야에서 적은 돈만 되는 혜택을 받는다. 남편이 입원하여 수입이 끊기자, 풀빵 장사를 접고 주위의 주선으로 병원 청소부가 되었다. 장사하는 것보다는 조금 형편이 낫다. 하지만 가난은 멀리 가지 않았다.

여섯 시 반까지 병원에 간다. 대기실과 원무과, 진료실은 일찍 청소를 마친다. 대개 첫 차를 타고 출근한다. 아들은 군대 갔다 와서 제 혼자 아르바이트하며 따로 산다. 혼자 사니 귀찮아 빈속으로 출근한다. 버스 기사들은 대충 얼굴을 아는 사이라 만나면 서로 아는 체 인사를 나눈다. 그러나 개중에 어떤 사람은 거만한 얼굴을 하고 인사해도 대답도 없이 멀거니 쳐다만 본다. 이 눈길은 병원 의사들의 시선과 닮아 기분이 나쁘다. 저는 뭔데 나를 깔보는 것일까? 그의 성격상 그러는 것일까? 의문을 되뇌다 보면 어느덧 병원 부근이다. 여덟 시 반쯤이면 눈에 보이는 장소는 대충 청소가 끝난다. 텅 빈 대기실에서 수위 영감과 함께 봉투 커피를 마신다. 이게 아침 식사기 때문에 설탕을 듬뿍 넣는다. 초벌 청소가 끝날 무렵 하나둘 직원들이 출근한다. 그들은 얼마 전까지 나를 '청소 아줌마'라고 불렀다. 어느 날 정권이 바뀌고부터 호칭이 '청소 여사'로 바뀌었다. 식당 아줌마들도 '식당 여사님'이 되었다. 이름이 바뀌자, 청소부들은 신이 났지만, 호칭만 달라졌지, 대우는 별반 달라지는 게 없다. 대기업이나 종합병원 청소부들은 내친김에 봉급을 더 올려달라. 쉴 곳을 마련해달라. 인간 대접해달라며 마이크 들고 외치고 꽹과리치고 파업했다. 신문과 방송에서 중계하고 박자 맞춰주니 떡고물도 늘어났다. 그러나 뒷배가 없는 작은 병원의 청소부는 이 정도에 만족해야 한다. 쉬면서 새참을 먹을 때는 창고 옆 쓰레기통에 앉아 허겁지겁 먹는다. 조마조마하다. 총무과 직원들 눈에 띄기라도 하면 졸지에 무직자가 된다.

아침 배달된 신문을 각방에 들여놓는다. 어느 날 신문 한 부가 덜 왔다. 의사가 환자에게 양보하는 게 순리다 싶어 영감 의사 방 신문을 넣지 않았다. 청소하다 또 영감 의사에게 불려 갔다. 책상을 치며 고래고래 고함을 질렀다. '어른을 몰라본다' 라는 것이다. 주먹질을 당하니 아픈 곳은 책상이 아니라 나의 얼굴이었다. 진료실을 나와 다시 총무과장에게 불려 갔다. 병원을 그만두라고 했다. 울면서 보훈처에 연락했다. 남편은 북파공작원 출신이라 그곳 직원들이 병원에 전화 해준 덕에 겨우 목을 붙일 수 있었다. 대학병원에서 청소하는 친구에게서 연락이 왔다. 우리나라는 이제 '기회는 균등하고 과정은 공정하며 결과는 정의로운 세상'이 되었다고 한다. 무슨 말인지는 모르겠지만 좋은 말 같다. 친구는 자신과 함께 노동운동을 하자고 한다. 당장 돈을 벌어야 하는 나는 그런 겨를이 없다고 했지만, 친구는 일단 노동운동 시민단체에 가입부터 하고 일하라고 했다. 그쪽에서 모임이 있다고 연락이 오면 잠깐 나가 띠를 두르고 구호만 외치고 오면 된다고 한다. 단체에 속해 있으면 집회 참석에는 어느, 누구도 손대지 못한다고 한다. 투쟁경력이 쌓이면 봉급도 늘어나고 남편과 자식도 큰 회사에 취업할 수 있다고 한다.

솔깃한 제의지만 시간이 없다. 병원에서 점심때까지 청소를 마치면 또 다른 회사의 건물 청소하러 가야 된다. 그곳에서 세 시간 정도 일한 뒤 또다시 식당 일을 하러 간다. 식당에서는 밤 열 시까지 일한다. 일 마치고 집에 오면 몸이 파김치가 된다. 하루 종일 이렇게 쫓아다니니 교육이나, 집회하러 갈 시간도 기력도 없다. 내 말을 듣고 그게 힘들면 일하면서도 가볍게 투쟁할 수 있는 파트타임도 가능하다고 한다. 관공서나 대기업

앞에 천막을 치거나 봉고차를 주차해 놓고 짬짬이 교대하며 일 년 내내, 시위를 하는 아르바이트 방법도 있다고 한다.

잘하면 될 것 같아 에멜무지로 영감에게 의논하러 갔다가 가슴을 쥐어 박히고 왔다. 사람마다 사는 방식이 따로 있고 업보가 달라 아무나 노동 운동하는 것이 아니라며 난리를 피웠다. 남편 얼굴에 먹칠하는 짓이라고 한다. 웃음이 나왔다. 제까짓게 얼굴도 없는 주제에 어디에 뺑기칠을 한단 말인가. 보훈병원 앞에서 버스를 타며 하나님께 물었다. 911번 버스 기사와 병원 영감 의사에는 언제까지 이렇게 잡종견 취급받고 살아야하나요? 가난은 언제 벗어날 수 있을까요? 저 하늘에도 가난이 있습니까? 하늘에서 답이 없다. 병원에 와서 젊은 정신과 여자 의사에게 하소연했다. 메모지에 'G.O.K'라고 써주었다. 동네 우리 동네 선녀 보살에게 가니 '업장소멸業障消滅'이 끝날 때까지라고 종이에 써주었다. 젊은 여자는 영어로 늙은 여자는 한문으로 답을 써주었다. 가방끈이 짧은 나는 문자가 들어간 소리나 긴 이야기는 귀에 들어오지 않는다. 두 장의 부적을 본 수위 영감이 다 거짓말이라고 했다. 정말로 영험靈驗한 효과를 보려면 그 종이의 글씨를 경면주사鏡面朱砂를 입혀 다시 쓴 다음 불에 태워 재를 마셔보라고 했다.

'에이 씨발, 어두운 밤에는 눈 없이도 구멍을 잘도 찾는 것들이 벌건 대낮에는 이렇게 큰 소변기에 왜 조준을 못 할까?' 오줌 튀긴 남자 소변기를 닦으며 염불을 외운다.

[筆者 註說]
기도(木戸) : 환락가에서 쓰던 문지기의 일본말
B.B.S : BIG BROTHERS AND SISTER
      (전과자 갱생을 돕는 단체)
G.O.K : GOD ONLY KNOWN
       (신만 안다. 의사들이 병 진단하기 힘들 때 쓰는 속어)
업장소멸(業障消滅) : 전생에 지은 죄 없애기(불교 용어)
경면주사 부적 : 붉은색을 띠는 광석으로 곱게 빻아서 참기름이나 백설탕 녹인
             용액에 섞어 부적을 쓴다.

제 11 화

나마무기生麥의 추억 1

구주九州의 아침은 경겹다. 나가사키나 다자이후 혹은 가고시마나 벳부의 새벽 산책에서 만나는 사람들은 서로 인사를 나눈다. 이쪽이 모른 체 해도 그쪽에서 한다. 그러나 동경東京이나 요코하마는 깍정이들이다. 만나도 인사를 하지 않는다. 이쪽에서 아는 체 해도 싸늘한 얼굴이다. 시골과 대도시의 차이일까, 아니면 지역의 특징일까? 우리도 '서울깍쟁이', 라거나 수원이나 인천 '짠물'이라고 하지 않던가. 해마다 일주일 정도 요코하마에 머물다 온다. 막내아들이 살고 있기 때문이다. 그 아들이 결혼 전에는 동경의 신주쿠에 살았는데 그때 새벽 산책은 스미다隅田 강변이었다. 고급 주택가를 지나면 강이 길게 뻗어 있다. 서로가 인사를 않는다. 아들이 결혼 뒤에는 요코하마의 쯔루미鶴見구 나마무기生麥 정에 사는데 그곳의 새벽 산책은 쯔루미見鶴 강이다. 여기서도 인사가 없다.

쯔루미 강은 한강보다는 작지만 강은 길다. 동경만의 바다와 합류하는 강이라 많은 배들이 강변에 정박하고 있다. 작은 고기잡이와 낚시 관광객용 배들이다. 이상하게도 거의, 대부분이 낡은 것들이다. 어떤 것은 너덜너덜해진 판자로 그것도 덧대어 이어 논 것도 있다. 아마도 늙은 원주민들의 배들인가 싶은데 그들이 없어지면 저 배들도 살아질 것이다. 선원들이 머리에 수건을 동여매고 앉아 담배를 피고 있는 모습을 보면 이곳이 일본이구나 하는 실감을 한다. 일요일에는 너덧 명씩 배를 타고 동경만으로 향하는 낚시꾼들을 볼 수가 있다. 가끔 이름 모를 물고기가 강물을 튀어 오른다. 이놈은 용을 꿈꾸는 걸까, 아니면 공기가 그리운 걸까. 가마우지가 털들 말리고 있다. 농병아리도 잠수를 한다.

둑방의 아래 산책길은 밤에 올라온 만조 물이 덜 빠져 걷기에 불편하다. 둑방 산책길을 걷다가 아랫길로 걷다가 오르락내리락하며 간다. 사람들이 만나도 서로 인사를 하지 않는다. 정면으로 마주치며 어쩔 수 없이 '오하이요 고자이 마스'하면 상대는 무성의하고 낮은 목소리로 응답한다. 구주의 인사가 그리웁다. 어떤 때는 귀찮아 '오하이요' 하면 그쪽에서는 '고자이 마스'라고 한다. 참 깍정이답다. 일본을 수없이 가도 관광객을 가기만 했던 사람들은 착각한다. '일본은 질서정연하고 깨끗하고, 사람들은 싹싹하고 친절하다'라고 맞는 말이다. 그러나 관광객이 아닌 뜨내기로 며칠을 살아 보면 딱히 그렇지만 않다는 것을 느끼게 된다. 외눈으로 일본을 경험하고 다 본 듯이 함부로 말하는 사람들 많다. 일본인들은 자기에게 이익을 주는 사람들이나 같은 패들에게는 싹싹하고 친절하다. 그러나 본질적으로는 의심이 많고 냉정한 사람들이다. 피해가 간다면 칼 들고 덤벼든다. 지금 일본이 미국에 얼마나 싹싹하고 친절하게 어리광을 부리고 있는가. 하지만 그들은 속내는 그렇지 않을 것이다. 태평양 전쟁 때 싸워, 그 많은 사람이 죽었는데 어떻게 미국 사람들에게서 호감을 느낄 수 있단 말인가. 다만 힘이 생길 때까지 혼내(本音/ 본성)을 숨기고 있을 따름이지, 외국인들은 일본인들의 '지어 낸 모습建前'에 속고 있는 것이다. 일본의 창문은 밤이고 낮이고 커튼이나 발로 가리워져 있다. 남들이 자신을 못 보게 한다. 70여 년이나 자신의 감정을 자제하지 못하고 자신 잘못을 투사하여 일본에 시비 걸고 덤벼드는 우리의 행동과는 너무 다르다. 일본 사람들 우리와 같은 우랄 알타이어족이고 근본적으로는 우리와 생각이나 감정이 비슷하다. 하지만 원칙이나 질서를 어기는 인간, 의리를 저버리는 인간, 더럽게 해놓고 사는 게으름뱅이, 삐딱하게 구는 쓰레기 같은 인간은 일본 춘추전국시대 통치자인 쇼군이나 다이묘오, 하리모도는 이들을 죽여 버렸다. 즉 교육이 우리와 그들을 다르게 만든 것이다. 일본인들은 친해지면 목숨을 바쳐 자신을 준다. 좀 단순하거나 극단적인 성향이다. 그러나 이러한 성향이 근대, 현대 일본을 일궈낸 동력이기도 했다. 이런저런 생각을 하니, 새벽 산책은 온갖 상념에 젖고 사유를 한다.

   나의 나마무기의 새벽 산책은 쯔루미 강에서 출발해서 카케츠엔마에花月園前 역에서 끝난다. 쯔루미 강은 동경만으로 흘러 들어가는데 나의 출발점은 산책로가 끝에서 시작된다. 즉 그곳부터 바다가 시작된다는 말이다. 강은 양쪽을 시멘트로 칠갑을 해 땅이 없다. 강변에 흙이 없으니, 수초가 자라지 않고 그 바람에 새나 짐승들이 거의 없다. 가끔 가마우지가 몇 마리, 털을 말리고 있고 농병아리들이 잠수할 뿐이다. 상류로 올라가면 많은 다리가 걸려 있다. 철교도 있고 인도도 있다. 교복 입은 학생도 건너고 검은 양복 입은 직장인들도 건넌다. 일본의 옷을 보면 그들의 직업을 알 수 있다. 사무직들은 교복처럼 다 똑같은 검정 정장을 입고 다닌다. 노동자들이나 농부들은 푸른 빛이 도는 회색 작업복, 택시 운전자들은 흰색 와이셔츠에 까만 조끼, 혹은 그 위에 검은 양복에 모자. 식당 주방 일하는 사람들은 머리에 둘둘 말은 수건을 두른다. 그 것들의 의미가 소위 그들이 말하는 '야마토 다마시이大和魂' 정신이겠지! – '우리는 하나다'라는 정신이다.

강에서 시청 쪽으로 좌회전을 하면 도심이 되고 역이 나온다. 지하철, 기차역에서 내린 사람들이 버스를 타려고 줄을 서 있다. 큰 도시의 심장은 역이 있는 동네다. 역전에는 여러 갈래 길이 있는데 각종 상가가 있고 단코코 술집과 음식점이 눈에 띈다. 어젯밤 향연은 물거품처럼 사라지고 이자카야의 노랜은 축 처진 채, 걸려 있고 음식점 진열장의 미니어처 음식은 무성의한 오색을 발하고 있다. 그러나 아침을 파는 식당은 또 바쁘다. 일본의 전철 역 앞에는 수백 대의 자전거가 서 있다. 많은 시민이 자전거를 타고 와서 전차로 바꿔 타기 때문이다. 퇴근 때

수많은 주부가 직장에서 전차를 타고 퇴근해 다시 자전거로 마트에 들려 장을 봐서 집에 간다. 우리나라 여자들은 자가용으로 출퇴근한다. 정부 기구에도 세계 유일의 여성부가 있다. 일본은 시집가면 성마저 없어지고 남편 성을 따른다. 그래도 그거 바꾸자고 청원 운동하는 일본 여자 못 봤다. 한국은 여성상위시대요, 여자 천국이다.

역을 벗어나 골목으로 집에 간다. 높은 철교 아래 빈 공간에도 집을 지어 사람이 산다. 그 소음에 어떻게 견디는지 정말 궁금하다. 주민을 만났지만 차마 묻지 못하고 지나쳤다. 너무 가난해서 그렇게 사는 걸까, 소음을 크게 느끼지 못하는 걸까. 주택가를 전철과 기차가 그렇게 다녀도 방음벽 없는 곳이 일본이다. 좁은 골목길에도 공원이 있고 신사가 있다. 공원은 손바닥만 한데 커다란 개를 데리고 할머니가 앉아 있다. 어디 가나 여자는 수다쟁이들이다. 작은 개를 안고 온 중년 여인이 뭐라고 뭐라고 지껄여댄다. 서로 교대로 나누는 대화가 아니고 둘이 동시에 말한다. 정말 재주가 용하다. 듣고 말하고를 동시에 하다니 말이다. 신사神祠도 조그만 하지만 있을 것은 다 있다. 도리이鳥居는 물론이고 종까지 달려 있다. 조금 가면 지장보살 몇 구가 빨간 망토를 걸치고 장난감처럼 앉아 있다. 일본 부처님들은 빨간 망토를 잘 입는다. 일찍 죽은 애들을 부모 대신에 안아주고 영원히 키워주고 있는 자모 관음보살, 어린 나이에 죽은 아이들을 돌봐주는 지장보살 등은 빨간 모자와 턱받이를 하고 있는데 빨간색은 나쁜 기운을 쫓아주기도 하고 어린이들이 주로 입는 옷 색이라서 자주 쓰인다고 한다. 어떤 절에는 칼을 든 관세음보살도 보았는데 일본 부처님들은 한국보다 여러 방면에서 활동을 한다. 긴 골목은 한가해도 내과병원도 있고 다다미 공장도 있다.

이제 카케츠엔마에 역이 보인다. 이 역 앞에는 네거리가 있는데 '미나미 나마무기 상가 토오리(남쪽 나마무기 상가로)'라는 간판이 있다. 상가 골목이라는 말인데 상가는 몇 없다. 육소간, 꽃집, 생선가게, 채소가게가 드문드문 자리 잡고 있다. 그 사이에 목공소와 미용실이 있을 뿐이다. 가까이에 큰 마트가 있는 걸 보면 옛날 시장이 있었는데 큰 마트와 경쟁에 져서 이런 꼴로 흔적이 남아 있는 것으로 보인다. 1862년 9월 14일 사쓰마 전 번주(상가주인) 시미즈 히사미쓰의 행렬이 요코하마에서 동경으로 가는데 말 탄 영국인들이 말에서 내려 예를 갖추지 않고 여자까지 낄낄거리며 노닥거리다가 사스마 번 사무라이들이 이들 몇 명을 베어 죽인다. 이 사건은 칼을 쓴 사무라이들을 할복시키고 타협하려고 했으나 노한 영국은 사쓰마와 전쟁까지 일으킨 적이 있다. 원수지간이 된 일본은 그 사건 뒤 서로가 동맹이 되었고 번창하던 나마무기의 상가도 망하고 흔적만 남아 있다. 세상에 변하지 않는 것은 없다. 이 동네는 가난한 집이 많다. 녹 쓸고 흐늘흐늘 해진 옛집도 많다. 내 어릴 적 우리 동에 양철집과 같아서 서서 한참 보고 있는데 무슨 일인지 할머니 한 사람이 반가운 목소리로 아침 인사를 한다. 역시 못 사는 사람들이 인정이 많구나 하고 혼자 중얼거리는데 웬걸 이 할머니가 갈 생각을 하지 않고 계속 말을 건다. 내가 외국인 되어 일본 말을 못 한다며 그만하자는 사인을 보냈건만 그 소리를 듣고는 "일본말 잘하시는군요. 직업은 무언가요? 역시 요코하마는 외국인이 많이 살지요" 하면서 이것 묻고 저것 또 묻는다. 한참 진땀을 빼고 겨우 그 자리를 벗어나 집에 왔다. 역시 '과례비례過禮非禮'라는 말이 맞다. 인사도 지나치니 괴로웠다. 미소시루가 다 식었다며 며느리가 걱정을 한다. 평소보다 늦게 돌아온 탓에 아침이 식었는 갑다. "에이 그 할망구 탓에 늦었어" 하며 '샤워오 아비루' 한다.

제 12 화

나마무기生麥의 추억 2

동네 목욕탕, 그 목욕탕 앞에 서자 온몸이 증발하는 느낌이
들었다. 먼 옛날 우리 동네에 있던 '동문 목간탕沐間湯'이 거기
서 있는 것이 아닌가! 정신을 가다듬은 뒤 두 눈을 크게 뜨고
다시 쳐다보았다. 꿈인가 생시인가 넋을 잃고 한동안 멍하게
서 있었다. 상호는 조일탕朝日湯이라도 되어있었다. 잃어버린
고향의 한 조각을 요코하마橫浜 나마무기生麥에서 주운 것이다.
일제 강점기 우리 동네는 부잣집들과 관사 촌이 어울려 있는
곳이었다. 해방되고도 그 분위기는 그렇게 한동안 계속되었다.
나는 그 동네 한 적산가옥敵産家屋에서 태어나 고등학교 때까지
살았다. 졸업한 뒤 여러 해 객지 생활하다 고향에 돌아와 보니
우리 동네는 산천(산과 강)도 변하고 인걸(사람)도 사라지고 없었
다. 관사와 관청 건물, 이비시아(구산각), 미나카이三中井 백화점

도 없어지고, 동문시장과 중앙시장 그리고 상가도 큰 저택들도 보이지 않았다. 고향에는 왔지만, 실향민이 되었다. 없어진 고향의 한 부분을 이렇게 이국 일본의 도시에서 발견하고 상념에 젖는다.

옛 일본 목조건물 특징인 코르타르를 칠한 벽면의 검은 판자하며 그 위쪽의 흰 회칠 그리고 지붕의 앞쪽에 달린 무소뿔처럼 생긴 장식물까지 우리 동네 있던 신사나 무덕관의 건물과 똑같은 양식이다. 나마무기는 큰 도시인 요토하마 쯔루미鶴 구의 한 동네이지만 개발이 덜 된 변두리여서 군데군데 옛 가옥이 남아 있는 것 같다. 그 덕에 동네 목간통이라 부르는 목욕탕들이 거의 없어진 일본에서 이곳에는 몇 군데서 볼 수가 있었다. 그날 새벽 산책을 마치고 목욕탕을 찾다가 그곳까지 간 것인데 문이 잠겨 있었다. 폐건물인가 하고 안내문을 읽어보니 영업 중인데 오후 3시부터 개장한다고 쓰여 있었다. 일본 동네 목욕탕은 거의 다 오후 3시에 문을 연다는 사실을 그때 처음 알았다. 저녁에 퇴근하면서 목욕하는 일본의 풍습 탓이기도 하지만 아침부터 물을 데우고 영업하면 적자가 더 커지기 때문에 경비를 줄이기 위해 오후에 문을 연다고 했다. 처음 나마무기 갔을 때는 '센토錢湯'라고 불리는 동네 목욕탕이 세 곳이 있었다. 두 군데는 크고 오래된 건물에 옛날 방식대로 나이 든 사람들이 영업하는 곳이었고 한 군데는 집도 깨끗하고 내부도 편리하게 현대화를 해서 운영하고 있었다. 젊은이가 운영하는 그목욕탕만 살아남을 줄 알았다. 나중에 다시 가보니 오히려 그집이 문을 닫고 없었다. 목욕탕은 나이 든 사람들이 주된 고객들인데 그들은 좀 불편하더라도 주인이나 건물이나 옛것에서 쉽게 정을 떼지 못하는 모양이다. 그걸 의리라고 해석해도 되는지 모르겠다.

그날 오후에 목욕탕에 들어가니 내부도 동문목욕탕과 똑같다. 주인 할머니가 '반다이番臺'이라고 불리는 높은 곳에 앉아 남탕 여탕 양쪽을 번갈아 내려다보며 입장권을 받는 풍습도 같다. 벌거벗은 남자들을 마주 보며 말을 주고받는데 서로가 닭이 소 쳐다보듯 자연스럽다. 가끔은 여주인이 내려와 남자 휴게실의 간단한 청소도 한다. 옷장 열쇠도 옛날처럼 나무로 된 것이었다. 어릴 때 목욕탕 가서 투박하게 만든 넓적한 나무 조각의 열쇠를 보고 저걸로 옷장이 정말로 잠기고 열릴까, 걱정했던 옛날 생각이 다시 떠올랐다. 한동안 기억에서 멀어져 있던 그 물건들이 '아사히朝日'탕에 여럿 있었다. 그것들은 마치 농짝 밑에서 언젠가 잃어버린 딱지나 구슬을 우연히 발견한 것 같은 기분이었다. 탕에 들어가니 함께 쓰는 비누나 샴푸가 없었다. 다들 가져온 제 것들을 쓴다. 어쩔 수 없이 맹물로 샤워를 한다. 환기 안 돼 수증기 가득한 비좁은 공간에 숨이 막힌다. 그런 곳에 탕이 큰 것과 작은 것까지 두 개가 비좁은 곳에 빠듯하게 자리를 잡고 있다. 뜨거워 쉽게 들어갈 수가 없다. 작은 탕은 시커먼 물로 채워져 있었다. 한 영감이 웃으며 '그곳은 온천수라 몸에 좋다'며 등을 떠민다. 발을 담그니 끓는 무쇠솥이다. 백숙이 될 것 같은 두려움에 들어가지도 못하고 말았다. 토박이들은 보란 듯이 양쪽 탕을 아무렇지 않게 잘도 드나든다. 두려워하는 나를 보고 '사내 녀석이 시시하긴' 하면서 혀

147

차는 소리가 들리는 것 같다. 양쪽 칸막이를 판자로 만든 탓에 옆 여탕의 말소리가 들린다. 그 판자벽을 반 갈라 찬물 통이 있는데 양쪽에서 바가지로 같이 퍼 쓴다. 손이 보이고 서로 손이 닿기도 했다.

혼미하고 얼얼해진 몸과 정신을 겨우 추스르고 밖으로 나왔다. 쌓아 놓은 수건이 보이지 않는다. 젖은 몸 그대로 내의를 입었다. 헤어드라이어를 틀었는데 소식이 없다. 자세히 보니 동전 10엔을 넣고 쓰라는 문구가 보인다. 일본의 옹졸함에 가슴이 답답하다. 시키는 대로 했는데도 작동이 안 된다. 이래저래 참던 감정이 폭발해 기계를 부수기 직전이다. 절체절명絶體絶命의 순간. 갑자기 덩치 크고 듬직하게 생긴 영감 하나가 '이놈이 또 말썽을 부리는군, 이럴 때는 이렇게 해주면 돼'라고 하며 기계를 손으로 탁 때린다. 그제야 윙하고 돌아갔다. 흑기사 영감은 아무 말도 없이 드라이어를 나에게 건네주었다. 조일탕과 인연을 맺는 것이 10년이 넘는다. 이제는 오후 3시에 시간 맞춰가고 수건과 비누, 샴푸도 다 싸 들고 간다. 차림새도 그 동네 영감들의 목욕탕 패션인 '스리빠'에 '난닝구'와 '추리닝' 바지다. 검은 물 온천탕에도 잘 들어간다. 나마무기 동네 사람들은 돈 없는 이들이라도 꾀죄죄해 보이지 않는다. 후줄근한 옷을 입어도 초라해 보이지 않는다. 남자들은 한마디로 사나이답다.

옛날 개항기 후진국 일본이 서양인들에게 갖은 수모를 당하고 살던 그 시절. 이 동네에서 '사쓰마번薩摩藩'의 국부 '시마즈 히사미쓰島津久光'를 호위하고 에도江戶로 가던 사무라이侍들이 소위 '나마무기 사건'이 일으켰다. 그들의 행렬을 얕보고 끼어 들어 갈 길을 방해한 영국 남녀 넷을 칼로 벤 사건이다. 사내 한 사람은 죽고 셋은 죽다 살았다. 사무라이들은 이 서양인들의 행동이 자신들뿐만 아니라 일본의 자존심을 건드렸다고 생각하고 나라의 명예를 지키기 위해 칼을 휘두른 것이다. 이 동네 사나이들이 그때의 사무라이 직계 후손들은 아니다. 하지만 그 무사들이 공유하고 있던 '야마토 다마시大和魂' 정신을 현재 이 동네 사나이들도 함께 간직하며 살고 있는 흔적을 볼 수가 있다. 나마무기 부자들은 카게쯔엔花月園 이라는 언덕에 신흥도시를 이루어 살고 있다. 예쁜 건물에 정원도 있고 자가용도 있다. 이 언덕 아래는 전철과 기차가 다니는 선로가 있고 그 시설 탓에 두 동네가 나누어져 있다. 큰길 따라 모여 있는 원주민들의 집은 허술하고 좁은 건물이 많다. 어떤 이는 고가철로 다리 바로 밑 난간 사이에 집을 짓고 산다. 조일탕은 국도변의 그런 동네 한 가운데 있는 목욕탕이다.

어느 날 천엔 짜리 한 장을 추리닝 바지에 넣고 센토에 갔다. 수년 동안 보아온 터라 주인 할머니와 익숙한 수인사를 나누며 돈을 꺼낸다. 호주머니에 돈이 없다. 아무리 뒤져도 없다. 밖으로 나가 이리저리 내려다봐도 돈은 없다. 문을 열고 들어가 현관 바닥을 훑어봐도 없다. 또 나가본다. 다시 들어왔다. '손님 이거 찾나요?' 하며 대답도 듣기 전에 반다이에 앉아 있는 할머니가 천엔 짜리 한 장을 준다. '속새 풀에 고추 베인 놈'처럼 들락날락하는 내 꼴을 보고 눈치챈 모양이다. 내가 흘린 돈 맞다. 돈을 접지 않고 주머니에 넣기 때문에 모양을 보면 안다.

말없이 쳐다보자, 할망구가 잔돈을 주며 혼자 말을 한다.

"아까 목욕하고 나가던 영감이 다시 돌아와 이 돈을 문 앞에서 주웠다며 주고 갔어." 우리는 더 이상 아무 말도 하지 않았다. 집으로 돌아오는데 "주운 돈을 주인에게 되돌려 주는 것은 밥 먹고 숭늉 마시는 일과 같다. 마땅한 일이지 선행은 아니다. 고맙다고 말하지 마라. 그런 말은 나를 모독하는 소리다."라고 중얼거리는 소리가 등 뒤에서 들린다.

제 13 화

노병은 죽지 않고
사라질 뿐이다

"자아~ 자아~ 애들은 가라. 애들은 가. 여기 이 사람은 날이면 날마다 오는 약장수가 아녀. 기회는 딱 한 번이여. 저기 서 있는 아자씨 얼른 와서 깡통 깔고 앉어. 자, 거기 아줌씨도 아무거나 깔고 앉어. 자, 이것이 무엇이냐. 배암 배암이여. 이놈을 죽 훑으면 이렇게 끝에 튀어나오는 게 있단 말여. 이것이 한 번 붙으면 하루 종일 간다는 뱀의 거시기여 응 거시기, 유식한 말로 페니스여. 말로만 듣던 이 유명한 '강력 톤'은 바로 일박이일 간 교접하는 정력을 자랑하는 배암으로 만든 명약이여 명약, 강 건너 저 멀리 영등포에 자리를 잡고 있는 영통 제약에서 그동안 여러분이 우리 회사 약 많이 팔아줘서 고맙다고 인사차 나왔어. 자~ 그럼, 이 강력 톤이 얼마나 신통방통한 약인지 내 말 한 번 들어 보슈. 조금만 움직여도 팔다리, 허리

아프다고 에구구, 신음소리 내는 분, 카타고리 신경통 앓는 분, 잠만 들면 식은땀이 오뉴월 장마처럼 쏟아지는 허약한 분, 맹물만 먹어도 명치끝에 걸려 끅끅거리는 분, 이제부터 걱정 꽉 붙들어 매랑게. 양기가 줄어서 밤새 오줌 누러 다니다가 날 새는 분, 오줌 줄기가 약해져 발등에 뚝뚝 떨어지는 남자들, 올라갔다면 바로 내려오는 남자들, 이거 한 통 사다가 잡숴봐. 며칠만 지나면 마누라 버리고 딴 여자 찾는다고 난리가 날겨. 자~ 그럼 우리 직원이 약을 돌리는 막간에 동남아시아 공연을 마치고 방금 귀국한 가수 김혜경 양을 소개해 올립니다. 미녀 가수의 멋진 노래 한 곡 들어봅시다."

천둥산 박달재를 울고 넘는 우리 임아
물항라 저고리가 궂은비에 젖는구려
왕거미 집을 짓는 고개마다 구비 마다
울었소, 소리쳤소, 이 가슴이 터지도록

부엉이 우는 산골 나를 두고 가는 임아
돌아올 기약이나 성황님께 빌고 가소
도토리묵을 싸서 허리춤에 달아주며
한사코 우는구나, 박달재에 금봉이야

　　　　　　　- 〈울고 넘는 박달재, 인용/ 1948년 발표〉
　　　　　　　[노래 박재홍, 작사 반야월, 작곡 김교성]

상병 이용원이 자신의 허리띠를 풀어 손에 들고 약장수 흉내를 내며 한참 너스레를 떤 후 노래를 부른다. 3대대에서 얼마 전 우리 부대로 온, 이용원 상병의 전입을 환영하는 회식 날이다. 고참들이 "야 뱀장수! 그거 한 번 해봐"라고 지시하자. 그가 소주병에 숟가락 꽂은 마이크를 잡은 것이다. 대대 간에는 같은 연대 예하 부대라 가끔은 상호 간의 전출이 있다. 이런 경우 사연이 있는 경우가 많다. 나는 전입온 사병들의 과거를 묻지 않는다. 지난 일은 현재와 관계가 없다. 지금이 미래를 만들고 있으므로 어떤 무식하고 못돼 먹은 범법자라도 현재 육군 규정대로, 내 양심대로 상대방을 대하고 존중해주면 뒤끝이 좋다. 고참들은 이용원은 입대 전에 뱀을 들고 다니며 가짜 약장수를 했다며 그를 "뱀장수"라고 불렀다. 그는 이런 호칭에 싫은 반응도 하지 않았다. 웃지도 않고 남들에게 먼저 말을 걸지도 않았다. 투명 인간처럼 생활했다. 이런 이용원을 보면 조심이 되고 선뜩한 감정을 느끼고 있었다.

이른 봄 우리 71연대는 현재의 '일반전초(G.O.P, 남방한계선 철책선을 지키는 최전방 부대)'에 주둔하고 있는 70연대와 교대를 할 시기가 되었다. 우리는 철책선으로 들어갈 준비에 바쁜 시간을 보내고 있었는데 어느 날 군단에서 G.O.P 아닌 임진강 변으로 부대 이동을 하라는 명령을 받았다. 북괴의 동태가 수상해 급하게 우리 쪽 절벽을 파서 대포와 전차 그리고 병력을 방어할 벙커를 만든다고 한다. 임진강 변에 도착한 부대는 야트막한 동산에 천막을 치고 숙영을 한다. 아침밥 먹으면 모든 병력은 공사장인 강변 언덕으로 간다. 사병들은 하루 종일 곡괭이, 삽을 들고 막노동하고 해지면 숙영지로 돌아와 잔다.

바위 절벽에 굴을 파고 시멘트 붓는 공사를 하는데 발로 뛰고 총 쏘며 싸우는 보병들이라 노동일에 능숙하지 못해서 부상자투성이다. 가끔 폭약이 크게 터지면 바위 조각이 하늘로 솟아올랐다가 비처럼 쏟아져 내린다. 그러나 이것들을 피할 곳이 없다. 강변이라 강으로 들어갈 수는 없고 모두 하늘을 쳐다보고 알아서 돌을 피한다. 돌이 떨어지며 천막을 찢기도 하고 병사들의 머리나 사지에도 큰 상처를 입힌다. 위생병들은 각 소대에 한 명씩 파견되어 있다. 사고는 늘 있는 것이 아니어서 위생병들이 우두커니 강가에 앉아 있기도 하고 공사장을 찾아다니며 시간을 보내기도 한다. 군의관인 나도 매일 공사장에 가지만 할 일은 별로 없다. 그러나 군의관을 보면 병사들의 마음이 안정될 것 같아 여기저기 눈에 띄게 다녔다. 날씨는 덥고 딱히 하는 일도 없이 돌아다니다 보니 보람도 없고 일하는 보병들에게 눈치도 보이고 하루하루가 힘든 시간이었다.

어느 날 이용원 상병이 쌓아 놓은 자갈 더미에 등을 대고 책을 읽고 있는 모습이 보였다. 나를 보자 화들짝 놀라 튕기듯 일어나 경례를 했다. 책 표지를 보니 루소의 '에밀'이었다. "이 상병 독서에 취미가 있나 보지. 이 땡볕에서도 어려운 책을 보고 있다니" "아닙니다. 전 책 읽기를 싫어합니다." 의아했다. "그런데?"라고 물었다. "분해서 읽는 것입니다" 점점 이해가 어렵다. 그를 공사장 소음이 적은 곳으로 데리고 갔다. 처음으로 이용원이 자신의 과거 이야기를 듣게 되었다. 그가 중학교 다닐 때 어머니가 죽었는데 교장 선생이던 아버지는 기다렸다는 듯이 바로 재혼했다. 깜짝 놀라고 배신감이 들었다고 한다. 계모가 아들을 낳았는데 아버지는 계모와 동생을 그렇게 좋아할 수가 없었다. 어머니와 자기에게는 그렇게 냉정하던 아버지가 어떻게 저렇게 변할 수 있을까? 교육자가 가족에게 배신감을 주고 차별 대우하는 짓을 하다니 견딜 수 없는 분노에 중학교를 졸업하고 무작정 상경했다.

술집 문 앞에서 '삐끼'도 하고 식당에서 '조바' 노릇도 했다. 밤에는 전수학원에서 고등학교 과정을 공부했다. 밤낮으로 고생해도 돈이 생기지 않고 공부도 되지 않았다. 밥을 굶을 지경이었다. 어느 날 전봇대에서 오줌 누다 보니 숙식 제공한다는 회사 광고가 붙어 있었다. 찾아가 보니 제약회사인데 배달원 일을 시켰다. 약속대로 기숙사에서 먹고 자게 해주었다. 사장은 제약회사 외에도 출판사도 갖고 있었다. 몇 달을 근무했는데 회사에서 봉급을 주지 않았다. 전무를 찾아가니 그가 말했다. "시골 출신들은 돈을 몰라. 돈 주면 술 마시고 계집 찾고 허투루 다 써버려. 용원이 돈은 우리가 관리하고 있어. 나중에 퇴직할 때 한꺼번에 준다. 그때 목돈 받으니까 아무 걱정 말고 일이나 잘해"라고 하며 어깨를 두드려 주었다.

입영통지서를 받고 전무에게 '그 목돈'을 받으러 갔다. 그는 지금은 회사가 확장 중이라 당장은 현금이 없다며 돈은 나중에 주겠다고 약속하고 일단 이거라도 받으라고 하며 책을 주었다. 받고 보니 세계 문학 전집과 위인전집 두 질이었다. 피와 땀의 대가로 받은 귀한 책이다. 그래서 버리지 않고 전방 공사장까지 갖고 와서 울며 겨자 먹기로 틈틈이 책을 읽는다고 했다.

내용은 모르겠고 다만 사기당해 분해서 책을 읽는다고 했다.

"저는 이중인격자인 아버지가 보기 싫어 서울에 왔습니다. 이곳에 와보니 부자와 가난한 자는 씨종자가 따로 있어 사는 방식과 노는 방법이 다르더군요. 그들은 군대도 가지 않고 엔간한 범죄를 저질러도 끼리끼리 감춰주고 없애주더군요. 명예와 돈은 그들끼리 돕고 나누며 그들의 자손에게 물려주는 것을 보았어요. 부자와 고관대작들은 돈은커녕 정마저 남들에게 줄 줄 모르더군요. 외롭거나 힘들 때면 교회도 가고 절에도 가보았습니다. 그러나 성직자들도 우리 아버지와 우리 사장과 똑같은 부류의 인간들이더군요. 혼탁하고 타락된 도시 서울에서도 맑은 한줄기 단물이 솟아오르는 곳은 약장수들의 사기 치는 곳이었습니다. 가장 마음이 놓이고 정이 가는 사람들은 뱀 약장수였습니다. 약 배달하는 도중이나 회사에 돌아올 때 항상 약장수들의 놀음을 구경하였습니다. 그들은 명예도 부귀도 구하지 않습니다. 오직 먹고살기 위해서 노력하는 사람들이었습니다. 단순하고 순박한 인간들입니다. 입대하니 고참들이 장기 자랑을 하라고 하더군요. 장기가 없다고 말하다 무참히 맞았지요. 할 수 없이 배달하며 본 약장수 흉내를 내었는데 모두 그게 저의 전직으로 알더군요. 군의관은 의사입니다. 그리고 장교입니다. 군의관은 또 하나의 우리 아버지요, 우리 회사 사장입니다. 그래서 저는 군의관이 싫습니다."

나는 김지하의 시詩 '오적五賊'의 첫 구절을 읊어 주었다. 지하 시인은 우리나라를 더럽히는 다섯 도적 무리가 있다며 그것들은 재벌, 국회의원, 고급 공무원, 장성, 장차관 등이라고 말했다.

"첫째 도둑 나온다, 재벌이란 놈 나온다
돈으로 옷 해 입고,
돈으로 모자 해 쓰고,
돈으로 구두 해 신고,
돈으로 장갑해 끼고,
금 시계, 금 반지, 금 팔지, 금 단추,
금 넥타이핀, 금 카후스 보턴, 금 박클,
금 이빨, 금 손톱, 금 발톱, 금 작크, 금시계 줄.
디룩, 디룩 방댕이,
불룩불룩 아랫배,
방귀를 뿡뿡 뀌며 아그작 아그작 나온다
저놈 재조 봐라, 저 재벌 놈 재조 봐라
장관은 노랗게 굽고,
차관은 벌겋게 삶아 초치고 간장치고 계자 치고
고추장 치고 미원까지 톡톡 쳐서
실고추와 마늘 곁들여,
나름 세금 받은 은행 돈, 외국서 빚낸 돈,
온갖 특혜 좋은 이권은 모조리 꿀꺽,
이쁜 년 꾀어서 첩 삼아
밤낮으로 작신 작신 새끼 까기 여념 없다
수두룩 까낸 딸년들 모조리 칼 쥔 놈께
시앗으로 밤참에 진상하여 귀 띔에 정보 얻고
수의계약 낙찰시켜 헐값에 땅 샀다가
길 뚫리면 한몫 잡고
천 원 공사 오 원에 쓱싹,

노동자 임금은 언제나 외상, 외상.
둘러치는 재조는 손오공 할애비요
구워삶는 재조는 뛰놈 술수 뺨 치겠다"

이용원이 물었다.
"그 시의 마지막 구절은 어떻게 되나요?"

"어느 맑게 개인 날, 벼락을 맞아 급살하고 육공六孔으로 피
를 토하며 꺼꾸러졌다."로 끝나지, 그렇게 대답하고 더 이상 아
무 말도 하지 않았다.

장마철이 되자 공사장에 자주 비가 왔다. 그날도 세찬 비가
쏟아지고 있다. 전 병력이 작업을 나가지 못하고 천막 속에 웅
크리고 앉아 있다. 좁은 텐트 속이, 답답도 하지만 사병들은 행
복하기 짝이 없다. 목숨을 거는 바위 폭파 작업도 없고 곡괭이
삽질을 안 해도 되고 무거운 질통을 지지 않아도 된다. 비 오
는 날은 이곳이 극락이 되어 그들은 웃고 떠든다. 밤에는 태풍
이 온다고 하지만 걱정하지 않는다. 가진 게 없으니 파손될 것
이 없고 날아가야 텐트밖에 없으니 말이다.
　예고대로 초저녁부터 거센 비바람이 불기 시작하더니 한밤중
이 되자 본격적 태풍이 들이닥쳤다. 내가 자던 A-텐트가 넘어
지며 지주가 내 얼굴을 쳤다. 미쳐, 다 일어나기도 전에 누군가
에 의해 텐트가 바로 세워졌다. 밖을 내다보니 비바람은 세게
불고 번개가 번쩍인다. 그 빛 사이에 잠깐 보인 그림자는 위생
병들의 공용텐트로 들어간다. 자리에 누웠는데 쉽게 잠이 오지

않는다. 설풋하게 잠이 드는데 또 텐트가 또 내 몸을 덮치며 넘어진다. 누군가가 또 텐트를 바로 세우고 갔다. 새벽녘에 또 한 번 텐트가 넘어지고 또 그 누군가에 의해 다시 세워졌다. 거센 비바람 속에 밤새 세 번이나 왔다 간 사람은 나는 안다. 아침 태풍이 가고 모두 비설거지 할 때도 나는 그에게 아무 말도 하지 않았다. 넉 달 가까이 공사를 마치고 부대는 파평산 아래 본부로 되돌아왔다. 그 후로도 아무 말도 하지 않았다.

이용원이 고참이 되자 아무도 그를 뱀장수라고 부르지 않았다. 회식 때도 울고 넘는 박달재를 부르지 않았다. 그는 변하고 있었다. 차츰 웃는 낯으로 변하고 말하는 횟수도 늘었다. 나에게도 먼저 말을 걸기도 했다. 전방 생활이란 언제 적이 쳐들어올지 모르므로 장교나 사병 모두 노는 날도 위수 지역을 벗어날 수 없다. 일요일이면 나는 위생병들과 라면과 빨래를 싸들고 개울로 갔다. 모두 빨래를 한 뒤 자갈밭에 널어놓고 그제야 개별 행동이 주어진다. 노는 날이라 부대를 나서면서 자유시간이라서 나와 함께 논다. 동작 빠른 놈은 민가로 슬쩍 빠져나가 '사제 밥'을 얻어먹고 오기도 한다. 모두 함께 취사반에서 얻은 멸치 깡통에 가득 다슬기를 잡은 뒤, 각자 헤엄을 치기도 하고 책도 보고 어떤 병사는 낮잠을 잔다.

나는 시골에 살아 보지를 않아 야전 생활이 서툴다. 이용원을 졸졸 따라다닌다. 그가 논두렁 구멍에 손을 넣어 게를 잡기도 하고 가끔 풀섶에서 꿩 알도 줍는 걸 본다. 게가 논에 살고 있는 것도 처음 알았고 새알이 얼룩덜룩한 건 처음 보았다. 자갈로 둑을 쌓은 뒤 물을 퍼내고 붕어를 잡기도 했다. 밤이 되면 부대 앞에 '뻬드렁니'네 목로주점에 가서 그날의 어획물로 매운탕을 하고 막걸리를 마시며 춤추고 목이 터져라, 노래 부른다.

그렇게 가을이 흘러가고 겨울이 왔다. 혹한기 훈련을 받아야 한다. 부대는 노고산으로 이동했는데 온도는 최저 영하 25도가 되는 날도 있었다. 숙영지에 도착해서 텐트를 치기 위해 곡괭이로 땅을 파는데 깽깽 시멘트 깨는 소리만 나고 언 땅이 파지질 않는다. 대충 땅이 조금 꺼진 곳에 말뚝을 세우고 어거지로 천막을 친다. 보병들은 이제 자면 된다. 위생병들도 보병들과 똑같은 눈밭 길에서 훈련받고 왔으므로 이제는 쉬게 해야 한다. 나는 매일 밤 일일이 사병들의 천막을 찾아갔다. 그들의 양말을 벗기고 발을 만져본다. 위생병들에게 차마 같이 가자고 지시하지 못한다. 아무 말 없어도 발 검사에 항상 이용원이 스스로 따라와 주었다. 못 먹고 과다한 훈련을 하는 병사들에게 겨울에는 동상이 최대의 적이다. 그들에게 나는 수시로 "씻고 말리고 부비자"를 복창시켰다. 수송부의 "닦고 조이고 기름치자"를 흉내 낸 구호다. 피곤한 야밤에 그들의 천막을 찾아 발을 씻었는지 확인하면 짜증이 많이 나겠지만 훈련 일주일 내내 이들은 우리를 반겨주었다. 밤에 모닥불을 피워 불을 쬐다 허리에 찬 수통을 빼내 물을 마시려면 수통은 꽝꽝 얼어있다. C.P용 큰 텐트 속에 작은 텐트를 치고 자는 나는 야전상의도 벗지 않고 양말 신은 체로, 침낭 속 들어가도 밤새 춥다. 아침에 라면을 끓여 먹으려다 보면 어느새 얼어있다. 이곳 온도가 영하 25도다. 나중에 귀대해서 동상 환자 하나 없는 훈련은 처음이라며, 대대장과 중대장들은 놀라면서 고맙다고 한다.

겨울은 매우 천천히 흘러가고 있었다. 어느 날 아침에 출근하자 병장 이용원이 내 방에 왔다.

"야전상의 저 좀 주십시오." 이유를 묻지 않고 선선히 점퍼를 벗어 주었다. 아무리 실내라도 난방이 잘 안되니 춥다. 하루 종일 떨며 기다려도 옷을 되돌려 주지 않는다. 퇴근 무렵 이용원이 나타났다.

"저 조금만 퇴근을 늦춰 주십시오" 옷도 가져가더니 이제는 퇴근도 미루라니 은근슬쩍 짜증이 났다. 한 시간쯤 지났을 때 이용원 상병이 점퍼를 갖고 방에 들어왔다.

"입어 보십시오." 추운 김에 재빨리 옷을 입고 퇴근했다. 숙소에 와서 옷을 벗어보니, 때에 찌들어 반질반질하던 야전상의가 깨끗이 세탁되어 있었다. 게다가 다름질까지 되어있다. 이게 무슨 조화일까? 아침까지 그 지저분하던 야전상의가 저녁때 이렇게 깨끗해지다니, 다음날 이용원을 불러 자초지종 어제 일을 물었다. 아침에 야전상의를 빨고 다음 온갖 힘을 다해 짜고 수건을 얹어 발로 밟아 최대한 물기를 뺐단다. 그다음 하루 종일 난로가 가동되는 방을 이곳저곳 찾아다니며 옷을 말렸다고 한다. 여름이라도 두터운 야전용 점퍼를 하루 만에 빨아 말리는 일은 불가능하다. 이 엄동설한에는 수건 하나라도 제대로 빨아 말릴 수가 없다. 그런데 이용원은 기적 같은 일을 해냈다. 나는 아무 말도 하지 않았다.

다음 해, 봄이 되면서 나는 후방으로 전출되었다. 그 후 50년이 흘렀다. 이용원이도 영감이 되었을 것이다. 파주 우리 부대 옆에 주둔하던 미군들이 구보를 하며 부르던 군가가 생각이 난다.

"Old soldiers never die, They just fade away"
(노병은 죽지 않고 사라질 뿐이다)

제 14 화

태초의 질투 설화

얼마 전 천지창조를 갓 마친 뒤라 나는 그동안 밀린 피곤에 지쳐 곤한 낮잠에 곯아떨어져 있었다. 하지만 그 단잠도 오래 가지 못했다. 누군가가 나를 잡아 흔들고, 소리 질러 깨웠기 때문이다.

"아저씨, 좀 도와주세요. 저 혼자 문제를 풀 수가 없어요."

내가 눈을 떠 소리의 주인공을 쳐다보니 소리의 주인공은 내가 창조한 인간 중에 수컷이었다. 나는 혼자 혀를 찼다. 만들기는 했으되 아직 완성도가 떨어진다는 느낌을 받았기 때문이다. 우선 이놈이 날 부르는 호칭부터 귀에 거슬린다.

"얘야, 넌 나를 아저씨라고 부르면 안 된단다." 내가 애써

성질을 참고, 남자에게 가벼운 꾸중을 하자

"그럼, 당신을 뭐라고 부르면 돼요?"하고 남자가 물었다.

"음 난 너를 만들었으니까, 아버지라고 불러도 좋고 혹은 너의 주인이니까 주님이라도 부르던지, 아니면 내 사는 곳이 하늘이니까 한울님이라고 불러도 돼."라고 내가 대답하였다.

"아버지 그럼 우린 뭐라고 불리나요?"

"이 세상 사물들은 서로를 구별하고 부르기 위해 이름이란 게 있는 거야, 너는 호적상에 인간으로 기록되어 있고 세분류를 해서는 남자로 등록되어 있어. 그리고 앞으로 인간이 많아질 경우를 생각해서 너는 개인적으로 '웅서'란, 이름을 갖고 있어. 그리고 너의 짝은 여자이고 '자운'이라고 불러. 근데 얘야 니가 내게 묻고 싶은 건 뭐지?"라고 내가 물었다.

그러자 웅서는 "아버지 저와 자운이의 문젠데요. 저희는 어디서 짝짓기하며 또 얼마에 몇 번씩 하면 돼요?"라고 되물었다.

참 이해가 되지 않는 소리다. 저 많은 짐승은 인간보다 지능이 모자라도 저희끼리 잘도 알아서 하건만, 더 고급으로 만들어진 인간들의 자생력이 이렇듯 더 떨어지다니 알다가도 모를 일이다. 하지만 다시 생각을 해보니 그 건 전적으로 그들만의 잘못은 아닌듯하다. 일반 동물들은 내가 미리 발정기를 입력

해준 덕에 때가 되면 저절로 성호르몬이 분비되어 흥분한 암수가 서로를 찾게 되고 다음으로 교미가 이루어진다.

하지만 인간들은 잘 만들었기 때문에 스스로 알아서 할 줄 알고 발정기를 따로 만들어 주지를 않았다. 그 바람에 잘 만든다고 만든 창조물이 딴 것들보다 오히려 그 기능이 떨어지는 결과가 되고 만 것이다.

"음, 그 건 너희들 하고 싶은 데서 하고 싶을 때마다 마음대로 하면 되지, 근데 무엇보다 중요한 건 사랑이야, 니들이 서로 사랑하기만 하면 모든 게 다 잘되게 되어있어, 그러니까 짝짓기 전에 서로 먼저 사랑을 하는 게 가장 중요한 거란다."라고 대답을 해줬다. 하지만 머지않은 훗날, 한 사건이 생기게 되자 나의 이런 충고가 다 헛것임을 그제야 알게 되었다. 그때 가서야 후회했지만 때늦은 것이었다. 이제 세월이 꽤 흘렀지만, 나의 불찰에 대한 깊은 후회감과 자책감이 아직도 남아 있다.

인간들이 사는 태백 동산 옆 나라에는 신들의 귀양 처인 '시빌래'라는 곳이 있었는데 여기에는 하늘나라에서 범법행위를 한 말썽꾸러기 신들이 쫓겨 내려와 일정 기간 수양하는 곳이었다. 여기 사는 신들은 나 같은 조물주와 같은 족속이므로 모양이나 기능이 나와 거의 같았다. 사람들도 나와 비슷하게 창조되었으므로 이 신들과 외모나 감정, 사고도 닮은 점이 많았다. 하지만 이 신들의 눈에는 사람들이 하는 모든 것들이 우습고 한심스럽게 보였다. 특히 암수가 만나 교미를 한답시고 용을 쓰곤 하지만 그들이 보기엔 우습기 짝이 없는 짓이었다. 인간들의 교미란 사랑과 쾌락은 없고 다만 종족 번성을 위한 기계적인 운동 밖에 하지 못하고 있었기 때문이었다.

이런 현상을 보고 '시빌래'의 신들은 태백 동산의 조물주는 지극히 교활하고 의심이 많아 자신이 창조한 피조물을 믿지 못해 일부러 이렇게 만들었을 것이라는 의심을 하고 있었다. 피조물들이 똑똑해지고, 나중에 패거리까지 많아지게 되면 조물주에 대한 경건한 마음이 없어지고 그러면 피조물들은 그들 주인의 말을 잘 듣지 않게 된다. 그러다가 나중에는 반항하고 세상을 뒤엎는 하극상도 있을 수도 있다고 생각해서 일부러 그렇게 만들었으리라고 생각하고 있었다.

태백 동산에는 여러 가지 과일나무가 자라고 있었는데 동산의 맨 꼭대기는 사람들의 출입이 금지된 금단의 구역이고 거기에는 사과나무가 있었다. 인간들은 그들의 주인이 하지 말라니까 순진하게도 그 명령을 잘도 따르고 있었다. 그 사과나무는 조물주 혼자만 먹기 위해 재배되고 있었기 때문에 인간들의 접근을 막고 있는 것이었다. 바로 이 열매와 인간들의 멍청함에는 밀접한 인과관계가 있었다는 것을 시빌래의 신들은 알고 있었다. 조물주도 활동을 하기 위해서는 적당량의 먹을거리가 필요하다. 하지만 아래 것들처럼 이것저것 마구잡이식의 식사가 아니고 며칠에 한 번씩 사과 한 알이면 족했다.

이 사과는 신체의 활동에도 필수적이었지만 지능, 감정의 형성에도 절대적으로 필요한 먹을거리였다. 조물주는 사람들에게는 절대로 이 지혜의 열매인 사과를 못 먹게 하여 자신과 인간과의 능력의 차이를 두고자 하였다. 인간은 이 사과를 먹지 못

하므로 현명하지도 못하고, 자연스러운 감정을 느끼지 못하여 진정한 사랑이 무엇인지도 모르는 채, 살고 있다고 시빌래 신들은 판단하고 있었다. 그 들 중에는 언제 기회가 있으면 인간들에게 저걸 한 번 먹여봐야겠다는 장난기가 많은 신들도 있었다.

태백 동산에 봄철이 왔다. 산과 들은 한동안 온통 연한 초록으로 덮히는가, 했더니 얼마 뒤는 분홍, 노랑, 하양 등의 아름다운 꽃들의 색이 그 초록과 조화를 이루어 생물들의 눈을 부시게 한다. 그리고 그것들의 색욕을 자극한다. 새들은 하늘에서 짝 찾기 노래에 목청을 높이고, 땅에서는 모든 짐승이 한껏 멋을 내고 그것들의 교미 상대를 찾아 나서 유혹의 소리를 외치고 다닌다. 들판의 풀과 나무도 마찬가지로 꽃과 향기로 상대를 부른다. 짝을 만난 것들은 서로 껴안고 가쁜 호흡을 하며 교미에 열을 올린다. 그러나 같은 생물 중에서도 유독 '웅서'와 '자운'만은 이런 광경들이 이상하기만 하고 어색한 기분이 된다. 왜들 저렇게 흥분하고 소란을 떠는지를 그들은 도무지 이해되지를 않는다. 가끔은 그들도 딴 짐승처럼 흉내를 내어보나 그것들처럼 신음도 나지도 않고 호흡도 가빠오지를 않는다.

어느 날 들에서 나물 캐고 있는 자운의 등 뒤에서 인기척 소리가 들렸다. 뒤를 돌아보니 처음 보는 잘생긴 남자가 하나 앉아 있었다.

"난 부류라고 하는 데, 옆 나라 시빌래 나라에서 왔어. 그런데 당신의 이름은?" 하고 그 남자가 묻는다.

"전 자운이라고 해요."라고 여자가 대답했다.

"자운아 넌 네 남편과 잠자리할 때, 왜 저 원숭이처럼 서로 부르고 부둥켜안고 입술은 맞추고, 몸을 비비고, 소리를 지르고, 뒹굴고 그러지 않는지 알아?"라고 그 남자가 말했다.

"..."
자운은 이게 무슨 말인가 하고 물끄러미 그 남자의 얼굴만 쳐다보고 있다.

"자운이 넌 웅서와 함께 멍청해서 이렇게 좋은 시절에 앉아 남의 쾌락만 구경하고 있는 거야. 이 봄날의 짝짓기는 새끼를 낳기 위함이라고 하지만, 그건 일반적인 소리고, 사실은 그들의 육체의 교합을 통해 서로의 사랑을 확인하고, 더 나아가서 그 사랑을 육체적 쾌락으로 전환을 시켰기 때문에 저렇게 부둥켜 안고 황홀한 쾌락을 즐기는 거야. 그 결과 사랑의 열매가 생겨서 뚝 하고 땅에 떨어지는 것이 새끼의 탄생이지"

"그렇다면 왜 난, 저것들처럼 사랑도 할 줄 모르고 또 저렇게 즐기지도 못하고 이렇게 바보 노릇만 하는 거예요?"라고 자운이가 물었다. 그러자 그 남자는 대답 대신에 자운이의 손목을 끌고 숲속으로 들어갔다.

부류는 먼저 자운을 누인 뒤 입으로 그녀의 입술을 부드럽게 핥았다. 그리고 그의 혀를 그녀의 입속으로 하나 가득, 들이밀었다. 다음 귀 볼을 빨면서 말했다. "이게 바로 사랑하는 것이야."라고 속삭였다. 자운은 처음에는 얼떨떨하다가 자기도 모르게 숨결이 가빠짐을 느꼈다. 그다음 그는 손으로 자운의 유방을 애무하다가 이윽고 그녀의 아래 깊은 골짜기를 부드럽게 더듬기 시작하였다. 자운은 난생처음으로 사랑이라는 이름 아래 전희의 달콤함과 교미의 황홀함을 느끼기 시작하였다. 그들이 숲을 다시 나왔을 때 자운은 마치 딴사람이 된 기분, 다시 태어난 환희의 기분이었다.

"여보 당신도 이렇게 한 번 해봐!"라며 그날 밤 자운은 웅서에게 낮에 그 남자와 가졌던 자세를 취해보고 또 그런 애무를 요구하였다. 하지만 그는 서툴렀고 대충 그런 자세가 되어도 자운은 그 남자에게서 느꼈던 그런 황홀함을 느끼지 못하였다. 그 후부터 자운은 이웃 나라 '시빌래'에서 찾아오는 부류와 자주 만나게 되었고, 나중에는 그녀 쪽에서 간절히 부류가 오기를 기다리게 되었다. 태백 동산 조물주의 의도적 미완성 탓에 아직 '양심'이란 부분이 만들어지지 않았으므로 자운은 조금도 양심의 가책을 느끼지 못하며, 옆 나라 나들이를 하였다. 시간이 지나면서 자운의 마음이 이상하게 흔들리기 시작하였다. 어쩐지 웅서가 싫어지고 옆 나라 '시빌래'의 그 남자 부류가 좋아지기 시작한 것이다. 처음 육체적 쾌락의 대상이기만 하던 그 남자가 하루 종일 생각나고 보고 싶어진 것이다.

"아버지 제 얘기를 좀 들어보세요. 요즘 자운의 태도가 이상해졌어요." 또 웅서가 와서 보챈다.

"그래 뭐가 달라졌는지 자세하게 말을 해 보거라."

"근데 말이에요. 요즘 제가 자운의 몸에 손을 대면 자운이는 눈이 게슴츠레해지며 숨을 가쁘게 쉰단 말이에요. 때로는 몸을 비비 꼬며 신음하는데 혹시 간질 그런 건 아닐까요? 어디 아픈 게 아닐까요? 그리고 잠자리할 때도 전과 다르게 제가 위로 올라가기도 하고 절 물어 뜯기도 하구 야단 지랄인데요?"

"그래서?"
"전 무서워요. 자운이 무슨 병이 든 거 같아요. 저렇게 아프다 정신이 돌거나 혹은 죽을까도 겁나고요. 어쩐지 자운이 날 싫어하고 있다는 의심도 들어요. 아버지는 부부는 서로 사랑만 있으면 다 된다고 하셨잖아요? 그래서 전 사랑하는 자운을 위해 과일도 많이 따서 집에 갖고 오고 때로는 힘들게 짐승도 잡아 와서 불고기 해먹이고 아주 잘해주고 있거든요. 그런데도 자운은 날 사랑하는 것 같지 않아요. 누군가와 나 모르게 숨어서 만나는 것 같은 예감이 들어요."

"애야! 네 얘기를 들으니, 뭔가 일이 좀 이상하게 되어가는 느낌이구나. 네 말은 다 알아들었으니 일단 가서 기다려봐. 내가 자세히 조사해 보고 널 다시 부를 것이다." 하고 나는 일단 웅서를 돌려보냈다. 내가 직접 이웃 나라인 '시빌래국'을 찾아가서 자운과 자주 만나는 남자 신, 인적 사항을 조사해 보았다. 놈의 이름은 '부류'이며 죄목은 간통이었다. "역시나, 하고 나도 모르게 신음이 울려 나왔다. 하지만 나는 좀 더 놈의 행동을 더 관찰한 다음에 대책을 세우기로 하고 시간을 두고 이것들의 행동을 주시하기로 하였다. 시간이 지남에 따라 부류와 자운의 만남은 점점 늘어갔으며, 그들의 애정 표시도 노골화되며 또한 짙어지고 있었다. 이제 이들은 육체적 쾌락의 상대에서 점점 서로 사랑하는 사이로 변질되어 가는 분위기였다. 가만두면 애써 만들어준 '웅서네' 가정이 파괴될 것이라는 위기감마저 들었다. 나는 '시빌래국'의 최고 책임자를 만나 부류와 자운의 불륜을 고발하고, 부류를 단속하지 못한 그에게 강하게 항의하였다. 이것들을 불륜은 각자 속한 나라의 규정대로 처벌하기로 합의하였다.

"이봐 자운이, 내가 널 사랑하는 걸 잘 알고 있지?" 어느 날 느닷없이 부류가 물었다.

"아니, 자기는 왜 새삼 그런 질문을 하는 거야? 왜 내가 싫어졌어?"라고 자운이 넘겨짚으며 물었다.

"그런 시시한 소린 집어쳐. 내 말 잘 들어. 이건 내가 널 사랑해서 하는 소리니까 말인데. 사실 네 남편도 그렇게 못난 놈은 아냐. 네 조물주가 워낙에 교활해서 그치를 바보로 만들어 두었을 뿐이지." 부류의 목소리나 표정이 전과 같지 않음을 느껴 어쩐지 자운의 기분은 어리둥절하기만 하다.

"태백 동산 꼭대기는 너희들의 출입 금지구역으로 되어있지? 왜 그러는지 알아? 그건 너희들이 모르는 비밀이 있단다. 거기에는 사과나무가 있기 때문이야. 그 사과를 너희들이 먹게 되면 똑똑해지거든. 똑똑해져야 참사랑이 뭔지도 알게 되고, 정상적인 감정을 느끼게 되고 자연스러운 사고를 할 수 있게 되는 거지. 그런데 질투심이 많은 너희 한울님은 혼자 똑똑해져 온갖 생물들을 지배하기 위해 너희들에게 그걸 못 먹게 하는 거야. 자운이 너 오늘 가거든 웅서에게 그 사과를 따서 먹여 봐, 그러면 너희 부부에게도 좋은 일이 생길 거야. 즉 진정한 사랑이 시작될 거란 말이야."라고 말을 마친 뒤 부류는 전에 없던 격렬한 몸짓으로 자운의 육체를 탐하였다. 부류는 이것이 그의 마지막 작별 인사였으나 자운은 뭣도 모른 체 몸이 달아올라 함께 몸부림치고 있었다.

달밤이다. 도둑질하기에 아주 적합한 시각이다. 바람은 따뜻하지만 둘은 떨고 있다. 양심은 없어 도둑질은 양심의 가책을 받지 않지만 뭔가 이런 행동이 한울님의 심기를 건드릴지 모른다는 것에 대한 막연한 두려움 때문이다. 무섭다. 하지만, 한번 해보고 싶다. 부류가 가르쳐준 사과란 것을 한번 따먹고 싶다. 낮에 미리 봐둔 사과나무에 다가갔다. 처음에는 구별이 되지 않던 잎과 열매가 한참 들여다보니 서서히 구별된다. 자운이 웅서 옆구리를 쿡 찌른다. 사과를 따라는 신호다. 하지만 웅서는 덜덜 떨며 사과에 손댈 생각을 못 하고 있다. 아무리 권해도 웅서가 떨고만 있으니 참다못해 자운이 달빛을 받아 반짝이는 사과 하나를 비틀어 딴다. 생각보다 쉽게 따진다. 먼저 자운이 웅서의 입으로 사과를 가져간다. 그는 조심스레 한 입 베어 먹어본다. 상상외로 맛이 좋다. 지금까지 먹어본 과일 중에도 이보다 더 좋은 맛을 느껴본 적이 없다. 물기도 많고 아삭하며, 달고 새콤한 게, 씹는 맛이나 향기가 너무 좋다. 이제 용기를 얻은 웅서는 사과를 하나 따서 크게 입을 벌려 사과를 베어 문다. 이윽고 둘은 한 개씩 더 따서 순식간에 다 먹어 치웠다.

사과를 다 먹고 나자 갑자기 웅서가 자운을 사과나무 아래에 난폭하게 누인다. 입을 포갠다. 그리고 입술을 거칠게 빨아들인다. 전에 보지 못하던 웅서의 애정 표시이다. 이런 웅서의 행동에서 처음으로 자운이 성욕을 느낀다. 가슴이 요동치기 시작한다. 둘은 원래 벗은 몸이라 쉽게 한 몸이 되어 뒹군다. 달밤에 두 나체가 격렬하게 요동친다. 이곳 태백 동산에도 천지창조 후 야밤에 처음으로 인간 정사의 대서사시가 울려 퍼지고 있었다.

격정의 순간이 지나고 숨을 고르며 웅서가 새삼 자운의 눈을 들여다본다. 정말 초롱초롱하고 맑다고 느낀다. 입술을 만져본다. 촉촉하고 보드라운 감촉이 전해 오며 잇달아 가슴이 따뜻해진다. 이런 감정은 처음이다. 그의 손이 저절로 그녀의 어깨를 감싸준다. 전에 없던 행동이다. 자운의 눈이 저절로 감긴다. 웅서의 손길이 이토록 감미롭게 느껴지는 것은 처음이었다.

"음, 그래 맞아. 여태껏 아버지가 우릴 속인 거야. 우릴 사랑하기는커녕 오히려 경계하고 의심하고 있었던 거야. 당신도 먹어봤잖아? 그 사과를 왜 우린 못 먹게 한 거야? 우릴 맨 날 초근목피만 먹인 탓에 우린 바보가 되어 서로 사랑하면서도 표현할 줄도 몰랐고, 영감쟁이에게 속고 있으면서도 우린 그 영감 없으면 죽는 줄 알았잖아. 그래 옆 나라 부류 녀석은 생긴 건 뺀질뺀질한 게 밥맛없게 생겨도 고마운 친구야. 난 한때 네가 왜 그 녀석을 만나러 다니는 줄 몰랐어. 하지만 이제 전부 이해가 되네, 하지만 당신은 그치를 정말 사랑하는 것은 아냐, 그러니까 앞으로 옆 나라에 가면 안 돼, 그놈은 사랑도 없이 너의 육체만 탐하고 있을 뿐이야, 널 농락하고 있는 거지," 자운은 속으로 이 말이 나를 사랑해서 하는 소리인가 아니면 질투해서 하는 소리인가 하고 그의 속내를 가늠 해보고 있었다.

"여보, 진작 당신과 내가 이렇게 똑똑했으면 내가 딴짓할 겨를이 없었을 거야. 이게 다 우리 아버지의 심술과 욕심 탓이지. 그래요. 난 이제부터 당신만 사랑할 거야."라고 대답하며, 그녀는 그의 가슴에 파묻혀 들어갔다. 태백 동산의 달밤에 둘은 두 번째의 교접에 열을 올리고 있었다.

이윽고 범죄에 대한 판결이 확정되고 바로 형이 집행되었다. 부류는 특정범죄에 대한 가중처벌을 받아 귀양 처인 '시빌래국'에서 누리던 자유 산책의 혜택이 없어지고, 무기징역형을 받고 지하 컴컴한 감옥으로 유폐되었다. 한 편 웅서, 자운 부부도 태백 동산에서 추방령에 처해졌다.

"내가 다스리는 태백 동산에서는 나 하나만 똑똑해야만 되므로 이제 지혜가 생긴 인간들은 추방시켜야 된다. 처음에는 나는 그들의 목숨까지 거둘까도 생각했다. 하지만 이렇게 되면, 심술쟁이 조물주 작자들이 얼마나 좋아하겠는가? 내가 창조기술의 미숙으로 인간을 잘못 만들었다고 입이 찢어지도록 좋아할 것이다. 아니면 치사하게 내가 피조물과 경쟁해서 사과를 숨기다가 들켜 망신당했다고 기뻐하며 손뼉을 칠 것이다. 이런 생각을 하니 사람들을 내 맘대로 처벌하기도 힘이 들었다. 그래서 이것들을 내 눈에서 안 보이는 사각지대로 추방하는 것이다"

인간이란 것들은 성능이 좋게 만들어진 탓인지 지혜가 생기자, 말자 처음 한 행동이 바로 애비를 욕하고 비웃고 덤벼든 것이었다. 어떻게 보면 올 것이 온 것인지도 모른다. 하지만 난 속내를 쉽게 내보일 수도 없어 웃으며 애들을 분가시켰다. 그곳에서도 너희들이 노력하면 굶어 죽지는 않을 곳으로 살림을 내보내는 것이다.

사시사철 봄과 여름만 있어 꽃이 피고 저절로 맺힌 그 열매를 그냥 따먹기만 하던 태백 동산, 그리고 가끔 고기 생각이 나면 돌도끼 하나만 들고 나가도 식성대로 짐승들을 잡아 와 온갖 요리를 해 먹을 수 있던 태백 동산, 그 풍요롭던 천국에서 쫓겨 난 웅서, 자운은 고생이 말이 아니다.

"여보 추워죽겠어요. 굶어 죽기 전에 먼저 얼어 죽겠어요. 뭐라도 얼어 죽지 않을 입을 거리를 좀 찾아오세요." 자운의 재촉에 웅서는 얼어붙은 돌도끼를 어깨에 매고 눈보라 치는 겨울의 들판을 나서 본다. 들판에 어슬렁거리며 다니는 매머드를 보니 침이 절로 흘러내린다. '저놈 한 마리만 잡으면 올겨울 먹고 입을 거리는 걱정이 없을 텐데,' 하고 혼자 공상을 해보지만 그건 어디까지나 이쪽의 생각이고 놈은 전혀 잡힐 마음이 없고, 놈이 거꾸로 이쪽을 잡아먹을 생각을 하고있는 눈치이다.

서로의 의견 차이가 너무 크다. 할 수 없이 만만한 토끼나 노루들의 뒤꽁무니를 따라다니는 수밖에 없다. 하지만 이 녀석들은 발이 사람보다 빠르니, 이놈 사냥 역시 쉬운 것이 아니다. 가끔 올무에 걸린 짐승들이 그들의 유일한 육식 먹거리였다. 한울님에게 눈 흘기던 사실이 뼈아프게 후회가 된다. 지금이라도 다시 빌고 되돌아가고 싶은 마음이 굴뚝같다. 하지만 한울님이 다시 받아줄 것 같지도 않고, 되돌아간다 해도 그 부류 놈이 얼씬거리는 그 동네를 상상하니 절대 갈 맘이 없다.

이놈은 우리 부부를 위해서 사과를 먹게 한 게 아니고, 단물을 다 빨아 먹은 자운에게 매력이 없어지자 떼어내기 위해 나를 똑똑하게 만든 것이라고 웅서는 생각했다. 사과를 먹고 부부가 정말로 몸과 마음이 사랑할 수 있게 된 건 부류의 덕이다. 하지만 그놈의 숨겨진 목적을 생각하면 구역질이 난다. 게다가 이렇게 엄동설한에 얼어 죽게 된 것도 다 그놈 탓이라 생각하니 다시는 그놈들의 사는 근처에도 가고 싶은 마음이 없는 것이다.

"자기는 날 사랑하지 않는 거지?" 빈손으로 돌아와 부끄럽고 미안한 웅서에게 자운이 한마디 한다. 웅서는 무슨 답을 해야 할지 몰라 그녀를 물끄러미 바라본다.

"생각을 해봐. 정말 마누라를 사랑한다면 하다못해 토끼 한 마리라도 잡아 와야 할 거 아냐?" 웅서는 억장이 무너지는 기분이 되어 한마디 한다.

"그래, 먼저 사과를 먹자고 한 게 누구지? 그날 밤 사과만 먹지 않았어도 지금도 등 따뜻하고 배부르게 지내고 있었을 것 아냐?"라고 말했다.

"으이그 이 멍충이, 사람이 밥만 먹고 사냐? 난 차라리 이렇게 얼어 죽는 게 나아. 당신의 그 전혀 사랑 없던 삭막한 포옹이나 입맞춤은 지금 다시 생각하기도 싫은 행동이야. 그때 보다 난 차라리 춥고 배고픈 지금이 훨씬 더 좋단 말이야. 하지만 춥고 배가 고파 죽겠어"라고 하며 그녀는 남편에게 매달렸다. 둘은 굶었어도 끓어오르는 사랑의 감정으로 다시 몸이 더워지고 진한 애정의 교환이 이루어지고 있었다.

캄캄한 감옥 속에서 부류는 정말 견디기가 힘이 든다. 마음대로 돌아다니다가 갇혀 있는 답답함 때문이다. 하지만 더 큰 괴로움은 자운에 대한 그리움이다. 둘 관계의 첫 시작은 육체적인 쾌락이었다. 부류가 보기에 갓 만들어져, 어릿한 인간의 삭막한 부부관계가 너무 엉터리여서 측은하기도 하고 불쌍하기도 하여 처음에는 장난삼아서 시작하였다. 하지만 막상 이렇게 자운과 만날 수 없게 되고 또 생각할 시간이 많아지게 되자 그가 좋아했던 것이 그녀의 몸뚱이만은 아니었던 것 같았다. 달 밝은 밤에 감옥 창으로 떠오르는 달을 보면 자운이 얼굴이 겹쳐 보였다. 때로는 그녀의 목소리도 들리는 듯하다. 이태 것 신인 자신에게 감히 누가 이래라저래라 지시한 적이 없었다. 자신은 단점도 없다고 생각하고 살고 있었으므로 누가 조언을 하거나 꾸중을 하면 화부터 났다. 하지만 자운은 그런 것에 아랑곳하지 않고 자주 그의 잘못을 지적하거나 꾸중하곤 했다. 부류는 그런 자운이 태도가 처음에는 가소롭고 이질적으로 느껴졌지만, 시간이 지나자, 나중에는 그런 태도가 좋아지기 시작했다. 이제 이렇게 헤어져 있으니, 그녀의 그런 말투와 행동이 그리워진다. 신인 자신에게 감히 누나나 엄마처럼 지시하고 꾸중한 여자, 자운의 그런 행동이 바로 자신에 대한 사랑의 표현이 아니었을까 하는 생각이 든다. 이런저런 생각을 하니 그녀에 대한 그리움이 새삼 다시 끓어오른다. 자기 때문에 지상으로 추방 되어간 자운을 생각하면 정말 가슴이 아프다. 이대로 마냥 죽치고 앉아 있을 수만 없었다. 부류는 중대한 결심을 해야 할 때가 온 것 같았다.

어느 날 자운이의 배가 몹시 아프다고 한다. 배가 찢어지는 것처럼 아프다고 한다. 둘은 생전 처음 당해보는 일이라 무척 당황하고 있다. 하지만 조물주인 내가 인간을 만들 때 그들이 비록 듣고 본 적이 없는 무식한 것이라 하더라도 그들의 원초아 본능이라는 창고 속에는 모든 걸 스스로 풀어낼 수 있도록 능력을 다 만들어 놓았다. 그러므로 비록 둘은 땀을 흘리면서 서툴렀지만, 무사히 출산하였다. 자운이 낳은 자식은 아들이었다. 이들은 보통 동물의 새끼를 볼 때 모두가 그 부모들을 닮은 것 보았기 때문에 당연히 자기들 새끼도 그러하리라 생각하며 기대에 차서 그들의 귀여운 가난 아기를 들여다보았다. 간난 아기는 아직은 그들을 닮지 않고 있었다. 사과를 먹은 후 사물의 분별력이 생기고, 똑똑해진 인간들은 이제 새로 태어난 아기에게 무한한 애정을 느낄 수가 있었고, 또 그를 양육할 능력도 갖고 있었다. 하지만 새로 획득된 지혜 때문에 오히려 인간들이 스스로 무덤을 파는 수가 가끔 있었다.

"이게 아니잖아? 이게 도대체 뭐란 말이야?"고 자운이의 발치에서 핏덩이 애를 보고 웅서가 고함을 지른다.

"여보 왜 그래 아기가 놀라잖아? 왜 고함을 지르고 그래." 하며 자운이가 어리둥절 한다.

"야! 이게 어째 내 아이야? 나와 하나도 닮은 게 없잖아?" 웅서가 보기엔 자신과 전혀 닮지 않는 아기라고 느껴 그는 그렇게 고함을 질렀다.

"너 자운이 똑바로 말해, 이 아인 부류의 아이가 맞지?"라고 웅서가 흥분해서 소리를 지른다. 새 생명의 탄생이 이 가정에선 축복이 아니고 이렇듯 재앙의 시작이 되고 말았다.

아기 출산 이후로 웅서는 사냥을 나가지도 않았다. 먹을거리를 구할 생각을 하지 않게 된 것이다. 이제 그들의 양식은 전에 따다 놓은 식물 열매밖에 없었다. 그 열매들도 이제는 싱싱함을 잃고 진물을 내며 썩어가고 있었다. 자운은 비위가 약해 그냥 굶고 있고 웅서는 그 진물 나는 과일들을 씹어 먹었다.
'저 썩은 걸 어떻게 먹고 있을까? 저러다가 먹고 죽는 것은 아닌가?' 하는 걱정이 되었다. 하지만 웅서는 죽지도 않고 배탈도 나지 않았다. 그 슬프고 화난 얼굴이 썩은 과일이 들어가

면 이상하게도 웅서의 감정이 풀어지고 그의 투정도 줄어들곤
해서 한동안 집안이 조용해진다. 그럴 때 잠깐 자운은 한시름
을 놓기도 했다.

썩은 과일 물을 먹고 웅서의 행패는 심해져갔다. 자운은 산
후조리를 제대로 못 하여 얼굴이 퉁퉁 부은 채로 아직 늦추위
가 남아 있는 들판에 나가 풀뿌리나 어린 새싹을 캐서 가져와
겨우 연명을 하건만, 웅서는 푸성귀를 그대로 먹지 않고 굳이
썩혀 그 진물을 내어 마시고 매일 행패를 부린다. 어린 아기가
자신의 아이가 아니니 내 버리라는 이야기다. 그리고 자기와
부류하고 누가 더 좋냐, 라며 씨알도 먹히지 않는 소리를 하고
난동을 부린다. 질투였다. 사과를 먹기 전에는 자운이 부류를
만나고 다녀도 이런 일은 없었다. 똑똑해져 사랑이 생겼는데
왜 고통이 생기는 걸까? 자운은 아무리 생각해도 이해가 가지
않는다. 올무에는 짐승들도 잘 걸리지 않았고 그들의 먹을거리
란 산모가 캐오는 풀뿌리 몇 개밖에 없었다. 이것으로 세 식구
가 살아갈 수는 없는 일이었다. 자운은 죽어버릴까도 생각을
하였다. 하지만 아기가 눈에 걸려 이러지도 저러지도 못하고
모진 목숨을 지탱해 나가고 있었다.

어느 날 자운이가 나물을 뜯기 위해 동굴 밖을 나가다 보니
커다란 돼지 한 마리가 죽어 있었다. 아마도 성질이 급한 놈이
한밤중에 냅다 뛰다 동굴 벽에 머리 박고 죽은 모양이라고 생
각했다. 정말 오랜만에 먹어보는 고기였다. 충분히 먹고 나니
자운의 메말랐던 젖도 풍부해지고 아기도 튼튼해지는 듯하였다.

건강해진 아기의 모습은 웅서의 축소판처럼 닮았다. 그래도 웅서의 의처증은 변함이 없었다. 이상한 일은 계속되었다. 그 뒤지 이후로도 간간이 토끼도 죽어 있었고 노루도 죽어 있었다. 자운은 한울님이 계신 쪽으로 두 손 모아 감사의 인사를 올렸다.

"아버지 감사합니다. 저희가 지은 죄는 죽음에 이를 정도이나 너그러우신 아버지는 우리를 용서하사 이렇게 일용할 양식을 주시니 이 은혜 죽어도 잊지 않겠나이다. 우리 아기를 키우면서도 전 아버지의 고마움을 꾸준히 교육시키고 그 믿음이 계속되도록 가르치겠습니다."

난 이런 기도를 그 후로도 자주 들었는데 이럴 때마다 혼자 많이 웃었다. 바쁜 내가 언제 일일이 짐승까지 잡아서 피조물들을 먹일 수 있단 말인가? 그건 피조물들 저희끼리 지들이 좋아서 하는 일인데 그런 일까지 조물주가 다하는 줄 알고 나에게 고마워하니 나야 손 안 대고 코 푸는 격이다. 하여간 사냥해 주는 녀석은 나에게도 고마운 놈이다.

하루는 조금 일찍 자운이가 동굴 밖으로 나갔다. 아직 죽은 동물은 보이지 않았다. 잠깐 뒤 풀썩하고 노루 한 마리가 동굴 문 앞에 던져지는데 자세히 보니 사람의 모습을 한 짐승이 냅다 달아나고 있었다. 며칠을 벼르며 자운은 동굴에서 멀리 떨어진 곳에서 자기 집 앞을 숨어서 보고 있는 것이다. 역시 그녀의 어렴풋한 예측이 맞았다. 주인공은 부류였다. 달아나는 그의 앞을 자운이가 가로막았다.

"부류, 당신 맞지요? 당신은 나를 모른다고 하지는 않겠지요?" 하고 그녀가 말하자 풀썩하고 부류가 길에 주저앉아버렸다. 처음에 아무것도 모르는 자신을 성의 노리개로 가지고 놀다가, 금단의 열매를 먹게 해 파멸의 구렁텅이로 밀어 넣은 속물, 악마, 그 부류를 여기서 만나다니,

"부류 우리 말이나 한 번 해봅시다. 당신은 우릴 이 지경으로 만들어 놓고서 잘도 살고 있겠지요?" 자운은 부류의 목을 움켜잡고 울부짖었다. 숨이 막혀 죽을 지경이면서도 부류는 미동도 없이 서 있었다. 부류는 태백 동산에서 볼 때 보다 많이 달라져 있었다. 기분은 우울해 보였으나 진지한 모습이었다. 자운이 그의 목을 놓아 주자 그는 땅바닥에 꿇어앉았다. "미안해 자운이 당신 말이 다 맞아, 그래서 내가 여기 온 거야. 넌 믿지 않겠지만 사과를 먹게 한 건, 정말 널 사랑했기 때문이야. 난 내 죄 때문에 죽을 거라고 생각했지, 그래서 마지막으로 너희 부부에게 사과를 먹여 진정 사랑할 수 있는 지혜를 주고 싶었어. 그런데 네 남편은 사랑보다 스스로 오만해져 감히 신에게 덤벼들고 도전하는 어리석은 짓을 한 탓에 일이 이렇게 꼬인 거야."라고 부류가 말했다.

"난 내가 지은 죄로 감옥에 갔어. 난 거기에서 죽을 때까지 있어야 돼. 거기서 비로소 내가 당신에 대한 감정이 사랑이란 걸 처음 알게 되었어. 거기서 네가 없다는 사실을 실감했을 때 죽음보다 더 큰 고통이 느껴지더군. 난 전에 당신을 만나는 동안 당신을 단순한 나의 성의 노리개로 생각했어. 하지만 막상

당신이 떠나고 나니 내가 좋아했던 건 당신의 육체만이 아닌 것을 알게 되었어." 그는 말을 잠깐 쉬었다가 한숨을 쉬며 말을 이어나갔다.

"당신의 순수한 사랑이 날 현명하게 만든 거야. 그걸 깨닫는 순간 그제야 난 내 죄를 알게 되었어. 당신을 꼭 한 번 보고 싶었어. 그래서 감옥서 탈옥해서 여기로 온 거야." 부류의 눈은 눈물로 그득했다.

"무슨 말을 하는지 난 모르겠어요. 하지만 지금처럼 먹을거리나 던져주는 행동은 정말 구역질나요. 그게 당신에게는 속죄의 의미인지는 모르겠지만 난 그런 게 싫어요. 육체였던지, 영혼이었던지, 한때나마 내가 당신을 좋아한 건 사실이죠. 하지만 유부녀인 내가 이제 애 어미가 된 마당에 새삼 나에겐 새로운 사랑은 있을 수가 없어요. 더구나 내가 철없이 육체만 탐하던 그 시절의 상대를 다시 만나다니, 제발 먹을거리를 갖다 줄 생각도 말고 영영 내 앞에 나타나지 말아 주세요. 그냥 이렇게 굶어 죽는 게 차라리 낫겠어요." 이런 말을 하는 자운의 눈에는 눈물이 주르륵 흐르고 있었다.

"시빌래 감옥에서 내가 탈출한 것은 아버지 신에 대한 모독으로 내 생명의 포기를 뜻하는 거지. 난 각오했어. 마지막으로 당신을 만나 먼저 속죄하고, 잠깐만이라도 가까이서 당신의 향기를 맡다가 떠나고 싶었어." 부류도 울며 말을 마쳤다.

이들 둘의 눈에는 재회의 기쁨과 함께 회한의 눈물이 함께 섞여 흐르고 있었다. 하지만 또 한 사람의 눈에는 증오의 빛이 번뜩이고 있었다.

"응. 그래, 두 년 놈들이 역시 내 짐작대로군. 결국은 저렇게 다시 만나고 있어, 그것도 감히 내 집 앞에서 말이야, 내 예감이 딱 맞아. 저것들은 재회의 감격에 저렇게 울기까지 하는군." 웅서는 이를 부드득 갈고 있었다.

인간의 큰 운명은 조물주인 내가 정하지만 작은 샛길 운명은 피조물들 스스로 만드는 것이다.

웅서는 오랜만에 돌도끼를 손에 들고 동굴을 나섰다. 먹이를 사냥하기 위한 것이 아니다. 부류를 찾아가는 것이다.

"오늘 내가 이놈을 찾아 요절내면 그땐 아내도 어쩔 수 없이 나만 따르고 사랑하겠지." 한나절 넘게 들판을 찾아다니다 이윽고 양지바르고 느낌이 아늑해 보이는 동굴을 발견하였다. 저런 곳이라면 놈이 살고 있을 가능이 많다. 그는 최대한 발자국 소리를 죽여 놈의 동굴로 다가갔다.

안에서 목소리가 들린다. "전 어쩌면 좋아요. 난 우리가 이렇게 만나는 게 무서워요. 우리 남편은 당신이 나타나면서 의처증이 더욱 심해졌어요. 만약에 내가 당신과 이렇게 만나는 것을 그가 알기나 해봐요. 우린 바로 죽음이에요. 정말 당신이 날 사랑한다면 우리 가정의 평화를 위해 떠나주세요."

자운의 목소리다. 이런 말을 듣자 웅서는 하늘이 노래진다. 가슴이 방망이질한다. 더 기다릴 것도 없다. '네 이 년 놈들을 하면서 돌도끼를 힘차게 잡고 동굴로 뛰어들었다. 웅서는 부류의 정수리를 향해 돌도끼를 세차게 내려찍었다. 그러나 정작 땅바닥에 코를 박고 넘어진 것은 웅서였다. 그 사이에 자운은 밖으로 도망을 갔다.

"이봐 웅서, 나와 이야기 한 번 하자."

적반하장도 유분수지 남의 마누라와 밀회나 나누는 주제에 무슨 말을 한단 말인가? 하지만 일단 기 싸움에서 지기 싫은 웅서가 말한다.

"그래 마지막으로 너에게 말할 기회를 주겠다. 말해 봐."

"웅서 넌 정말 네 아낼 사랑하고 있는 거야?" 놈은 뻔뻔스럽게 말도 안 되는 질문을 한다.

"야! 네가 뭔데 남의 부부 사이를 묻고 지랄이야."

"웅서 넌 태백 동산에선 교미조차 제대로 할 줄 몰랐던 어리석었던 놈이야 나중엔 사과를 먹고 똑똑해지긴 했지만, 그리고 정신 차리고 나서 기껏 한 것이, 너의 한울님에게 대들고 까분 것밖에 없었지?, 그래서 태백 동산에서 쫓겨나고, 여기 와서는 광기까지 생겨 의처증 환자가 되고, 너는 사랑이란 이름으로 아내와 자식을 괴롭힌 어리석은 놈에 지나지 않아!" 그는 태연하게 다음 말을 이어나갔다.

"네가 말하는 소위 아내에 대한 사랑이란 건 단지 지독한 소유욕과 집착, 그리고 추잡한 질투심에 지나지 않아. 그런 쓰레기 같은 감정을 사랑이라고 말하는 것은 억지야, 네가 진정 아내를 사랑한다면 잘못했을 때는 감싸 주고 자신을 되돌아볼 줄 아는 게, 그게 옳은 일이 아닐까? 그리고 아무리 밉더라도 최소한 먹을거리와 입을 거리는 마련해주어야 할 의무가 있는 거아냐?"라고 부류가 말한다.

"야! 이 새끼야. 그렇게 말하는 넌 도덕군자고 잘난 놈이군 그래, 난 질투쟁이고 미친놈이야. 하지만 너 같으면 네 마누라가 화냥질하고 다녀도 사랑해 주고, 그리고 밖에서 받아온 씨를 잘도 먹여 살리고 건사하겠다. 사실 난 오늘 널 만나면 여기를 떠나게만 할 작정이었다. 하지만 네가 하는 짓을 보니 더이상 살려 두고 싶지 않아."라고 웅서가 되받자

"넌 네 마누라가 화냥년이라고 하지만 그건 네가 그렇게 만든 거야. 네 마음이 과거에는 어리석었고, 지금은 순수하지 못하니까 그때나 지금이나 진정한 사랑을 할 수 없는 거야. 그래서 네 마누라가 밖으로 나도는 거지, 그 책임은 너에게 있다는 말이야, 화냥년을 만든 것은 바로 너란 말이다. 지금이라도 자신을 되돌아보고 참사랑을 할 줄 아는 인간이 되도록 해"라고 부류가 말한다. 그 순간 웅서가 돌도끼로 부류의 머리를 내리쳤다. 예상외로 부류는 담담하게 아무 대항 없이 웅서의 돌도끼에 머리를 맞는다. 그 순간 번쩍하고 커다란 광채가 나면서 부류는 흔적도 없이 사라졌다.

모든 게 홀가분해진 웅서는 자신의 동굴로 들어서면서 큰소리쳤다 "자운이! 모든 게 끝났어. 우리 이제부터 정말 사랑하면서 잘살아 보자."라고, 하지만 그 목소리는 듣는 사람 없이 허공에 메아리치고 있었다. 동굴 속에는 이미 아내도 아기도 없어지고 텅 빈 상태였다. 웅서는 "뭐지? 내가 뭘 잘못한 거야? 아버지가 말한 사랑이란 것과 부류란 놈이 말한 사랑과 내가 한 사랑이란 도대체 어떤 차이가 있는 거지? 도대체 사랑이란 뭐지? 뭐지?"라며 그의 머리칼을 두 손으로 쥐어뜯으며 중얼거리고 서있다.

제 15 화

두 노인 해탈 이야기

도회지의 아침이 시작된다. 접대부의 향수 냄새 옅어지고 주점 간판의 네온 불빛 꺼진 새벽 골목길은 외롭다. 지린내 나는 담벼락에는 카바레 선전지가 그리고 남자 정력제 광고지가 덕지덕지 붙어있다. 길바닥에는 담배꽁초가 널려있고 전봇대 아래는 토사물이 얼룩져 있다. 큰길에는 채소 실은 트럭이 무겁게 지나간다. 신문 배달 소년의 자전거도 달려간다. 길가에 있는 '영남 반점' 문이 열린다. '짱깨(장궤, 掌櫃)'는 새벽 장 보러 갔고 안주인과 종업원은 어제 사둔 푸성귀 씻고 고기 다듬기에 여념이 없다. 아침 손님도 없는데 사장의 아버지가 굳이 식당 문을 연다. 노인은 느린 동작으로 문을 먼저 연 뒤 다시 안으로 들어가 노고지리 통을 들고 와 처마 끝에 건다. 이것으로 노인의 하루 일은 전부 끝났다.

가족들과 직원들은 바빠도 아무것도 거들지 않는다. 문 열기라는 가장 큰 일을 했기 때문에 딴 일은 하지 않아도 된다는 걸까 아니면 어른 체면에 허드렛일은 할 수가 없다는 걸까. 아무튼 아침 먹고 나면 노인은 하루 종일 새장 아래에 의자를 놓고 앉아 있다. 시내 자동차 배기가스와 먼지에도 아랑곳하지 않는다. 담배를 피우면서 앉아 있다. 머리 위 새장의 노고지리의 하루 종일 재잘거리는 소리를 듣는지 졸지도 않는다. 그는 길 건너 성경책 집 찬송가 소리를 듣는다. 노동조합의 투쟁가도 듣는다. 식당 옆, BBS 구두닦이 박스를 본다. 지나가는 자동차도 보고 어른도 보고 아이도 본다.

하양 읍내서 안강으로 가려면 재래시장을 통과해야 한다. 비켜주지 않는 장꾼들 사이를 비집고 자동차로 시장을 지나려면 신경질로 뒷목이 뻣뻣해진다. 시장 골목 다음 장애물은 양쪽으로 능금나무들이 빽빽이 심긴 좁은 시골길이다. 비포장 길 먼지는 펄펄 나 자동차의 앞 유리창을 뽀얗게 분칠해 앞을 가리고 과수원 탱자나무 가시는 문짝을 긁어 화가 머리끝까지 올라간다. 참을성이 바닥날 즈음이 되면 과수원이 끝나고 작은 마을이 나온다. 흙 담벼락에는 몇 해 전 끝난 국회의원 선거 벽보가 찢다 만 채 그냥 붙어 있다. '사람 사는 곳에 화장장이라니 이것이 웬 말이냐?'라고 쓰인 현수막이 걸려 있다. '착하게 살자'라는 표어가 적힌 돌비석도 서 있다. 마을을 지날 때마다 동네 어귀 집 앞 의자에 잘 다려진 삼베옷을 입고 노인 한 사람이 앉아 있는 모습을 본다. 차의 먼지가 자욱하게 날려도 꼼짝하지 않고 앞만 보고 앉아 있다. 자동차가 반가운 걸까? 들판에 서 있는 백로를 보기 위함일까? 창공의 제비를 보는 걸까? 니련선하尼連禪河의 석가라도 되는 듯 그 영감은 곰방대를 빨며 앞만 바라보고 있다.

여름 농부들은 한낮의 더위를 피해 이른 새벽에 집을 나선다. 싸리문을 열고, 들로 나간다. 시골 문은 일부러 열 필요가 없다. 대게는 열려 있고 간혹 닫혀있다 하더라도 발로 차고 나가면 된다. 정해진 사람이 문을 여는 것도 아니다. 많은 농부의 집은 새벽부터 온 가족이 들에 나가 일을 해야 굶지 않는다. 올봄도 겨우 보릿고개를 넘어 이제 입에 풀칠은 할 수가 있게 되었다. 쪽박을 차도 이 집 노인은 일하지 않는다. 밥 먹는 시간 외는 항상 의자에 앉아 있다.

중국집 영감이 하루 종일 의자에 앉아 있다는 말은 정확하지 않는 표현이다. 가끔은 그가 손님 자리에 가서 음식 주문도 받고 계산대에서 돈도 받기도 한다. 손님이 넘칠 때 거드는 게 아니다. 붐빌 때 얼찐거리면 방해가 되므로 그런 시각은 피한다. 오후 한가한 시간에 종업원들이 잠깐 쉴 때 그가 가끔, 주문을 받거나 돈 계산을 거들어 준다. 영감은 손님들에게 절대 존댓말을 쓰지 않는다. '청국 망 한지 언젠데 아직도 대국 사람 노릇 하는군' 하며 화를 내는 축도 있고 '늙어서 외국말 배우기가 힘드나 보다' 하고 넘어가는 사람도 있다. 환영받지 못하는 사람이다.

농가의 노인도 가끔은 들에 나간다. 곰방대를 등에 꼽고 뒷

짐을 지고 논에 나가 서성대다 온다. 논둑에서 여귀풀이나 닭의장풀(달개비)도 몇 포기 뽑고 기어다니는 우렁이도 몇 마리 잡아 온다. 쌀농사와는 별로 관계가 없는 일이다. 집에 와서는 아들에게 큰 소리로 야단친다. 모내기를 너무 드물게 했다는 둥, 피를 뽑지 않아 폐농廢農하게 생겼다는 둥, 농약을 잴 때에 안쳐서 도열병稻熱病으로 농사 망쳤다며 성화를 부린다. 잠시 소란 뒤 다시 묵언정진默言精進 수행한다.

서쪽 하늘이 붉어진다. 반점 노인은 조심스레 노고지리 통을 들고 집으로 들어간다. 하양 노인은 의자를 소중하게 들고 집으로 들어간다. 쥐들도 밤에는 잠을 잔다. 노인들은 일찍 잠자리에 들 것이다. 그들은 머지않아 연습해야 찾아갈 수 있는 모천을 거슬러 오르는 긴 잠을 자야 하기 때문이다.

제 16 화

두 이별

그는 나와 비슷한 나이므로 어르신이라는 어색한 용어는 쓰지 않겠다. 어느 날부터 바싹 여윈 영감 한 사람이 우리 아파트 오솔길을 어슬렁거리는 게 눈에 띄었다. 고개를 푹 숙이고 걸었는데 숙였다기보다는 고개를 들 힘이 없는 상태인 것 같았다. 나름대로는 빠르게 걸어보려고 노력하는 모양새지만 결과는 느리고 비틀거리는 자세. 그 안타까운 걸음마는 치료의 한 과정 혹은 재활의 한 단계인 것 같았다. 그 후 영감의 매일 이른 새벽부터 눈에 띄었다. 퇴근 때도 눈에 보였다. 노는 날에 보니 낮에도 몇 번이나 그렇게 걷는 모습이 보였다. 휘청거리는 걸음걸이와 무거운 고개인데도 굽히지 않고 끈덕지게 도전하는 그 투지를 보며 아파트 사람 모두가 소리 없이 그의 투쟁에 힘을 보태고 있었다. 저런 의지와 참을성이면 머지않아 그의 장애를 이겨낼 것 같았다. 격려의 말이라도 건네고 싶었지만 힘들게 싸우고 있는데 방해되는 것 같아 차마 말 건넬 엄두를 두지 못한다. 시간이 흐르면서 자세가 조금씩 발라지고 걸음걸이 속도도 점점 **빨라지고** 있었다. 고개도 세워지며 몸의 살도 붙어갔다.

출퇴근하러 지하철 정거장에 가다 보면 항상 비슷한 시간에 만나는 사람이 몇이 있다. 그중에 가장 독특한 사람은 반대편에서 오는 60대 여자다. 일 년 사철 내내 털모자를 쓰고 때 묻은 겨울옷을 입고 다니는 걸인 여자. 안경 낀 얼굴, 깡마른 체격, 등에는 배낭을 메고 손에는 지팡이를 들었다. 대구 역쯤에서 오는 것 같다. 그쪽에는 요즘 보기 드문 하숙집들이 아직 남아있다. 호텔보다 값싼 숙소가 여관이고 그 아래 급이 여인숙이다. 아주 드물게 하숙下宿이란 최하급 잠자리도 있다. 대구역 앞에는 한때 '해방 골목'이란 이름을 가진 집창촌集娼村이 있어 웃음 파는 여인들이 몰려 살았다. 어느 때부터 유곽遊廓의 여인들은 사라지고 손님 받던 골목 벌집 방들은 노숙자들이 이용하는 숙소가 되었다. 하숙은 그렇게 탄생한 곳이다. 하숙은 노숙자 중에서 돈이 조금 있는 경우 장기적으로 입주해서 살기도 한다. 매일 하숙에서 출발한 그녀는 우리 아파트를 지나 신천으로 걸어간다. 신천까지는 따라가 봤지만, 그 뒤는 가보지 못했다. 그 길만 해도 꽤 먼 거리다. 왜 매일 일정한 시간에 걷는 걸까? 어디까지 가는 걸까? 겨울옷을 걸치고도 한여름에 땀 한 방울 흘리지 않고 꼿꼿한 자세로 묵묵히 걷는 모습, 새카맣게 그을린 얼굴에 지팡이 들고 안경까지 쓴 그녀. 그 모습에 순례하는 수도자의 위엄을 보여, 감히 범접하지 못하고 그저 바라만 본다.

　시간이 지나자, 영감의 외모가 달라져 갔다. 장작처럼 말랐던 몸이 오동통 살이 올랐다. 서 있을 때는 고개도 들 수 있었다. 걷는 모습도 정상으로 보였고 속도도 꽤 빨라졌다. 체중증가는 조심해야 한다는 조바심은 들었다. 좋은 것도 한때, 그것들이 꺼지는 촛불의 마지막 밝음이었을까? 어느 때부터 한동안 빨라졌던 걸음걸이 속도가 점점 느려져 갔다. 산책 도중에 앉아 쉬는 때가 있었다. 쉴 때는 무슨 이유에선지 심술궂고 화가 잔뜩 난 눈으로 사방을 둘러보기도 했다. 쉬는 횟수가 늘어가고 있었다. 그의 주치의가 왜 몸무게를 통제하지 않지 하는 의문이 들었다. 쓰지 않을 수 없는 약의 부작용인지 모른다는 생각도 해봤다. 어느 날부터 영감은 보행 보조기를 밀며 걸었다. 혼자의 힘으로는 걷지 못하는 상태가 된 모양이다. 한때 조금 솟아올랐던 고개도 다시 숙이고 빨랐던 걸음걸이는 다시 느린 산책으로 바뀌었다. 뚱뚱해진 몸으로 겨우 보조기를 밀며 천천히 아파트 경내를 걸어 다녔다. 그나마도 쉬어가며 걸었다.

　항상 꼿꼿한 자세로 묵묵히 쉬지 않고 걷던 거지 여자가 어느 날부터 길가의 작은 바위에 앉아 쉬는 모습이 가끔 보였다. 가끔 땀을 닦기도 했다. 몸은 더 말라 보이고 털모자가 안경 바로 위까지 내려왔다. 가끔은 아침 출근 시간에 보이지 않는 날도 있었다. 어떤 날 정지 신호등 앞에 혼자 서 있으면서 큰 소리로 악쓰며 욕하는 모습이 보였다. 환청幻聽이나 망상妄想이 심하다는 뜻이다. 이런 경우는 가족들이 환자를 병원에 입원시켜야 된다. 과거에는 가족이 없으면 경찰관이나 동사무소 직원들이 환자를 정신병원에 입원시켜 주었다. 요즘은 공무원은 물론 가족들도 자주 고발당하는 세상이라 환자 동의 없는 입원시키기를 꺼린다. 환자를 입원시켰더라도 병실의 공중전화로 인권위원회나 경찰서에 전화해서 입원시킨 사람을 고발하거나 퇴원을 요구해 문제가 복잡 해진다. 여자의 몸은 점점 말라간다. 옷은 더욱 거지스러워지고 등에 진 쓰레기들의 부피는 더욱 늘어나고 있었다. 이윽고 걸어가면서도 중얼거리거나 고함을 지르는 상태까지 되었다.

어느 날부터 영감이 보이지 않았다. 몇 달이 지나도 나타나지 않았다. 예감을 확인하고 싶어 그 영감 집 앞 자전거 주차장에 가보았다. 보행 보조기가 없었다. 이제는 보조기 없는 세상에서 경쾌하게 뛰어다니는 상태가 되었는가 보다. 쉴 때도 표정도 밝게 웃으며 앉아 있겠지, 하며 멍하게 한참 서있었다. 그 후 출퇴근 시간에는 아예 그 자전거 주차장 쪽은 피해서 다닌다.

광기狂氣 있는 여인도 모습을 나타내지 않았다. 어느 날 신천을 건너서 걷고 또 걸어 니르바나(열반·해탈·涅槃)의 세계로 가버렸을까? 아니면 아예 길을 건너지도 못한 채, 바로 이상세계 천상의 정토, 도솔천兜率天으로 날아 올라가 버린 걸까? 똥 묻은 누더기 헝겊으로 지은 분소의糞掃衣 입은 인간, 두 노인이 없어진 교차로는 조용하고 깨끗하다. 그러나 그 자리에 서면 자주 사방을 두리번거리게 된다. 한동안, 이 버릇이 계속되겠지.

제 17 화

매미의 웨딩드레스

한여름 낮 산중의 숲속, 친구와 냇물에 발 담그고 술병 옆에 두고 앉아 한잔 술을 주거니 받거니 한다. 물소리와 솔바람 소리는 숲 향기에 술향기를 더해 사중주를 연주한다. 이따금 요란한 매미의 울음소리가 더해지니 이곳은 신선의 동네임에 틀림이 없으렷다. 한참 앉아 있노라니 인간들은 허공으로 날아올라가고 물과 바람 그리고 매미 소리만 산속에 가득하다.

"미물은 저리도 서러워 우는데 어찌하여 우리만 신선 되어 속세를 떠난단 말인고?'라는 친구의 방정맞은 소리에 우리들의 날개는 뚝 꺾이고 몸뚱이는 땅에 떨어지고 만다.

'매미는 알에서 깨자마자 땅속으로 기어들어가 짧게는 3년, 길게는 17년 이상의 오랜 어둠 속에 살다가 광명천지로 다시 돌아온다. 지상의 삶은 불과 10일에서 14일 정도로 짧은 시간이다. 그 기구한 삶이 서럽다고 미물이 저렇게 우는데 이 어찌 불쌍하지 않은가?'라고 친구가 말한다. 중생의 귀에는 그 울음소리가 슬프게 들리는가 보다. 무지한 중생의 봉창 두드리는 소리에 잠깐이나마 도도했던 호연지기浩然之氣가 순간적으로 사라져 버린다. 이내 가슴은 협심狹心의 고통을 느끼기 시작했다. 친구가 무식하여 추락한 게 화가 난 게 아니라 저 친구 역시 동물의 한 종류에 지나지 않으면서 인간이라는 이유로 감히 매미를 미물이라고 부르는 것은 건방진 생각이며 매미 일생의 본질을 모르면서 그것들을 불쌍하게 느낀다는 사실에 속이 답답하다 못해 통증이 온 것이다.

매미는 원래 나무 위에서 날개 달고 맴맴 울며 사는 곤충이 아니다. 굼벵이 모양을 하고 땅속에서 사는 것이 원래의 모습이다. 이 굼벵이가 살다가 늙어 죽을 무렵이 되면 후손을 남기기 위해 땅 위로 올라온다. 이런 현상은 딴 동물에서도 자주 본다. 은어나 연어의 경우도 바다에 살다 죽을 때는 안태安胎 고향 민물로 올라오는 것과 같은 이치이다. 그래서 학자들은 은어나 연어를 민물고기로 분류하지 않고 바닷고기로 분류한다. 매미도 땅속에 사는 곤충이지 결코 나무에 사는 곤충이 아닌 것이다. 나무 위의 매미는 날개 달린 굼벵이로 잠시 혼인을 위한 옷차림을 한 것이다. 인간 결혼식 때 상민도 대감들 옷을 입고 예식을 치르는 옛 풍습 같은 것이며, 가난해도 비싼 양복과 웨딩드레스를 입는 요즘 예법과 같은 이치다.

은어 수놈들도 산란기가 되면 이빨이 날카로워지고 턱이 길게 튀어나온다. 온몸은 혼인색을 띠어 붉은색이 된다. 매미도 선보고 결혼하기 위해서는 땅속에서 나무로 올라온 뒤 연지 찍고 곤지를 찍는다는 게 바로 옆구리에 날개를 다는 행동이다. 수놈은 자신의 세레나데를 부를 수 있게 인간의 남자처럼 울대가 생겨 고함치며 암컷을 부른다. 인간의 신혼여행이 보통 사나흘이고 길어야 열흘 정도가 되듯이 매미의 신혼 기간 역시 인간의 그것과 비슷하게 일주일 전후가 된다. 우리가 매미를 보는 것은 긴 일생 중에서 짧은 그들의 구애 기간과 신혼 기간 뿐이다.

자연에 관심 없는 사람들은 매미의 땅속 굼벵이 시절이 매미들 본 모습임을 알지 못하고 구애와 혼인 기간만 보고는 지상 생활이 짧다고 동정한다며 일갈을 하자, 친구는 황급히 자신의 눈물을 지우고 그윽한 존경의 눈빛으로 나를 쳐다본다. 기왕에 얘기가 나온 김에 자연의 깊은 섭리를 좀 더 듣고자 청했다. 친구는 직업이 의사이기에 그의 근기에 맞춰 다시 이야기를 이어 나갔다. 회충(아스카리스)의 사례를 얘기 해주었다. 회충은 사람 몸에 알을 낳지만, 그 알이 창자 내에서 부화하지는 않는다. 알들은 일단 우리 몸 밖으로 나갔다 다시 인간의 몸속에 들어와야 비로소 또 다른 한 마리의 회충으로 성장한다는 것을 친구는 이미 알고 있지 않은가?

조물주는 위대하며 유머러스하다. 회충을 만들어 인간에게 기생하도록 만드는가 하면 또 그것들이 낳은 알은 몸속에서 부화 못 하게 한다. 만약 창자에서 그 알들이 부화된다면 어떻게 될 것인가? 생각만 해도 끔찍스럽지 않은가? 한 번 회충에 감염되면 그것들이 아들 놓고 손자 놓고 살면 이윽고 인간의 창자는 회충의 덩어리가 되어 죽어갈 게 뻔하다. 신은 너그럽게도 알도 세상 구경 한 번 하고 성장하라는 보너스를 주었다.

매미도 컴컴한 땅속에서 알 낳고 살며 밋밋한 일생을 끝낼 것이 아니라 생의 끝에서는 밝은 곳도 한 번 유람하고 거기서 연미복 차림으로 사랑 노래도 몇 곡 불러 본다. 그런 다음 알을 낳고 이승을 떠나게 한다. 이게 바로 조물주의 애정'이라고 친구에게 설명해 주었다. 매미의 날개는 그것들의 평상복이 아니라 결혼 연미복 웨딩드레스와 같은 의미라는 얘기를 듣고 현명한 그는 잠자리 이야기도 물었다.

"잠자리 역시 물속의 어린 시절과 성충의 모습이 너무 다른데 잠자리의 날개도 결혼식 복장인가? 그렇다. 그 경우에도 그런 설명이 가능하다. 이야기 나온 김에 자연의 섭리를 더듬어 보자. 물속 잠자리의 유충(수채·水蠆)은 힘이 세고 몸이 빨라 물속의 무법자다. 그 억센 턱으로 온갖 것을 다 먹어 치운다. 풀도 먹고 어린 물고기와 방게, 소금쟁이 등 모두를 잡아먹는다. 특히 즐겨 먹는 것은 올챙이다. 올챙이는 맛도 맛이지만 몸집도 크고 동작이 느려서 잠자리 새끼가 즐겨 먹는 밥이다. 올챙이를 보며 불쌍하다. 잠자리 새끼는 깡패라고 욕하면 안 된다. 세월이 흘러가면 인생 역전이 일어나기 때문이다. 올챙이가 개구리 되면 온갖 것을 다 잡아먹는다. 물속의 작은 물고기, 장구애비, 물맹맹이를 비롯해서 지상의 메뚜기, 나비는 물론이요 뱀까지 먹고 잠자리도 개구리의 간단한 간식거리가 되는 것이다.

이렇듯 우주 만물은 저마다 존재의 위대함을 지니고 있으며 또 항상 변화한다. 그러므로 한 생물의 나고 죽음이나 변태를 보고 함부로 불쌍하게 생각하거나 동정하는 것은 자연에 대한 모독이며 상대방에 대한 실례라고 말해 주었다. 그는 진심으로 고마워하며 두 손으로 한 잔 술을 권했다. 그때 하늘에서 맴맴맴 하는 소리가 들리더니 우리의 얼굴에 찌찍 하고 오줌을 내갈기고 매미가 구름 속으로 날아갔다.

제 18 화

몬도 카네

그날은 장날이라 불로 시장이 많이 붐비고 있었다. 이 동네는 도시인데도 농촌을 낀 변두리인 탓인지 5일 장이 있다. 시장 입구. 버섯 그림 바탕에 '탕'이라고 쓴 간판이 걸린 식당 앞에서 친구를 기다리고 있었다.

"개 혀?" 잡종 개 한 마리가 쳐다보며 말을 걸었다. 그 개가 걸어 나온 작은 판잣집에는 십자파十字坡라는 간판이 걸려 있었다. 친구를 만나면 그 식당에 들어가려던 참이라 그 말에 움찔한다. 속내가 들킨 것 같아 급히 고개를 좌우로 저으며 "안 혀"하고 생뚱맞게 같은 충청도 말로 대답했다.

"그렇다면 나 좀 따라와서 봐줘." 말하는 개는 물 맑은 불로천을 끼고 웅장한 팔공산 상류로 올라갔다. 도동을 통과해 평광동 속으로 들어가는 길이다. 그쯤에서 들판이 산기슭으로 바뀐다. "뭐야 변견便犬 주제에 말을 다 하고" 그제야 이상한 사태를 눈치채고 그 개를 따르고 있었다. "여기가 개 동네 입구여."라고 잡종 개가 가르키는 간판을 보니 나무 판데기에 '몬도 카네mondo cane'라고 쓰여 있었다. 마을은 온통 푸르름으로 꽉 차 있었는데 대게가 사과나무 과수원들이었다. 그 초록 숲 사이를 지나 커다란 홍옥 나무가 있는 집으로 안내되었다.

"이장님. 데리고 왔슈" 하고 잡종 개가 말했다. 인자하게 생긴 큰 개가 짐짓 화를 내며 말했다.

"이놈아, 말조심해. '데리고'가 뭐야. 점잖은 손님한테 그따위 말투가 어디 있어?"

"선생님 미안합니다. 요즘 우리 동네 젊은것들은 하나같이 말버릇이 저렇답니다. 우리 동네 수준이 이렇습니다. 배움 없는 쌍것들의 세상입니다. 무례함을 용서해 주십시오." 수인사를 나누는 사이 차와 과자가 우리 앞에 나와 있었다.

"우리 동네가 세워진 지는 그리 오래되지 않습니다. 아직은 혼란한 시기로 무법천지입니다. 온통 걱정거리 투성이입니다. 이 동네 몇몇 지도자의 힘으로는 해결할 수 없는 문제들이 많습니다. 할 수 없이 밖에서 똑똑한 인재를 모셔 와서 상의를 드리고 지도받는 중입니다. 공무원 개들에게 시장 근처에 인간, 감별소인 십자파十字坡 초소를 설치하고 오가는 인간 중에 '신언서판身言書判'이 바로 된 사람이 보이거든 바로 모셔오라고 지시를 해두었답니다."

"십자파라면 중국 송나라 시절 산동성 떼도둑의 소굴 양산박
梁山泊 입구에 있던 주막 이름 아닙니까? 그곳에서 찾아오는
인재 중에 수상한 자는 죽여 만두소로 만들고 쓸모 있어 보이
는 자는 산체 본부로 보냈지요"

나는 아는 체하며 맞대꾸하고 있으면서 등골이 서늘하였다.
요즘 불로 시장 부근에서 개에게 물려 다치거나 심지어 죽은
사람이 여럿 있다는 뉴스를 본 적이 자주 있다. 이제야 그 까
닭을 알게 되었다. "하하하. 오늘 잘못했으면 저도 죽을 뻔했군
요"라며 짐짓 큰 인물이나 되는 것처럼 태연한 표정을 억지로
짓고 허풍을 쳤다.

이장이 몬도 카네 형성에 대해 설명했다. 산중에서 화전을
일구어 하루하루를 호구지책하고 때로는 힘센 짐승의 밥이 되
며 살다 내려온 들개 무리, 사람 집에서 소위 반려견이란 이름
으로 자유를 박탈당하고 굴욕적인 삶을 살다 도망 나온 개들
그리고 보신탕용으로 사육되다 살아서 탈출한 잡종 개들이 모
여 해방구를 만들었다고 한다. 이장 댁 벽면에는 그들의 국가
가사가 적혀 있었다.

팔공 하늘엔 뭉게구름 떠 있고 불로 냇물에 조각배 떠 있고/
저마다 누려야 할 행복이 언제나 자유로운 곳/
뚜렷한 사계절이 있기에 볼수록 정이 드는 평광동/
우리 마음속의 이상이 끝없이 펼쳐지는 곳/

원하는 것은 무엇이든 얻을 수 있고/
뜻하는 것은 무엇이든 될 수가 있어/
이렇게 우린 은혜로운 이 땅에 개들의 이상향을 만들고/
우애로운 우린 몬도 카네 찬양 노래를 부르네

이장이 말했다 "자유, 평등, 평화 나라의 기초 형태는 갖추었지만 막상 살다 보니 온갖 생각지도 못했던 문제들이 우리의 앞길을 가로막고 있습니다."

마을의 주된 수입원은 농사인데 주산물은 사과다. 다 함께 농사를 지어 판매 수입은 경비를 떨고 나머지 돈을 가족의 머릿수에 따른 균등 분배를 한다. 간혹 부지런한 개들은 산속으로 들어가 버섯, 도라지, 고사리, 취나물 등을 채취해 불로 시장에 내다 팔아 부수입을 올리기도 했다. 부수입의 규모가 작을 때는 묵인되었던 것이 나중에 돈의 액수가 커지자, 이것이 문제의 발단이 되었다. 어떤 개는 이 수입도 마을 전체 수입에 넣어야 된다고 했다. 그러나 또 다른 개는 이런 수입은 노력한 개인의 것으로 인정해 주어야 주장했다.

이 논쟁은 단순한 돈의 이야기가 아니고 동네 존재의 근본적인 문제였다. 한쪽은 부지런하고 능력이 있으면 수입도 늘어나야 된다고 주장하는 반면 반대편은 배운 것 없고 심신이 약하면 가난을 무조건 참고만 지내야 되냐고 대들었다. 이 문제로 동내 개들은 자주 언쟁하고 가끔은 몸싸움까지 하다 결국은 온 마을 전체가 양편으로 갈려 전쟁까지 치르게 되었다고 한다. 현재도 풀지 못하는 골치 아픈 문제다.

다음의 난제는 산속에 무리를 이루고 사는 늑대들과의 관계 문제다. 이놈들은 사람들에게 절대로 길들여 지지 않는 콧대 높은 동물로 타 종족과는 타협하지 않는 무리다. 그들은 농사에는 관심이 없고 오직 수렵 생활과 약탈을 해 먹고 산다. 전에 산에 살다 잡아먹히던 개들도 늑대들의 식민지 생활을 했던 종족들이다. 늑대들이 몬도 카네를 자주 침범하여 피해를 주고 있다. 가장 큰 피해자는 경계를 맞대고 있는 산 위쪽에 사는 개들이었다. 산 위 개들은 견디다 못해 저희도 짐승이면서 토끼나 닭, 염소 등 가축을 키워 이들에게 상납하고 농산물 판돈도 갖다 바치고 산다. 산 아래 개들은 산 위 개들에게 경고했다. 그렇게 상납하고 살다가는 이 동네 전체 개가 늑대들의 밥이 된다고 주의를 주고 있다. 그렇다고 손쉬운 해결책도 내놓지 못하고 있다. 물론 타협이 이루어질 가능성도 거의 없다.

　　양쪽 마을의 갈등은 또 있다. 산 아래 동네는 농작물을 주로 사과를 생산했으나 산 위 개들은 산 아래와 기후나 토질이 다른 탓에 봉숭아 농사를 지었다. 산동네 개들은 농사 전부를 봉숭아 농사로 전환하자고 제의했다. 그러나 아랫마을로써는 도저히 들어줄 수 없는 억지소리로 들렸다. 양쪽은 서로 환경이 다르고 토질이나 기후가 다른 탓에 서로가 같은 품종을 재배하고 살 수가 없다. 그들은 제 편 이야기만 반복한다. 이런 해묵은 여러 문제가 한꺼번에 터졌다. 양쪽 마을은 싸움이 크게 벌어졌고 드디어 전쟁까지 되었을 때, 싸움에 밀리던 산 아래 개 동네는 사람들을 끌어드렸다. 위쪽은 늑대를 싸움에 끌어들였다. 그 전쟁 후 봉숭아 파와 능금 파는 아예 양쪽 마을 사이에 벽을 쌓고 무기를 설치해 두고 서로 내왕을 하지 않고 살게 되었다.

"이상은 산 위 마을과 산 아래 마을에 국가관리 이념의 관계에서 부딪치는 문제입니다. 다음은 사상은 같은데 산 아래 개들끼리 돈과 체면 때문에 벌어지는 내부 문제입니다. 전쟁 후 남아 있는 봉숭아파 잔당과 그 후 몰래 철조망 넘어온 간첩 개와 그 간첩들이 공들여 키운 엘리트 새끼 간첩들 그리고 정책에 불만이 많은 자생 봉숭아파 개들이 큰 문제 일으키고 있습니다. 이런 불순분자들의 숫자가 늘어가고 있는 것입니다. 전에는 약 3할 정도로 짐작되었는데 요즘 6할 정도로 늘어난 느낌입니다. 머지않아 전부 봉숭아 세상이 될 것 같은 불안한 생각이 듭니다. 동네 봉숭아파 개들은 산 위로 가버리면 문제는 간단할 것인데 이놈들은 가지도 않고 이곳에 남아 그들의 세상이 올 때까지 투쟁하겠다고 합니다. 그것들의 투쟁 방법은 노동조합을 중심으로 아예 대놓고 체제를 반대합니다. 노조는 철도 세우기, 공장 생산라인 가동 중단에 여념이 없고 정치 검사들은 수십, 수백 번에 압수수색으로 먼지까지 털기, 가족 도륙하기, 친위 쿠데타 하기, 정치인들은 법조인과 국회의원을 동원해 재판 연기, 엉터리 법 만들기, 가짜 뉴스 퍼트리기, 남녀 패 가르기하고 환경운동 단체라고 자칭하는 곳에서는 겉으로 일본 욕하며 속으로 돈 울겨먹기, 국가 돈 뜯어먹기 등등 이 자리에서 간단하게 다 말할 수 없는 온갖 문제를 다 일으키고 있습니다. 문제는 봉숭아의 패륜적 존재들보다 사과 파 주류들이 더 많이 부패하고 인권을 무시하고 자신들의 패거리를 만들어 살고 있다는 것입니다. 이 암적인 존재를 도려내지 않는 한 사과 파의 자멸은 시간문제일 뿐입니다."

"하늘의 질서를 깨고 개의 본성을 짓밟는 아니꼽고 더럽고 메스껍고 치사하고 유치한 개들의 생각과 행동들은 주로 외교관, 예술인, 언론인, 판사, 검사, 변호사, 의사, 교수, 대기업 출신 등의 전문직 개들의 저지르는 짓거리에서 볼 수 있습니다. 이 고귀한 신분의 개들은 잡종견이나 못생긴 개는 '가붕개'라고 부르며 아예 개 취급을 하지 않습니다. 이런 집개의 새끼들은 군대도 안 가고 설사 가더라도 부대보다 밖에서 더 많은 시간을 보낼 수 있습니다. 이들은 같은 학교에서 동문수학한 불알친구라도 일단 가붕개로 전락하면 귀족 개들은 그들이 노는 곳에는 얼씬도 못 하게 합니다. 고귀한 개집 앞에서 눈치 없이 옛날 친구라고 찾아갔다가 물리고 찢겨서 눈물짓는 병신같은 개들이 한둘이 아닙니다. 이 나라의 하나님은 돈과 명예입니다.

가붕개 집의 강아지들이 자신의 조국을 '헬 조선'이라고 침 뱉고 자신은 '어둠의 자식'이라고 비웃습니다. 그의 아버지가 무능하고 게으른 탓에 자신이 힘들게 산다고 그 애비를 물어뜯고 덤비며 때로는 죽이기까지 하는 것입니다. 고귀한 개들에게 마음의 상처를 입고 자식들에게 당한 소시민 개들은 성직자들을 찾아갑니다."

옆집 진돗개가 미사를 보러 성당에 갔다. 신부 개가 이장과 그 일당들을 전부 죽여야 이 나라가 산다며 입에 거품을 물고 강론한 후 신도 여러분들 다 함께 그들의 죽음을 기원하는 기도를 하자며 하늘로 두 손을 떠받들었다.

진돗개는 어리둥절했다. 자신이 잠시 냉담하던 동안 신에게 짐승을 태워 죽여 신에게 연기와 고기를 받치며 소원을 빌던

원시시대로 성당의 교리가 되돌아간 모양이라고 생각하고 교회당으로 찾아갔다. 친구 삽살개가 그를 반기며 "친구 그냥 가 여기도 마찬가지여. 지금 목사 없어 여의도에 집회하러 갔대" "그럼 이 동네 귀신도 또 누굴 죽이자고 하는기여?"라고 진돗개가 삽살개에게 물었다. 삽살개가 다니는 예배당에는 6.25 전쟁 때 다부동 고지도 아닌데 밤낮으로 주인이 수시로 바뀐다고 한다. 당회장 파와 장로파들의 재산 싸움이라는 것이다. 대폿집에서 막걸리로 목을 축이며 두 개가 하던 말을 듣고 있던 세퍼드가 말했다.

"그 예수쟁이 개들은 그래도 양반이구먼. 그래 나는 오늘 절에 갔는데 아예 중이 없더군. 어디 갔냐고 부엌데기 보살에게 물었더니 자살했어요"라고 하더군,

"왜 죽었데?" 성당 개가 묻자, 절의 개가 대답했다 "누구는 소신공양燒身供養했다고도 하고 또 다른 신도는 요즘 절에서 중들 밤샘 도박이 유행하고 은처隱妻도 많다고들 하던데 그런 것들이 문제를 만들었겠지, 라고도 하더군." 예수쟁이 개들이 말했다.

"그러면 소는 누가 키우노?"

절에 가면 중생들이 겪고 있는 고통이 전생의 업보 탓이라고 합니다. 교회에서는 고통은 성도의 원죄 때문이라고 합니다. 언제 죄 한번 옳게 지어보지도 않았는데 언제 이렇게나 많은 죄

를 지었을까? 면죄부의 값이 오르는 이유를 알 것 같습니다. 따뜻한 눈초리로 바라봐 주고 시린 가슴을 한 번 안아준다고 생각하고 성직자들 찾아갔다가 병신 취급만 받고 죄인이라는 전과자 취급받고 집에 옵니다.

무식한 개들은 그냥 나무아미타불이나 아멘만 외치고 집에 옵니다. "제발 도와주십시오" 긴 이장의 호소는 이렇게 끝났다.

[메일을 이장에게 보냈다.]

"이장님. 순서를 말씀드립니다. 제일 먼저는 사과 동네 꼴통들은 먼저 제거합니다. 암적인 존재들의 명단 작성에 도움 드리기 위해 1970년 김지하 시인이 만든 명단을 소개하겠습니다. 1. 재벌, 2. 국회의원, 3. 고급공무원, 4. 장성, 5. 장차관을 오적으로 명명한 적이 있습니다. 참고 하세요. 일단 이런 내부의 적들을 소탕한 뒤 그다음 봉숭아 파들을 없애는 겁니다.

며칠 뒤 사람 몇이 이장님 댁에 찾아갈 것입니다. 이들은 수십 년 개장수 하는 저의 동생들입니다. 이장님은 동네에서 추방해야 할 개들 명단을 마련해 주십시오. 사람들이 도착하면 살생부에 기록된 개들을 불러 모아 주십시오. 다음에 이장님은 현장을 떠나 과수원 한 바퀴 돌다 오세요. 그 사이 작업은 깨끗이 끝나고 물건들은 식당 주인들이 다 치워줄 것입니다. 경비는 걱정하지 않으셔도 됩니다. 십자파 앞, 탕 집 주인이 다 알아서 계산하니까요. 그럼, 기회는 평등, 과정은 공정, 결과는 정의로운 존도 카네를 이룩하시길 하나님께 기도드립니다."

P.C의 ENTER 키를 탁 두드리니 갑자기 눈이 떠진다.
꿈이었다. 개꿈.

[註說]
몬도 카네(개 같은 세상) : 1962년에 제작된 구알티에로아코 펫티 감독의 다큐멘
　　　　　터리 영화 제목. 세계 각국의 잔혹한 풍습 40여 종을 모은 기획물.
양산박 : 소설 수호지의 주요 배경이 되는 습지대. 중국 산동성 제녕시에 있다.
　　　　108명의 떼도둑이 모여 살던 곳.
신언서판 : 조선 시대 양반의 조건. 외모, 말솜씨, 글쓰기, 판단력 등에서 그의
　　　　　능력과 인품을 보았다.

제 19 화

민들레로 태어난 사나이

중생衆生들이 긴장해서 전광판 아래 모여 앉았다. 7일마다 일곱 번 열렸던 심판이 모두 끝나고 그 결과가 발표되는 날이다. 재판은 서양권과 동양권 두 권역으로 나눠 서양은 기독교식, 동양은 불교식으로 진행되었다. 동양권의 최종 심판관은 염라대왕閻羅大王이라고 한다. 그의 이름은 불경에 나와 있지도 않는데, 직책을 맡은 게 의아스럽다. 옆에 앉은 종교학과 교수 출신, 중생에게 물었다.

"선생님 예수교식과 불교식 심판은 서로 차이가 있나요?"
"암 차이가 있고말고. 예수교는 단심제單審制야. 죽자말자 지옥 아니면 천국으로 심판이 바로 나지."

"거기에서는 예수 믿지 않는 사람들은 묻지도 따지지도 않고 지옥으로 보낸다던데 정말인가요? 그러면 예수 탄생하기 전에 인간들은 선행했어도 전부 지옥 갔나요?"

"예수 불신 지옥이라는 말 들어봤잖아. 길거리 그 사람들 그냥 하는 소리가 아니야. 예수 탄생 전에 사람들과 영유아 때 죽은 영혼들은 정상 참작해서 지옥과 인간 행의 중간 지점인 연옥煉獄으로 보내주지. 고해성사로 죄를 용서받고 천주교 신자들이라도 일부는 거기로 오고."

"용서 다 받았는데 왜 또 거기 가요?"

"커피 마시고 대충 씻으면 색깔이 잔에 배어 있잖아? '고해성사'를 해도 완전하게 죄가 다 없어지지는 않는 사람이 있어. 희미한 잔죄殘罪가 남아 있지. 그런 이치로 성사를 했어도 죄찌꺼기가 남아 연옥에 가지."

"염라대왕은 불교와 관계없는 왕인데 왜 여기서 심판관 노릇을 하나요? 그리고 가족들이 올리는 재齋가 심판결과에 영향을 주나요?"

스님 차림새의 중생이 끼어든다.
"규정집에 보면 불교도 초기 불교인 상좌부上座部 계열에서는 예수교처럼 단심제입니다. 반면에 대승大乘불교는 일곱 번의 심판을 거친 뒤 환생 후 갈 길이 정해진다고 되어있어요. 심판

기간 중 가족들이 돈 많이 들이고 성의껏 제를 올리면 고인이 좋은 곳 태어나게 해준다고 합니다. 대략 생전 고인의 고과 점수가 7할, 가족들의 노력 점수가 3할쯤 되지만 큰 제를 올리면 가족 점수가 훨씬 높아진다고 합니다. 세간 재판에서 유명 전관예우前官禮遇 받는 변호사 쓰면 결과가 좋게 나오는 것과 같은 이치입니다. 염라대왕은 원래 불교 밖의 신이었지요. 대승불교에서는 엔간한 종교나 풍습은 다 포용하는 습성이 있지요. 변방의 염라대왕도 그런 대승불교 분위기에 휩쓸려 여기서 대법원장 노릇을 하고 그 부하들은 허드렛일하고 있다고 보면 되요."
이 말들 듣고 몸에 문신이 그려진 중생 하나가 투덜거렸다.

"그럼, 여기도 속세처럼 유전무죄 무전유죄가 성립한다는 말이군요."

"문론이지요. 교회, 성당, 절간에 왜 그 노랭이 부자들과 고관대작들이 시주, 성금으로 큰돈을 쓸까요? 이유는 뻔하잖아요? 살아서는 부귀영화富貴榮華, 죽어서는 극락왕생極樂往生을 위한 대가를 바란 거지요. 가족들이 갖다 바치는 49재 경비가 불교의 큰 수입원이 되는데 중앙의 눈치를 봐서 염라대왕인들 이런 현실을 무시하진 못할 거요." 승려의 설명을 듣고 용무늬 문신의 형님이 중얼거렸다.

"나는 돈이 없어 국선 변호사를 썼다가 사형 당했는데 이곳에서 또다시 지옥 가게 생겼네. 씨팔"
마이크에서 낭창한 여자 목소리가 나온다.

"중생 여러분 조용히 해주세요. 곧 결과를 발표하겠습니다. 그 전에 먼저 여러분들이 가야 할 곳에 대한 간단한 오리엔테이션부터 한 뒤 명단을 발표하겠습니다. 오늘 발표자 중에는 평생 육바라밀六波羅密을 옳게 닦다 오신 딱 한 분만 '올 에이 (All A)'를 받아 부처로 극락왕생極樂往生하는 행운을 얻었습니다. 이분은 이제부터 육도六道윤회에 들지 않고 영원히 부처로 살게 됩니다. 그 외 모두 분들은 윤회하게 됩니다. 여러분들은 천당을 가든 지옥을 가든 일정 기간이 끝나면 다시 환생하게 됩니다. 그러니 지옥 가도 낙심 말고, 천국 가도 수도를 게을리 하면 안 됩니다. 먼저 지옥도地獄道부터 말씀드리겠습니다. 여기는 흉악 살인범 출신들이 많이 가는 곳입니다. 옛날 '서진 룸싸롱' 살해 사건의 건달 형님들도 여기서 복역 했었지요. 살인 외에도 수행보다 음행을 주업 삼고 돈과 권력을 추구한 승려, 미사보다 정치하고 이념투쟁을 본업으로 한 신부, 성전의 크기와 신도 수를 신앙 척도로 삼은 목사 등 종교의 본분을 어긴 성직자들도 여기에 많이 들락거립니다. 간첩 행위를 한 위정자들도 간혹 보입니다. 이곳의 가장 밑바닥은 무간지옥無間地獄입니다. 여기는 악당 중에서도 최악의 무리가 가는 곳으로 단심으로 바로 직행하는 곳입니다."

"지옥 위 단계는 아귀도餓鬼道입니다. 욕심이 많고 동정심은 없었던 사람, 파렴치한 사기꾼, 양의 탈을 쓴 늑대들, 인면수심人面獸心의 인격장애자가 많이 오고 그 외도 내로남불 하던 사람, 위조 서류로 자녀 대학 보내기, 직책과 권력을 이용해 돈 끌어 모으기, 우매한 중생을 편 갈라 정치하기, 강남 오렌지 좌파, 부하의 정조를 짓밟은 도지사, 시장들, 논문 쓰기보다 정치인에게 정조 팔아 관직 얻기와 돈 벌기에 혈안이 되었던 대학 선생들, 신문, 방송사에서 편파, 사기 보도 선동하여 자기 정치한 기자들도 많이 출입합니다. 이곳은 목은 바늘구멍인데 배는 태산만 해서 음식을 보고도 못 먹고 늘 굶주리게 하는 것이 기본 처벌 방법입니다. 시간만 나면 미제 5파운드 곡갱이 자루로 두들겨 패고 촛대 뼈 까기, 원산폭격, 봉체조, P.T체조 등의 벌을 양념으로 주는 곳입니다."

"아귀도 위에는 축생도畜生道가 있습니다. 여기는 사기, 절도, 방화, 사문서위조, 변호사법 위반, 상습음주운전, 간통 등의 주로 생계형 범죄자가 주로 오는 곳입니다. 이곳에서 짐승으로 태어났다고 해도 불행한 것만은 아니고 복불복福不福입니다. 보통은 돼지나 소, 양, 염소 등으로 태어나 남의 밥상의 반찬이 됩니다. 만주 개는 보신탕이 되어 세상을 조기 하직하지만, 반려동물을 아끼는 집에 태어나면 사람보다 더 행복하게 살게 되기도 합니다. 티베트나 중국에서 당나귀나 말 혹은 야크로 마방馬幇집에서 태어나 일평생 히말라야 험준한 차마고도茶馬古道를 다니며 골병들어 죽는 중생도 있습니다. 이런 경우 일찍 반찬 되는 축생들보다 낫다고 할 수 없지요. 간혹 사자로 태어나 무노동에 무적 신분이라 좋아들 합니다만 말년에 늙고 병들어 무리에서 쫓겨나 천시賤視하던 하이에나의 밥이 되니 그 삶도 '초장 끗발이 말장 맷감' 격이지요. 노조를 정치 단체로 개조해서 불법으로 파업하고 이적 행위와 정치 투쟁만을 외치던 노조 간부들, 노동자, 농민을 착취하고 짐승 취급하고 교만하고 시기

심이 강한 인간들, 영세상인 등치기, 회사 뺏어 부자 된 조직폭
력배들이 주로 수라도修羅道에 태어납니다. 알 카포네, 이정재,
임화수 등의 두목들이 왔다 갔지요. 보통은 나쁜 놈들이 주로
오지만 가끔은 전쟁 영웅이라 불리던 사람들도 옵니다. 살인죄
를 저질렀기 때문이지요. 그러나 조국을 위했다는 명분 때문에
지옥행은 면합니다. 많은 인물 중 여러분이 알고 있는 몇 사람
만 말씀드려 보지요. 카이자르, 스키피오, 한니발, 관운장, 한
신, 나폴레옹 등 고대 인물과 히틀러, 스탈린, 맥아더, 아이젠
하워, 도조 히데키, 도요토미 히데요시, 장개석, 모택동 등 근
세 인물들도 여기 왔었지요."

"다음은 인간도人間道인데 악업 반, 선업 반, 지은 중생들이
가는 곳입니다. 세간에서 흔히 보던 그런 필부필부匹夫匹婦들이
주 고객이 됩니다. 인간 세상도 지옥과 천국이 공존하는 하나
의 작은 육도입니다. 무궁무진한 계급이 있어 편안하고 즐겁게
노래 부르며 사는 사람과 평생을 굶주리고 병든 고통 속에 신
음하고 사는 사람이 있습니다. 이곳의 장점은 중생들이 자신
행동에 대해 분별능력을 갖고 있는 것입니다. 자신의 의지에
따라 선행을 하거나 수행을 열심히 해 천국은 물론 부처로 갱
생할 수 있는 기회가 주어지는 곳입니다."

"마지막 최고의 높은 곳은 천상도天上道입니다. 모든 고통이
사라진 낙원입니다. 여섯 등급이 있는 천국인데 육욕천(六欲天,
여섯 등급의 하늘)이라고 불립니다. 보통 착하다는 사람들 불교에
서는 '부처님 가운데 토막', 교회에서는 '천사', 정치에서는 '청

백리淸白吏'소리를 듣던 사람들이 많이 옵니다. 수동적으로 착하게 산 사람들은 물욕은 없어도 명예욕이나 지식욕은 있습니다. 그런 사람은 천상의 가장 낮은 '사왕중천四王衆天'으로 가게 됩니다. 최고의 지고지존至高至尊의 선인善人은 천상에서 가장 높은 하늘인 여섯 번째인 '타화자재전他化自在天'으로 가게 됩니다. 삼국통일을 준비하고 불교를 열심히 섬긴 선덕여왕이 네 번째 하늘인 '도솔천兜率天'으로 왔다는 사실을 참고하세요. 천국에 왔다고 마냥 기뻐할 곳만은 아닙니다. 이곳도 결국 윤회에 드는 곳이기 때문입니다. 여기서도 수행을 열심히 닦지 않으면 다음 생生에는 개로 태어나는 수도 있습니다.

자세한 끝나고 발표가 시작되었다. 전광판에 육도의 분류표 밑에 중생들의 이름이 나열된다. 여기저기서 탄식과 함성이 터져 나왔다. 인간도와 축생도에 제일 많은 이름이 모여 있었다. 천상도에 이름이 올라간 축들은 저희끼리 모여 사진을 찍으며 웃고 떠들며 좋아하고 있었다. 부러운 마음에 그쪽을 쳐다보니 이게 무슨 일인가? 지옥행이 틀림없다고 생각했던 인간들이 천상행 명단 아래 모여 있었기 때문이다. 설마 이런 곳에도 '뒷배'가 작용할까, 했는데 '혹시나'는 '역시나'였다. 부패한 성직자, 조폭 출신 대기업 사장, 폴리페서, 사악한 정치인 등들이 희희낙락하며 서 있었다. 내 이름이 눈에 띄지 않았다. 교수의 이름도 보이지 않았다.

"교수님 우린 뭐예요?"라고 묻자, 교수가 전광판 한쪽 귀퉁이를 가리켰다. 거기에는 자그마하게 '기타其他'라는 항목이 있

있다. 투덜거리는 나를 보며 그가 말했다.

"이보슈 당신이나 나나 땡잡은 거유."

"교수님 지금 뭐라고 지껄이고 있나요? 당신은 학교에서 애들은 가르치지 않고 정치가들 뒤꽁무니만 따라다니며 돈과 명예를 챙겼잖아요. 지옥 갔어야죠."

"그게 무슨 큰 죄가 되나?"

"당신이 장관을 하는 동안 교수 자리를 임시직 강사가 강의 시간을 때웠어. 당신이 학교로 되돌아가자, 그 사람은 실업자가 되었지. 그 게 당신이 외치던 정의며 공명정대한 행동이야? 이중인격자, 나쁜 놈. 왜 고등학교 선생은 한 번 자리 이탈하면 영영 못 돌아오고, 교수들은 마음 놓고 학교를 들락거리며 돈벌고 명예 얻어?. 당신 같은 인간은 지옥으로 가야 돼."

"순진하긴, 그래 당신 말이 일리는 있어 하지만 아까 봤잖아. 음행과 돈 모으기를 일삼던 목사와 신부 그리고 새벽까지 노름하고 계집질하던 중이 천당 가는 거 봤잖아? 정상 모리배, 독재자들이 왕창 좋을 곳에 가잖아. 나는 거기에 비하면 천사야. 돈 없어 천국 못 간 게 한이지."

기타란은 신설된 항목이란다. 6도에도 못 드는 이도 저도 아닌 머저리, 잉여剩餘 인간들이 가는 곳이다. 과거 규정은 이들은 소속이 없어 '중음中陰의 세계'라는 캄캄한 우주 공간을 객귀客鬼로 무한정 굶주리며 떠돌아다녔다고 한다. 이런 불쌍 존재들을 구제한 규정이 바로 기타란이다. 자세히 보니 나는 민들레로 표기되어 있었다. 교수는 엉겅퀴. 그 외 냉이, 달래, 더덕, 고사리, 도라지 등으로 태어나는 사람들도 있었다. 과일 종류도 보였는데 포도, 사과, 샤인머스킷, 배 등이었다. 메뚜기, 매미, 물방개, 모기, 파리 등의 곤충들과 잉어, 가오리, 상어, 명태 등의 물고기들 이름들도 있었다. 간혹은 바위, 물거품, 이슬, 금강석, 등의 무생물들도 있었다.

"교수님 우리는 왜 이런 운명이에요?"라고 물었다.

"그거야 '오야' 마음이지. 사실은 그들이 갖고 있는 장부가 그렇게 세밀하지 못해. 예를 들어 볼까? 가끔 절간에 가던 버스가 언덕에서 떨어져 사람이 죽거나 다치는 경우가 있지, 사실 그 건, 말이 안 되잖아 좋은 곳에 참회하러 가는데 왜 죽여. 그걸 보면 부처님이 나빠서 그런 게 아니고 그만큼 장부가 허술하다는 뜻이야. 중생이 많다 보니 일일이 장부에 다 기록할 수가 없어 큰 틀만 대충 치부책에 기록되어 있지.

"교수님 당신의 전생은 뭐였나요?"

"나? 한때는 염라대왕 밑에서 일하던 간부였지. 바로 여기서 근무했다네. 그 양반의 '역린逆鱗(거꾸로 난 비늘)'을 건드렸다가 이 꼴이 되었어, 그래도 전관예우를 받아 그때는 교수로 태어났지. 그 후 영 복직이 안 되네. 이번에는 토끼풀로 태어났었는데 싹이 돋자말자 소에게 뜯어 먹혀 선한 업을 쌓을 기회를 놓쳤어. 소똥이 된 후 바로 이번에 여기로 되돌아와 심판을 받은 거야. 재수 없게 이번에는 엉겅퀴네."

호송차가 모여들었다. 천상도 가는 무리들은 검은 유리창 달린 리무진을 타고 갔다. 인간도 가는 차량은 일반 버스였다. 나머지는 철망 쳐진 닭장차에 실려 갔다. 전광판의 불빛이 꺼졌다. 인부들이 재빨리 올라가 먼지를 닦기 시작했다. 내일 재판을 준비하려는 가보다.

제 20 화

영원하라 배롱나무여

종합병원에서 근무하다 보면 온갖 귀찮은 부탁을 다 받는다. 나는 정신과에 근무하는데 다른 과에 입원한 환자를 구체적 내용도 없이 '잘 부탁한다'라고 한다. 무엇을 부탁해달라는 말일까? 담당 의사에게 친절하게 대해주라고 해야 하나? 성실하게 진료해달라고 해야 하나? 아니면 입원비가 싸게 나오도록 해달라는 말일까? 한 단계 더 힘든 부탁은 입원실을 만들어 달라거나 수술이나 검사를 새치기시켜 달라는 것이다. 가끔 다른 과에 근무하는 동료 의사에게도 부탁받을 때도 있다. 무엇을 부탁하느냐고 그에게 물어본다. "나도 몰라. 부탁해달라고 해서 그대로 전할 뿐이야. 알아서 하셔"라고 대답한다.

오랫동안 '부탁'이란 말을 곰곰이 생각해 보았다. 대학병원에 오면 목에 힘주고 다니는 건방진 의사들이 간혹 있어 주눅 든 사람들은 의사의 자비를 부탁하고 병에 대한 설명을 잘해주지 않는 직무 유기형 의사를 만난 사람들은 병에 대한 친절한 설명을 부탁하고 경제적으로 궁핍한 사람은 싸게 치료를 해달라고 부탁하는 것 같았다. 그 외 막연하게 자신의 불안을 해소하기 위한 부탁이다. 그리고 자신의 지위를 과시하고 굽신거려 달라는 부탁 등으로 분류해 보았다

분류가 끝나고 부탁에 대한 실천의 요령을 연구했다. 실행하기 어렵거나 말도 안 되는 부탁이라도 일단은 해줄 것처럼 선선히 대답해야 한다는 점이 중요하다. 만약에 실천이 어렵다고 하거나 안 될 것 같다는 대답을 하면 친구들이나 지인들 사이에 건방진 놈, 배은망덕한 놈, 심지어는 돌팔이라는 욕까지 바가지로 먹게 되고 아울러 하루아침에 선량 시민의 '공공의 적'이 된다. 그럴듯한 대답을 하고 또 그 성과를 보여야 칭찬을 듣는다. 담당 의사를 만나거나 전화로 부탁할 때 내용은 말하지 않고 환자나 그 가족을 만나면 그냥, 내가 잘 봐 달라고 하더라고만 말해달라고 한다. 이런 방식을 쓰면 부탁받은 의사도 부담이 없고 나도 부탁이 손쉽다. 내막을 모르는 그들은 담당 의사가 내가 한 말을 전해 듣고는 나의 노고에 매우 만족해한다. 원래 성격상 친절한 의사의 태도도 나의 부탁 덕이요, 설명을 잘해주는 의사의 성실함도 나의 부탁 덕이 된다. 심지어 입원비도 원무과에서 다 받았는데도 내가 부탁해서 깎아 주더라며 고맙다고 한다. 부탁은 괴롭지만, 이런 오해는 나를 춤추게 한다.

의사들은 나름대로 자존심이 강한 무리다. 남에게 머리 숙이고 부탁하는 것은 질색이다. 자신 가족이 입원해도 부탁하지 않는다. 그런데도 남들이 부탁하니 죽을 맛이다. 같은 병원의 선후배 의사라도 모두 일이 바빠 만나는 것은 물론 전화 통화도 쉽지가 않다. 그러나 부탁을 안 들어주면 지구를 떠나야 될 것 같은 공포심에 어쩔 수 없다. 악성 부탁 중 하나는 이미 그만둔 병원 누구에게 부탁해달라는 연락을 받았을 때다 오래전에 있었던 터라 사람도 없어 이리저리 수소문해서 입원실을 얻거나 진료 예약을 해준다. 입에서 욕이 나온다. 천신만고 끝에 입원이나 진료 혹은 수술 예약을 해주었는데 또 전화가 온다. 이번 부탁은 딴 병원 예약이 되었으니 취소해달라는 이야기다. 이럴 때 내 가슴에는 협심증이 온다.

오랜만에 한 친구의 전화가 왔다. 이런 경우는 대게 부탁하기 위한 전화다. 보통 나에게는 진료일이 아니어도 봐 달라고 부탁하거나 병원을 옮기고 싶은데 거기서도 같은 약을 줄 수 있느냐고 묻는다, 이런 부류들은 딴 병원에서 의사 애먹이다가 사이가 나빠지자, 제 병이 고질인 건 인정하지 않고 의사를 돌팔이라고 욕하며 병원을 바꾸겠다고 한다. 그 친구는 머지않아 나도 돌팔이라고 욕하며 떠날 사람이다. 다음 예상되는 내용은 병실 구하기나 진료일 새치기 등의 난제일 것이다.

비가 추적추적 내리는 오후에 그 반갑지도 않을 전화를 받았다. 통화도 하기도 전에 미리 투덜댄다. 자세한 이야기도 듣기 전에 퉁명한 목소리로 무슨 일이냐고 따지듯 질문하자 그는 머뭇머뭇하며 긴 이야기는 가서 하겠다며 조금 시간을 내달라고 부탁한다. 퇴근을 늦추어가며 들어야 주어야 하는 부탁이 있다니 가슴에 천불이 난다. 차마 전화기를 던지지는 못하고 이야기를 다 듣는다.

　얼마 전 종합병원을 사직하고 노인 전문병원에 책임자로 취업해 병원을 개설했다. 몇몇 친구들이 화분을 보내거나 갖고 와 축하를 해주었다. 꽃은 좋아하지만, 그런 꽃 선물은 싫다. 화분의 꽃들은 오래가지 않아 죽게 되고 더구나 꽃바구니나 꽃다발의 꽃은 바로 시든다. 나는 이렇게 들어 온 화분들은 옮기기 힘든 큰 것 몇 개만 병원에 남겨두고 나머지는 직원들에게 다 나누어준다. 이번에도 대충 그렇게 정리가 끝나가는 데 그 무렵 연락이 온 것이다. 화를 억지로 참고 기다리고 있자니 퇴근 시간 임박해서 봉고차를 타고 그 친구가 왔다. 내리는데 보니 또 한 친구도 같이 왔다. 그들은 삽과 곡괭이를 차에서 내리는데 배롱나무 두 그루도 보였다. 이 나무들 심을 곳을 말해 달라고 한다. 이 무슨 예측 불허의 행동이란 말인가? 전차에 받힌 느낌이다. 아닌 밤중에 홍두깨 격이다. 병원 마당으로 가면서 그 친구가 부탁하고자 하는 내용을 말했다. 내가 공공의료기관의 병원장이 되었다는 이야기를 듣고 비 오는 날을 기다렸다는 것이다. 비 오는 날이 무슨 상관일까? 그 친구 말인즉슨 내 성질이 까탈스러워 축하 화분은 받지 않는다는 이야기를 듣고 아예 배롱나무 두 그루를 마당에 심어 놓고 비 오는 날을 기다렸단다. 옮긴 나무를 잘 살리려면 비 오는 날이 적기라고 들었다는 것이다. 드디어 기다리던 비가 오늘 오길래 그 축하 선물을 갖고 왔다는 것이다. 그 말을 듣고 나는 쥐구멍으로 들어가고 싶었다. 친구와 직원들이 함께 나무들 마당으로 옮겼다. 비를 맞으며 땅을 팠다. 이제 흙을 채우기만 하면 일은 끝난다. 이때 두 사람은 잠깐만 기다려 달라며 병원 밖으로 나간다. 병원 문을 나선 뒤 시간이 꽤 지났건만 쉽게 나타나지 않았다. 비는 세차게 내리는데 사람은 오지 않아 퇴근이 늦어지는 직원들에게 미안해서 마음이 안절부절못한다. 화가 머리꼭지까지 올라왔을 무렵 마침내 그들이 나타났다.

　멱살이라도 잡을 듯 그들에게 다가갔다. 가까이 가보니 그렇게 할 수가 없었다. 한 사람은 막걸리 병을 들고 있었고 또 다른 한 사람은 삶은 돼지고기 봉지를 들고 있었기 때문이다. 나무의 뿌리 활착을 위한 막걸리를 사기 위해 나섰다가 가게를 못 찾아 한참 돌아다니느라 늦었다는 것이다. 간사한 내 마음은 어느새 분노와 미움이 기쁨과 사랑으로 변하고 있었다. 늦은 퇴근 때문에 얼굴을 구기고 있던 직원들도 갑자기 감격의 고함을 지르며 박수를 쳤다. 비는 세차게 내려 파 놓은 구덩이는 물웅덩이가 되었지만, 배롱나무는 보약인 막걸리를 마시고 편안한 보금자리에 자리를 잡을 수 있게 되었다. 모인 모든 사람들이 돌아가면서 막걸리를 한 잔씩 나무뿌리에 뿌리고 자신들도 큰 잔으로 한 잔씩 마셨다. 그날 많은 직원은 한참 늦게 비틀거리는 걸음으로 집에 들어갔다.

　세월이 지나 병원을 옮겼다. 관리부장이 병원 돌아가는 이야기를 자주 전화로 연락해 주었다. 원무과장은 성격이 다정한 여자라 배롱나무의 성장을 수시로 카톡 사진으로 보내주었다. 하늘의 큰 뜻은 정말 알기가 어렵다. 선인善因은 선과善果를 낳

고 악인惡因은 악과惡果를 낳는다고 했는데 나무를 선물했던 아름다운 두 친구는 그다지 행복하지 않은 삶을 살고 있으니 말이다. 파렴치한 양아치는 나라의 지도자 행세를 하며 뽐내며 살며 사병을 많이 죽인 장군은 영웅이 되는 세상이다. 선량한 그날의 친구 둘은 불행하게 살고 있다. 한 친구는 가업인 직조 공장도 망하고 허리 병이 심해 걷지도 못한다. 또 한 친구는 부인의 구멍가게도 '히마(ひま, 暇·閑)'져 생계가 어렵다. 아들의 맥줏집은 문 닫은 지 오래다. 늙은 노동자는 매일 공사장에 가서 철근을 나르며 먹고 산다.

작년부터 배롱나무 사진도 오지 않는다. 관리부장이 정년퇴직한 건 알고 있지만, 중년의 원무과장도 직장을 옮겼는지 소식이 없다. 새로 온 병원장이 배롱나무를 뽑아버렸을지도 모른다. 잘 자라고 화려한 꽃이 피는 딴 나무로 종류를 바꾸었을 수도 있다. 세상에 변치 않는 것은 없다. 머지않아 이 글의 주인공들도 세상에서 사라질 것이다. 언젠가는 배롱나무도 없어지겠지. 하느님은 상 보자기를 새로 깔고 새로운 화투패를 돌리며 패를 뜨겠지.

제 21 화

감나무 밑에 묻힌 화가

나는 죽었다. 처자식도 없이 누나 집에 얹혀살다 간다. 모아둔 돈이 없으니, 뒤가 홀가분하다. 이제 누나의 짐이 될 일이 없어 시원하고 고통스럽던 병에서 해방되니 기쁘다. 그동안 암으로 온몸이 아파 죽을 고생했다. 눈감기 전 며칠 동안은 폐에 물이 들어차 숨을 쉴 수 없었다. 지상에서 익사할 뻔했다. 이제 연극은 막을 내렸다. 무대를 내려온 배우는 한 줌 재가 되어 감나무 밑으로 들어가 영원한 평화를 얻는다.

한밤중 산에서 멀리 내려다보이는 총총한 도시의 불빛은 보석처럼 찬란하다. 번잡스럽고 유치하던 도시의 등불도 멀리서 보니 아름답다. 시야에서 먼 등불들은 모양과 종류 관계없이 모두가 둥글게 보인다. 더 멀리 보이는 것들은 별처럼 반짝거리고 있다. 인간의 감각이란 이렇게도 뻔뻔스러운 오류를 범한다. 그 오류 덕에 전등의 크기와 색깔을 뛰어넘는 포용. 모두가 같아지는 너그러움을 볼 수가 있게 된다. 대통령은 호텔에 묵고 병사들은 뒷산에서 지킨다. 야간 보초를 별로 서 본 적이 없어 이런 일이 힘이 든다. 신병훈련이 끝나니 미술대학 다녔다고 '차트 병'으로 차출해 2군 사령부에 보냈다. 일은 쉬웠지만 양이 많아 애를 먹었다. 차트나 괘도를 그릴 거리 많아 무척 바빴다. 간혹 높은 사람이라도 오는 날은 전날 꼬박 밤을 세운다. 그런 고생 대신에 보초 근무나 유격 훈련, 동계 훈련 등 보병들의 기본 훈련은 거의 다 열외 시켜 주는 혜택도 있다.

내무반 텔레비전을 보니 월남 가는 맹호부대 환송 행사가 중계되고 있었다. 세종로에서 많은 시민들이 태극기를 흔들며 군가를 부르는 모습도 보였다. 그날 행진에서 보는 보병들은 같은 군인인 내가 봐도 그렇게 멋있어 보일 수 없었다. 전차에 앉아 경례하는 병사는 진짜 사나이 그 자체로 보였다. 부산항 출국 모습도 보여주었다. 웅장한 군악대의 행진곡이 연주되는 가운데 부산 시민들과 여고생들이 장병들에게 꽃다발을 목에 걸어 주는 모습이 보인다. 어떤 여고생은 꽃다발을 목에 걸어 주다가 가슴에 안겨 펑펑 운다. 배가 출항하자 시민들과 군인들 서로 연결해 있던 테이프가 팽팽해지다 하나, 둘 끊어졌다. 마지막 테이프가 끊어질 때는 모두가 울었다. 수송선은 오륙도를 돌아 먼 동지나 해로 가고 있었다. 월남전에 참전하기로 마음먹었다. 그러나 며칠 후 군악대의 행진곡 소리가 희미해지자 사나이의 그 굳은 결심도 허공 속으로 사라져 버렸다. 죽을 곳

228

에 자원해서 가는 것은 어리석다는 생각이 들었다. 나같이 비겁한 인간은 본부에 남아 차트나 그리며 목숨을 보존하는 것도 하나의 애국이라고 스스로 자위했다.

급하게 인사계가 달려와 덜컥 문을 연다. 늙은 상사는 항상 그렇게 문을 연다. 방금 육군본부에서 50사단으로 전출 명령이 내렸다며 빨리 짐을 꾸리라고 했다. 가슴이 덜컹했다. 올 것이 온 모양이다. 사단에 모여 오음리로 떠날 생각을 하니 온몸에 힘이 빠진다. '따블백'을 싸고 있는데 차트실 책임 장교가 왔다.

"걱정하지 마. 자네를 빼주려고 사단으로 전출 보내는 거야. 힘든 일이었다. 그동안 해준 수고에 대한 우리의 선물이다. 잘 가."

내무반을 나가는 장교 뒤에서 멸공하고 감사의 인사를 보낸다. 사단에서도 차트 그리는 일을 계속했다. 사령부보다는 일감이 적은 대신 병력이 모자라 자주 보병들의 임무에 차출이 되었다. 특히 대통령 호위 같은 큰 행사에는 많은 병력이 필요해 자주 따라나섰다. 사령부 사무실 가던 중 연병장에서 우연히 친구 오만을 만났다. 연대 통신병으로 근무하는데, 월남전에 자원했다고 한다.

"이게 무슨 소리고?" 외치듯 되물었다.
"잘 있거라. 나는 내일 철원 오음리 유격장으로 떠난다."
"야~ 너 진짜 사나이다. 우째서 죽을 곳을 자원했단 말이고, 더군다나 소대장 '따까리 통신병'이라며?"

"그런 자리는 베트콩 저격수의 밥이라는데"

"가면 바로 죽을 긴데? 사고치고 쫓겨 가는 거, 아이가?"

"사단장 표창 탄 내가 사고는 무슨 사고, 니는 배 안 고프나? 나는 배고파 죽겠다."

동아대학 야구 투수하다 입대한 덩치가 큰 친구라 '육군 식사량, 정량'이 그의 양에 찰 수가 없겠다. 다 떼어먹고 나오는 밥은 나의 작은 위장에도 늘 허기진다. 훈련소에서 배고팠고 자대에서도 배고파 죽을 지경이라고 한다.

"씨발 굶어 죽는 거나 싸우다 죽는 거나 죽기는 마찬가지 아이가? 미제 씨레이션 배 터지도록 먹고 죽을란다. 내 떠나도 니는 우리나라 잘 지켜 도고."

만이는 그게 멋있는 농담이라도 되는 듯 웃으며 지꺼렸다. 하지만 나는 웃지 않았다. 만이는 그 이후 다시 만나지 못했다. '안케 전투'에서 죽었기 때문이다.

군대를 갔다 온 뒤 대학을 마치고 지방고등학교 교사로 발령받았다. 부임 첫날 사표를 쓰고 집에 왔다. 교장의 꼴이 보기 싫었기 때문이다. 대학원 가는 시간 내어달라고 청을 했지만 거절당했다. 뜻대로 안 돼서, 그만 두었지만 교장의 태도가 마음에 안 든 것이, 더 큰 이유다. 취업이 힘든 시절 더구나 미술대학 출신들의 갈 곳은 더 좁아 교직 말고는 갈 곳이 없었다. 이런 약점을 잡고 고양이 쥐 놀리는 모습을 하는 그의 태도가 마음에 들었지 않았다. 게다가 그의 얼굴에 우리 형이 겹쳐 보여 더욱 미웠다. 겉으로는 착한 척하지만 속은 건방지고 야만적인 이중인격자. 형에게 어릴 때 많이 맞았다. '잘되라고 그런다'라며 무지막지한 폭행을 했다. 아마도 적개심은 그때 시작한 것 같다. 그 감정은 오랫동안 지워지지 않고 긴 시간 내 삶 온갖 곳에 영향을 주고 있었다.

가슴이 두근거리고 잠을 못 자는 많아 정신과에 갔다. 수면제만 주면 될 것인데 원인을 캔다고 온갖 질문을 다했다. 말하다 보니 형에 대한 적개심이 주제로 떠올랐다. 의사는 형이 두들겨 팬 건 잘못이라고 했다. 하지만 분노가 당한 일보다 더 크게 느끼고 있으며 현재는 없는 과거를 오랫동안 되씹는 것이 문제라고 했다. 몇 달 동안 다니며 얻은 불면의 원인은 어릴 때 받은 마음의 상처가 무의식 속에 계속 남아 현재 나의 감정에 영향을 주고 있는 탓이라는 것이다. 의사는 말했다. 권태, 고독감, 분노 등의 껄끄러운 감정들은 모든 인간이 태어나면서 기본적으로 갖고 있는 원초적인 감정이라고 한다. 그 부조리한 감정이 자극받으면 병으로 나타난다는 말이다. 즉 형의 폭력이라는 것은 유발인자인데 그것을 내가 원인 인자로 착각하고 있다는 뜻이다.

우리 동네 사는 '가리'로 불리는 땡초가 놀러 왔다.
"스님. 적개심을 감당하기가 너무 힘듭니다"
"처사님의 인과응보입니다."
뻔한 소리를 한다. 한 대 때려주려다 참는다. 하긴 묻는 내가 잘못이다. 그는 매일 '이모식당' 뒷방에서 동네 사람들과 노름을 해서 돈을 잃는다. 돈이 없으니 외상 노름을 자주 해서 '가리 중'이라는 별명까지 있는 사람이다. 그런 주제에 무슨 거창한 대답을 할 수 있겠나. 하지만 듣다 보면 좋은 말도 할 때 있을지도 모른다.

"스님 저의 전생의 죄는 무엇일까요?"
"전생은 '삼도천三途川'을 건너면서 모두 잊게 됩니다. 전생을 아는 것은 '숙명통宿命通'이라고 하는데 도인이 되면 알게 되지요. 열심히 수행하면 그런 경지가 됩니다. 그러나 전생을 안다는 것과 마음이 편해지는 것은 다른 이야기입니다. 처사님은 어쩌면 전생에 동물을 학대하던 부잣집 심술 첨지가 아니었을까요? 하하하. 업장 소멸을 위해 항상 기도하며 남들에게 보시하십시오." 가리 도사는 노름에서 돈을 못 따서 항상 가난하다. 나처럼 빈곤 때문에 고통받는 같은 중이다. 그러나 그는 매일 중생들 속에서 술 마시고 계집질하면서 불교를 전도하는 원효대사와 같은 일이 한다. 나 같은 인간보다는 한 수 위의 다른 존재다.

"일단은 형을 미워하기 전에 업장소멸業障消滅을 해야 근본적 치료가 되는군요."
"나무관세음보살" 땡초가 합장 염불했다.

미술학원을 열었다. 소수의 미술대학 지망생 몇 명이 왔다. 입시지도 경험이 없는 줄 알지만 레슨비가 싸고 혹시나 해서 장난삼아 와본 학생들이다. 학위를 위해 대학원을 다니자, 지도 교수가 강의도 몇 시간씩 배정해 주었다. 운 좋게 화실 출신 학생들이 미대에 몇 명 합격하였다. 이렇게 되자 '화실 선생이 대학교수란다. 잘 생겼단다. 실력 있는 화가란다.'라는 과장된 소문이 나기 시작했다. 수강생들이 많이 늘어났다. 신이 나서 그림도 열심히 그렸다. 작품이 모였다. 화랑 경영자들이 화실로 찾아왔고 그들의 권유로 전시회도 여러 번 열었다. 사실화를 주로 그리던 시절이었는데 전시된 그림 중 첼로 그림을 보고 어떤 애호가가 1억 원에 사겠다고 했다. 나의 주가가 최고조에 달했다. 고가의 그림은 안 팔았다. 아끼는 그림은 남에게 주기 싫었다. 전시회를 해서 그림을 팔긴 해도 좋은 그림은 속으로 안 팔리기를 빌었다. 엉터리 그림을 판다는 양심의 가책도 있고 어떤 건 아까워서 팔기 싫었다. 이런 기이하고 괴팍한 태도 인데 어떤 화상이 좋아 하겠는가 그래도 그때는 그게 다 예술 가다운 매력이라는 사람도 있었다.

화실이 밤에는 입시 준비 학생들로 북적 되었다. 낮에는 친구들, 부잣집 마나님, 전문직 여성, 화가가 된 제자들이 왔다. 자주 오는 여자 제자가 있었다. 전임강사였지만 사람들은 교수라고 부른다. 그녀는 화실에 오면 스스럼없이 다가앉아 손을 잡는다. 나는 쥔 손을 꽉 잡으며 그녀를 당겨 안는다. 향기로운 그녀의 머리칼 냄새를 음미하며 부드러운 그녀의 입술을 빨아 당겼다. 늘 그렇게 해왔다. 가끔은 둘이 차를 타고 근교에 드라이브도 갔고 산에서, 강변에서 포옹하고 입술을 찾았다. 하지만 우리는 더 깊은 육체적 관계를 맺지 않은 사이다. 고교 시절부터 만나 오다 보니 연인도 아니고, 아닌 것도 아닌, 이상한 관계가 되었다. 어느 날 드라이브 하다 모텔에 들어갔다가 그녀와 포옹하면서 가슴을 만졌다. 입술은 포갠 채로 그녀가 '하지 마'하며 내 손을 세게 쳤다. 죄짓다 들킨 것 같아 매우 무안했다. 그 후로는 서로가 밀착하면서도 깊은 육체관계로 진행되지 않게 되었다.

돈을 많이 감당할 수가 없었다. 돈이 쌓일까 봐 두려웠다. 없애느라 애를 먹었다. 후배나 친구들에게 향락가를 다니며 술 사주고 밥 사주기에 바빴다. 스스로 자신을 허락하는 여인들이 있었다. 이들과 질탕하게 놀아나고 고급 선물도 잊지 않았다. 이런 시간 속에서도 형에 대한 적개심은 생생하게 살아있었고 점점 극으로 달려갔다. 어느 날. 갑자기 심장이 쿵 하고 내려앉았다. 잇달아 맥박이 제멋대로 뛰었다. 죽음에 대한 공포심이 솟구치며 식은땀이 등을 타고 흘렀다. 얼마 뒤 박동은 다시 정상으로 돌아왔지만, 심장마비에 대한 두려움이 시작되었다. 이런 충격이 있은 지 며칠 뒤 갑자기 전신에 기운이 빠진다. 심장병이 도졌는가 하고 맥박을 잡다가 보니 손바닥이 노랗다. 거울을 보니 눈동자도 노랬다. 응급실로 뛰어갔다. 의사들은 피를 뽑고 검사를 했다.

"급성 간염입니다. 늦었으면 죽을 수도 있었지요."
의사가 검사 결과지를 보면서 설명해주었다.
"이렇게 죽나요?"
"아니에요. 간염은 고비를 넘었고 좋아질 것입니다. 그런데."

"그런데?" 하고 되묻자

"심장이 문제입니다. 부정맥인데 언제 스톱 할지 모릅니다. 간이 안정되면 심장 정밀검사 해봅시다."

간염이 치료되고 나서도 심장내과를 가지 않고 퇴원했다. 간염도 다시 검사 해본 적이 없다. 분노로 상한 간과 심장을 의사가 어떻게 낫게 한단 말인가! 그들은 병을 낫게 하지도 못하면서도 온갖 검사를 한다. 가도 도움 받을 일이 없다고 생각했기 때문에 병원을 가지 않았다.

그림의 흐름은 구상화에서 추상화와 현대화로 흘러가고 있었다. 작품의 종류가 바뀌자 사 가는 사람이 없었다. 고객이 외면하자 전시회를 제의해 오는 화랑 주인도 없었다. 가끔 팔리는 그림을 그려달라는 요청이 있었지만, 말을 듣지 않았다. 이런 태도에 화상들은 오만하다 현실감이 없다고 돌아서서 비난했다. 그런 그림을 그리기도 싫었지만 그려지지도 않았다. 과거 그린 정밀화를 보면 어떻게 저런 그림을 그릴 수 있었을까? 스스로 놀라는 시간도 있을 정도였다. 언제부터인가 사람 만나기가 싫어지기 시작했다. 대인기피증이 생기면서, 이 교수의 손을 잡아도 무감각했다. 잡힌 손을 그대로 둔 채 가만히 있었다. 그녀는 스스로 가슴에 안긴다.

"선생님 바람났어? 왜 내가 싫어졌을까."

빤히 쳐다보며 매력적인 콧소리를 낸다. 평소 같으면 우리는 벌써 소파 위에 엉키고 있을 때다.

"바람은 무슨 바람."

"왜 요즘은 쳐다보지도 않고 웃지를 않는 거예요?"

이 교수도 현대화를 한답시고 맨날 청색 계열의 그림만 잔뜩 캔버스에 칠하고 앉았으니, 전시회를 해도 그림은 거의 팔리지 않았다. 이 교수는 미혼인 나에게 마누라와 같은 존재이면서 또한 동지 같은 입장인데 그, 이 교수마저도 귀찮은 존재가 되어 가고 있었다.

이상하게 형에 대한 증오심이 저절로 줄어들고 있었다. 줄어든 그 공간에는 새롭게 고독과 권태가 스물스물 꼬여 들었다. 어느 정도 마음이 평온해졌는데도 그림은 그려지지 않았다. 대인기피증은 점점 더 심해지고 이제는 가족들도 보기 싫었다. 누나가 말을 걸어도 대답을 잘하지 않았다. 대답할 말이 생각나지 않았다. 이 교수가 오지 않았다. 인간을 싫어하자, 화실 수강생들도 오지 않았다. 손님들도 뜸해졌다. 고독과 권태의 안개는 점점 진해져 가고 있어 힘들었다. 애써 책을 많이 읽었다. 유 튜브를 자주 보고 클래식 C.D 판도 열심히 들었다. 동네 주위를 자주 거닐기도 한다. 숨 막히는 지산동 풍경이다. 골목에는 유치한 색깔로 울긋불긋 간판이 황칠이 칠해져 있고 사람들의 얼굴은 찌푸리거나 혹은 굳은 얼굴 두 가지밖에 없다. 사람들이 개를 데리고 산책한다. 그들 중에는 개를 안고도 가고 유모차에 태우고 가기도 한다. 개는 애완동물이 아니고 반려동물이라며 죽으면 장례식을 치러주고 심지어는 49재까지 지내준다는 말을 들었다. 이런 행위는 개를 장난감 취급하여 결국은

236

괴롭히고 희롱하는 행위일 뿐이다. 동물을 가족으로 편입시키는 행위는 마음속으로는 생명체에 대한 존중심을 갖고 있지 않다. 착한 마음씨를 가진 개 엄마나 아빠들이 가난하고 불우한 이웃에게 선물을 주거나 노래 불러 주었다는 이야기는 들어 본 적이 없다. 그들의 개 사랑은 내 것에 대한 이기적 집착심일 뿐이다.

생명을 존중한다며 육식인 고기를 먹지 않는 사람을 본다. 그 '베지테리언' 중에서도 한 수위로 우유나 치즈까지도 먹지 않는 '비건'이 있다. 그 사람들도 식물은 마음 놓고 이것저것 마구잡이로 다 먹는다. 석가모니는 '종자나 식물도 먹지 말라.'고 했다. 최소한의 목숨 부지용 외는 먹지 말라는 이야기다. 과수원 정원식물 자격증이 있는 '전정사'나 꽃꽂이를 전문으로 하는 '플로리스트' 직업도 있다. 여승들은 사찰 음식이라며 온갖 꽃과 야생화를 무지막지하게 꺾어와 요리하고 맛있게 먹는다. 동물이나 식물이나 같은 생명체다. 많은 사람이 식물한테 자비심을 갖지 않는다. 동물이든 식물이든 우리가 살기 위해서 먹는 행위는 최소한으로 자제를 해야 하는데 여기가 마치 아프리카 세렝게티 초원인 것처럼 약육강식의 세계가 펼쳐지고 있다.

'예수 불신 지옥'이라는 팻말을 든 여인이 '예수를 믿읍시다'라고 외치며 간다. 예수는 예수를 믿지 않았으니 지옥 갔나?, 서울 도심지에 비싼 땅에 거대한 교회가 있다. 예배 시간에는 교향악단과 수백 명의 찬양단이 발표회를 한다. 목사는 핏대를 올리며 설교한다. 고함은 왜 지르는 걸까? 작은 집에서 조용하게 말하면 하나님이 내려오지 않는 걸까? 어떤 신부는 대통령 죽으라고 미사 올렸다고 한다. 박정희 죽은 게 언젠데 아직도 독재 타령이다. 그들은 교황이 왕들을 지배하던 서양 중세를 그리워한다. 신부들이 대통령과 추기경을 함께 못하는 걸 그리도 약 올라 한다. 어떤 승려들은 세속 권력과 놀아나고 주지 중에 어떤 무리는 밤이면 모여 앉아 음주 가무를 하고 노름을 한다. 마누라를 숨겨둔 중도 있다고 한다. 며칠 전에는 중이 절간을 불태우고 자살했다. 그 자리에 국정원 직원이 왔다니 정말 웃기는 세상이다. 존 스타인 백의 '바람난 버스'와 똑같은 세상이 이 나라에 실현되고 있다.

내 마음을 연기처럼 꽉 들어찬 권태와 고독 그리고 증오심은 견디기 힘들었다. 인간들은 이런 감정을 극복한답시고 명상, 예술, 운동, 종교활동, 등산서부터 마약, 주색잡기까지 온갖 수단을 다 동원한다. 그러나 그런 행동은 나약하고 졸렬하고 한심한 행동이다. 그런 짓은 아무 소용이 없다. 부조리는 부조리로 정면 승부 해야 한다. 더 진한 권태와 고독으로 맞서야 극복할수 있다. 텅 빈 화실에 멍하게 앉아 있었다. 몸이 조각날 것 같았다. 정신이 분열되었다. 죽음의 웃음소리, 허약함을 비웃는 환청, 외로움, 슬픔의 감정이 구름처럼 온몸을 감싸고 조여왔다. 실물과 똑같은 그림을 그릴 때 사람들은 나를 천재라고 불렀다. 그림이 현대화로 변하자, 제자들과 화단의 동료들은 앞서가는 화가라고 극찬해 주었다. 이런 말에 우쭐대며 다녔다. 시간이 지나자 그런 감정은 점차 분노로 변해갔다. 말도 안 되는 헛소리에 병신같이 놀아나고 있다는 생각이 들어서이다.

최근까지 목탄을 갖고 그림을 그렸다. 사랑하며 포용하다가 삐쳐서 도망가는 아라비아 숫자들도 그려지고 세모로 네모로 변신하는 얼굴이 한글의 자음으로 나타나기도 했다. 때로는 선을 그렸다. 직선과 곡선이 만나 서로 희롱도 하고 애무도 하는 그림. 가끔은 단색의 유화로도 그렸다. 그런 그림을 보고 이해할 수 없다. 무슨 뜻인가? '무얼 의미하는가?'라고 묻는 사람들이 많았다. 목적 없이 걷는 길에 종착지를 물을 때 대답할 수가 없다. 질문에는 웃기만 했다. 시간이 지나자, 마음이 조금씩 죽음의 안개가 벗겨지는 느낌이 들었다. 빈 그 속에 밝은 기운이 조금씩 보였다. 그동안 환쟁이 노릇하며 자신이 돌아보았다. 저질의 그림을 작품이랍시고 남들에게 팔고 의시 대던 자신이 부끄럽기 짝이 없었다. 그림 창작을 그만두었다. 붓을 꺾고 캔버스를 찢었다. 그림을 하나씩 찢고 불태웠다. 먹고 살기가 힘들었다. 누나는 딸한테 받은 생활비에서 돈을 조금 떼서 나에게 주었다. 질녀는 식당을 했지만, 돈벌이가 신통치 않았다. 새벽에 빌딩청소부로 일했다. 점심 때쯤 일을 마치면 또 다른 빌딩가서 청소 일을 했다. 저녁 무렵 자신의 식당으로 돌아왔다. 누나와 사는 아파트는 아버지가 사준 것인데 돈이 없어 그걸 팔고 연립주택으로 갔다. 어느 날 친구 홍진이 와서 이참에 기초수급자를 신청하자고 제의했다. 말을 듣는 순간 뒤 꼭지가 후끈 달아올랐다. 내가 거지가 되었다는 말이 아닌가. 어쩌 그런 소리를 다 할 수 있을까? 어릴 적에는 부잣집 아들 소리 들으며 자랐고 몇 년 전까지만 해도 중견 화가로 돈 아쉽지 않게 살던 나다. 어떻게 그런 말을 다 할 수 있단 말인가!

"자네가 언제 죽을지 모르는 늙은 누나 등에 업혀 계속 살수는 없잖아. 제일 문제는 자네가 큰 병 걸렸을 때야."

홍진은 찌그러진 자존심일랑 이제 쓰레기통에 버리자고 했다. 결국 기초수급자가 되었다.

"전 화백? 기초수급비는 정부가 주는 것이 아니다." 그 게 무슨 소린가? 그쪽에서 받는데,

"자네를 위해 오랫동안 우리 친구들이 적금 들어 둔 것을 자네가 받는 것이야."

친구들이 상호 부조하는 계 모임에서 돈을 탄 거라는 논리다. 기초수급자가 되니 생계비도 조금 나오고 병원비도 무료가 되어 누나의 짐을 훨씬 덜어 주게 되었다.

심장은 자주 제멋대로 뛰다가 조용해지곤 했다. 죽음의 그림자가 어른거림을 느꼈다. 심장마비나 간암으로 죽는다는 각오는 진작부터 하고 있었다. 어느 날 가슴이 평소보다 더 답답해 동네 내과에 가서 검사했다.

"폐에 혹이 보입니다. 대학병원에 가서 정밀검사를 해보세요" 의사가 흐린 표정으로 말했다.

"암입니까?"라고 묻자

"그 건 일단 검사를 해봐야지요"하고 얼버무렸다.

대학병원을 가니 폐암이라고 진단했다.

"암이라도 요즘은 치료 방법이 좋아서 오래 살 수 있습니다.

항암치료를 위한 검사를 해봅시다." 대학병원 의사치고 친절했다. 이 말은 치료가 어렵다는 말의 다른 표현이다.

"치료받지 않겠습니다" 간단하게 대답했다. 평소에 준비한 대답이다. 낫지 않을 병을 돈도 없는데 무슨 치료를 한단 말인가.

"그럼, 가정의학과로 전과해 드리겠습니다"
군말 없이 전과시켜 주는 의사가 고마웠다. 주 한 번씩 간호사가 집을 방문해 주었지만, 별로 해주는 것도 없다. 언제 죽나 상태의 진행을 보는 것이다. 죽어버리려고 며칠 밥을 먹지 않았는데, 단식은 오래 할 수가 없었다. 굶다 보니 옆에서 간병하는 늙은 누나가 힘들어서 먼저 말라 죽을 것 같아서 자해自害는 포기했다.

암 진단 뒤 약 한 달 반쯤 지난 어느 날 밤 초저녁부터 가슴이 답답했다. 새벽녘에는 숨을 쉴 수가 없을 정도가 되었다. 119 구급차를 불러 병원 응급실로 가니, 암이 악화가 되어 폐에 물이 가득 찼다고 한다. 물을 빼낸 뒤, 호스피스 병실로 보내주었다. 조금 낫긴 해도 호흡은 여전히 힘들었다. 물을 다 빼면 숨쉬기는 쉬워지지만, 쇼크로 죽을 수 있다고 한다. 고인 물의 반은 남겨두었기 때문에 숨쉬기가 힘든 거라고 한다.
친구 몇이 문병을 왔다. 나와 같은 폐암 환자인 창곡이도 보였다. 그는 내 몸을 주무르고 어루만지며 울고 있었다. 억지로 일어나 앉아 인사를 했다. 본래 말주변이 없었지만 숨을 못 쉬는 탓에 힘들게 단어 몇 개로 대화했다. "신세만 지고 있다. 이

쓰레기 같은 나를 잊지 않고 있어 너무나 고맙다. 자네들에게 아무것도 해준 게 없는데도 그렇게 아껴주니 너무나 고맙고 죄스럽다."

"그런 말 하지 마라. 자네도 우리에게 많은 것을 주기 때문에 자네를 만나러 온 것이다. 대화 중에 철학을 느꼈고 가끔 주는 책을 읽어 지식을 넓혔어, 자네의 화실은 우리에게 얼마나 큰 휴식을 주었는지 모른다. 자네 그림을 통해 예술의 힘이 얼마나 인간의 감성을 풍부하게 해주고 사고의 품격을 높여 주는지 알게 해주었지. 우린 서로 주고받은 거야. 공평한 게임이었어," 그동안 카메라, 컴퓨터도 사주고 겨울에는 난로용 등유까지 사다 준 홍진이 말했다. 딴 친구들도 고개를 끄덕이며 공감의 표시를 했다.

이것이 유언이 될 줄 몰랐다. 까만 양복으로 정장을 한 젊은 남자가 병실에 왔다. 정중하게 말했다.

"저하고 같이 가시지요." 화가 나서 언성은 높여 말했다.
"여보세요. 그냥 앉아 있기도 힘든데 어딜 가자는 거요?"
그는 아랑곳하지 않고 말했다.
"괜찮습니다. 일단 따라만 와보세요."

기세에 눌러 일어났다. 의외로 쉽게 일어나진다. 침대를 내려가 걸었다. 신기하게 숨도 차지 않고 걸음걸이도 비틀거리지 않았다. 그 청년이 안내하는 곳에는 승용차가 대기하고 있었다.

그 차가 도착한 곳은 어느 강가의 건물이었는데 외국으로 가는 선착장인지 여러 행선지가 전광판에 비치고 있었다. 잠시 출국 절차가 진행된 뒤 청년은 배까지 안내 후 사라졌다. 배의 이름이 반야용선般若龍船이라고 적혀 있었다. 선내 방송이 흘러나왔다.

"선생님 저는 이 배의 선장입니다. 선생님은 출국 절차를 마쳤으니 이제 이 배를 탈 자격을 얻었습니다. 병원서 여기까지 걸린 시간은 짧은 듯 느껴졌지만 인간 세계로 치면 49일이 지난 것입니다. 이번 항해 동안 저희 승무원들은 최대한의 친절과 성실로 선생님들을 모실 것입니다."

주위를 둘러보자, 몇 사람의 남녀 승무원들이 함박웃음을 보내주고 있었다. 그럼 나는 죽었다는 이야기가 아닌가! 어리둥절해진다. 죽음이 이렇게 쉬운 과정인 줄 모르고 그동안 얼마나 두려워했는가?

"선생님이 그동안 지옥에서 업보를 치르느라 고생 많이 하셨습니다."

아니 이건 또 무슨 소리람. 그럼 나는 여태껏 지옥에 살았단 말인가! 그런 줄도 모르고 죽은 뒤 지옥 갈까 봐 그렇게도 걱정했나 생각하니 안도의 웃음이 나왔다.

"선생님은 지옥에서 열심히 업장소멸業障消滅에 힘쓴 결과가 좋아 저희가 이렇게 고해의 바다를 건너 저 피안 상락아정常樂

我淨의 세계로 모시게 되었습니다. 이런 점, 저희 또한 기쁜 마음입니다"

이 말을 듣자 '이겼구나. 권태와 고독에 맞서 싸워 승리했다. 드디어 달콤한 죽음을 쟁취했다.' 승리감에 펄쩍펄쩍 뛰며 만세를 불렀다.

"배는 방금 출항했습니다. 운항 중에 선생님의 건강에 대한 검사자료를 보여드리겠습니다. 이 자료는 선생님이 호스피스 병동에서 본 선박까지 오는 동안에 수집된 자료들입니다. 좌측이 부정맥으로 고생하셨을 때, 심전도이고 우측이 지금 심전도와 심장 C.T 화면입니다. 서로 비교해 보면 현재 규칙적 맥박과 정상적 혈행을 볼 수 있습니다. 음식을 조금만 먹어도 더부룩하고 쓰리던 위장의 내시경 소견을 보여드리겠습니다. 이렇게 매끈하고 건장한 위장의 벽면을 볼 수 있습니다. 과거 사진은 이렇습니다. 옛날 내시경 화면을 보여주는데 상처투성이며 울퉁불퉁한 위벽이었다. 수십 년 동안 간에 서식하던 간염 바이러스도 지금은 깨끗이 박멸되었습니다."라고 말하며 혈액소견을 보여주었다. 여객선은 넓어서 응접실도 있고 책들도 놓여 있었다. 헬스장과 수영장도 있었다.

"화백님 저의 크로키 몇 장 좀 그려 주셔요."
매혹적인 몸매를 가진 여승무원이 자신도 그것을 아는지 가슴을 밀착시키며 달콤한 목소리를 낸다. 오랜만에 그림을 그려보니 뜻대로 된다. 수채화도 그리고 유화도 그려 승무원들에게 주었다. 그림은 신기하게도 장르 관계없이 자유자재로 그려졌다. 한참 그림을 그리고 나니, 유쾌한 피로가 찾아왔다. 선박식을 먹고 잠깐 눈을 붙였는데 승무원이 흔들어 깨운다.

"지금 진행되는 현장 장면을 보여드리기 위해 죄송하지만 깨운 것입니다"라고 하며 화면을 가르킨다.

카메라는 장의차가 '명복 공원'이라는 간판이 걸려 있는 동산으로 들어가고 있는 모습을 보여주고 있었다. 예전에 할머니 장례 때 가본 곳이라 화장터라는 것을 바로 알 수 있었다. 인부가 쇠절구를 끼고 앉아 있다. 그 사나이는 가족들이 뼈를 곱게 잘 갈아 달라고 건네준 소주를 마시고 마른오징어를 질겅질겅 씹으며 절구질하고 있다. 간혹 지폐를 그의 옷에 꽂아주는 가족들도 있었다. 허공에는 찬송가 소리와 독경 소리가 시간을 두고 교대로 들렸다. 절구 소리와 종교음악이 화음을 이루며 들리는 그곳은 바로 생지옥이었다. 그때를 생각하니 진저리가 처진다. 지금 화면에는 그런 장면들이 보이지 않았고 허공에는 아무 소리도 들리지 않았다. 화구 앞 들것에 내가 누워있었다. 얼마 뒤 화면의 장면이 바뀐다. 화장 진행 중인 사람들의 이름들이 전광판에 보인다. 이름표 밑에는 선반이 있었는데 그 위에는 뼛가루를 담을 수 있는 용기들이 있었다. 예전과 달리 시신이 타는 불구덩이도 볼 수 없었다. 화면에 화장 끝이라는 문구가 보인다. 화구에서 탄 뼈들이 밖으로 나온 모양인데 화면에는 보이지는 않는다. 뼈를 분쇄하는 인부도 보이지 않았다. 얼마 뒤 눈앞에 나타난 롤러 위에는 고운 뼛가루가 실려 있었다.

검은 정장을 한 직원이 그 가루를 빠른 동작으로 종이에 옮긴 뒤 곱게 싸서 창밖의 조카에게 건네주었다. 조카는 봉지를 나무 상자 속으로 집어넣은 뒤 황금색 보자기로 감쌌다. 조카는 시골에 있는 자신의 집으로 뼈 상자와 함께 가족들을 데려가고 있었다. 지금까지의 화면을 보니 깨끗하고 경건한 광경이다. 죽음은 추한 것이 아니고 아름답다는 생각이 들었다. 겁내고 떨었던 살아생전 생시가 무지했다고 웃음이 나온다. 긴 권태와 고독과의 싸움에서 승리해 해방되었다. 죽음이라는 달콤한 열매를 쟁취했다. 부조리에 승리한 것이다.

해는 황혼을 만들며 서산으로 내려앉아 가고 뼛가루 함은 시골 조카 집 감나무 아래로 들어가고 있었다. 전에 화실에 출입하던 땡초가 이별사를 읽고 있는데, 이제 제법 득도의 경지에 이른 것 같다.

"천만 가지 생각과 헤아림이 붉은 화로에 한 점의 눈이더라"

　　　　　　　　　　　- (千計萬思量 紅爐一點雪)

"흙으로 만든, 소가 물 위를 가듯, 사대오온四大五蘊이 흔적 없이 사라진다."

　　　　　　　　　　　- (尼牛水上行 大地虛空)

제 22 화

빛나는 별

"어젯밤 낚시는 어땠어?"
인사참모가 정보참모에게 물었다.

"못 건졌어. 기대하고 갔는데 허탕 쳤어, 다른 곳을 더 알아
봐야 할까 봐."

"낮에 나갔던 골프장은 어땠어?" 군수참모가 묻는다.

"그 새끼들 개판이었어. 그따위로 시설을 해놓다니 나쁜 놈
들."이라고 작전참모가 화를 내고 있다.

군단장 부속실에서 보고 순서 대기 중인 참모들끼리 수근거

리는 이야기들이다. 말단 대대에서 갓 전출되어 온 나에게 이들의 대화는 온몸의 피를 거꾸로 솟게 한다. '아니 무슨 군대가 이런 곳이 다 있어? 전방 철책선에서는 쫄다구들이 목숨 걸고 경계 근무를 하고 수시로 내려오는 게릴라를 잡는다고 난린데 최상급 부대 참모들은 밤에는 낚시하고 낮에는 골프나 친단 말인가!' 적의 침략에 대비해 군단 참모들은 토, 일요일에는 집에 가지 못하고 관사에서 대기한다고 들었다. 그들의 희생에 가슴이 멍했다. 지금 내막을 듣고 보니 그게 아니다. 군의관이 듣고 있는데도 부끄러운 줄도 모르고 노는 이야기를 한다.

"실장님 들어가십시오." 부속실 당번 병사가 말을 듣고 군단 장실로 들어갔다. 폐렴을 앓고 있는 군단장 박충식 중장에게 며칠째 항생제 주사를 주고 있다. 군단장 면회는 비서실장이 정하지만, 방에 들어가는 순서는 당번 병사가 알아서 처리하기 때문에 그의 끗발도 만만치 않다. 양쪽 엉덩이에 주사를 놓는다. 주사기 바늘이 들어가다 만다. 바늘이 휘어져 버린 탓이다. 등짝에 식은땀이 흐른다. 바늘을 빼내 소독도 안 된 손으로 곧게 편다. "군의관 뭐해?" 군단장이 재촉한다. 손이 부들부들 떨린다. 겨우 펴서 주사를 마쳤다. 죽다 산 느낌이다. 계급이 이렇게 무섭다. 대위가 보는 중장은 하늘의 별보다 더 높게 보인다.

사병 식당 순찰 중에 취사병들이 흰 가운에다 모자까지 쓰고 있는 모습이 보였다.

"이 병장 왜 그러는가 갑자기?, 그 모습 그게 뭐야? 니들이 호텔 요리사야? 그런 거 어디서 구해 쓰고 장난치는 거야?"

"오늘 사단장 각하가 뜨신데요. 어젯밤에 부랴부랴 위생복과 모자를 만들었지 뭡니까!"

"참모 회의 때 들으니, 사단장은 연대까지만 온다던데?"

"우리는 모릅니다. 보급관님이 이렇게 하고 있으래요. 언제 사단장님이 대대까지도 올지도 모른다면서요"

변소에서 소변을 보고 있는데, 웬 소령 하나가 옆에서 같이 볼일을 보다가 "야 인마, 머리 좀 깎고 다녀"라고 주의 준다.

별꼴이다 싶어 그를 보니 참모장 박 준장이었다. 군단 좋다. 대위가 준장하고 오줌을 같이 눌 수 있으니 말이다.

참모장은 매일 군단 참모 회의를 주관한다. 참모들은 고참 대령들이라 신참 준장인 그를 우습게 보는 판에 그의 언동도 좋게 보면 순박하고 나쁘게 보면 엉성해 아무도 그를 별로 인정해 주지 않는다. 군단 사령부에서는 별이 많다. 별 셋인 군단장부터 부군단장 별 둘에다 공병여단장, 포 사령관, 참모장이 모두 별 하나씩이다. 월요일 지휘관 회의에서는 예하 부대 사단장들이 몰려오니 그날 군단 영내는 수십 개의 별들이 반짝인다. 참모장은 애송이 샛별이라 군단에서 찬밥 신세를 면치 못한다.

기죽은 참모장은 본관 지휘부를 떠나 주로 만만한 본 부대 회의장에 와서 흰소리하며 아랫것들과 노닥거리기를 좋아한다. 본 부대의 업무는 군단 내 각 참모부 사무실과 경비부대, 식당, 영선반, 통신대, 조경 및 식수 공급, 수송부, 의무실 등의 살림살이를 주관하고 그 시설 유지와 인적 관리를 총괄 지휘하는 등의 실무자들의 모임이다. 중령이 본부 대장으로 책임자여서 참모장은 올 필요가 없고 나중에 결재만 하면 되는 위치이다. 모두 참모장이 오늘 걸 싫어하지만 그는 거의 매일 온다. 여기서도 장군 대접은 받지 못하지만 그래도 형 정도로 대해주니 그의 마음은 편하다. 참모장은 규정상 전속부관이 없다. 혼자 영내를 돌아다니다 다리가 아프면 의무실에 와서 혈압도 재어보고 몸무게도 달아본다.

"군의관 내 병은 언제 낫게 해줄 거야? 배 오른쪽이 아픈데 여기는 간이 있는 곳이잖아?"

"전번 통합병원 간기능검사에서 이상이 없었잖습니까?"

"그럼 위장이 나쁜 건 아닐까?"

"성모병원 내과서 이상 없다는 진단 받으셨잖습니까?"

"그때 간 전문 교수가 말했지. -'건강염려증'이라며 '정신적 치료' 받으라고, 그거 어떻게 하는 거야?"

"참모장님이 신경을 너무 써서 그러시다며 마음 편하게 하는 방법을 찾으시라는 충고였지요."

"그럼 매일 밤에 C관사에 군목 오라고 해서 성경 읽으라고 할까?"

멍청한 보병이 약삭빠른 성직자와 만난다는 사실이 즐겁고 이이제이以夷制夷한다는 느낌이 들어 벅차오르는 기쁨을 느꼈다. 군종 참모부는 신부, 목사, 승려 세 종교로 이루어져 있는데 참모는 중령인 신부다. 다음 계급으로 목사 소령이 있고 끝에는 승려 대위가 있다. 이 사람들은 서로 못 잡아먹어 안달이 난 원수 간이다. 이들은 매일 작은 종교전쟁을 벌이고 있다. 나는 평소 천사 흉내를 내는 목사를 미워하고 있었다. 그가 매일 밤, 참모장 관사에 불려 가서 꿇어앉아 졸면서 성경을 읽는 그의 고통을 생각하니 그렇게 기쁠 수가 없다.

"참모장님 바로 그겁니다. 최고의 정신 치료입니다"라고 바람을 불어 넣었다. '앗'하는 사이에 하나님의 마음이 바뀌었는지 참모장의 말이 달라진다.

"아니야 그 새끼는 너무 뺀질거려 돌팔이 목사 같아. 안돼" 한껏 기대에 부풀었던 내 가슴의 행복한 바람이 '피시시'하고 빠져나가는 소리가 들렸다. '왜 그들은 매일 밤낚시를 가고 뻔뻔스럽게 낮에 골프를 칠까? 그러고도 어떻게 저렇게 살아남을 수 있단 말인가? 보안대는 무엇이며 헌병대는 또 무엇을 하는가,'하는 화두 풀이는 끝임없이 반복되었다. 헌병 대장은 같은 군단 참모이므로 저희끼리 봐주어 그렇다 치고 보안대는 뿌리가 다른데 왜 수수방관일까?

"참모장님 어려운 질문을 해도 되겠습니까?" 참모장은 군의관이 군인이면 전봇대에 꽃이 핀다며 아예 나를 민간인 취급하는 사람이다.

"뭘데? 군단장 '파이프' 센 이야기가 아니면, 군수참모 이발소 미스리 따먹은 이야기?"

"군단 참모들은 일과 중 낮에 골프 쳐도 됩니까? 밤에 낚시 다녀도 되고요?" 심장이 요란하게 뛴다.

"어느 참모?" 예상외로 심드렁하게 되묻는다.

"정보참모와 작전참모 말입니다" 말을 마치자, 그는 대수롭지 않게 대답했다.

"북괴가 땅굴을 뚫어 남침을 시도했다. 굴을 발견한 아군이 계속 파고들어가자, 굴속에서 놈들이 폭약을 터트려 미군을 포함한 아군이 몰사당한 일이 있었다. 그 후 우리 군은 제2땅굴을 다시 찾아내었다. 군단에서는 비밀리에 매일 나머지 땅굴 찾기를 하고 있다. 그 작전명이 "밤낚시 계획"이다. 북괴는 수시로 게릴라를 보낸다. 아직까지는 특수 훈련된 병사들이 도보로 오지만 머지않아 동력이 없는 글라이더를 타고 무장간첩들이 올 것이다. 그 무동력 비행기가 착륙하는 곳이 골프장이다. 그래서 매일 골프장에 가서 방송시설이나 사격 포인트를 점검하는 것이다."

평소 그의 태도와는 전혀 다른 모습이다. 예상외로 그는 화를 내지 않았다. 상대를 바보 취급하지도 않았다. 내가 보병이 아니어서 오해할 수 있었을 거라며 차분하고 조리 있게 실상을 전달해 주었다. 참모장의 '화두 풀이'에 불현듯 깨달음을 느꼈다. 평소 보병들은 무식하다고 깔보고 일부 정치군인들을 일탈을 모든 국군에게 뒤집어씌워 욕하고 침 뱉었던 나의 사고방식이 창피했다. 호랑이 새끼는 어려도 호랑이다. 참모장은 풋내기 별이라도 장군은 장군이었다.

샘문시선 4004

한용운문학상 수상 기념 소설집

나가사키는 오늘도 비가 내렸네

권영재 제1소설집

발행일 _ 2025년 8월 22일
발행인 _ 이정록
발행처 _ 도서출판 샘문
저자 _ 권영재
감수 _ 이정록
기획 _ 박훈식
편집디자인 _ 신순옥, 한가을
인쇄 _ 도서출판 샘문
주소 _ 서울특별시 중랑구 동일로 101길 56, 3층(면목동, 삼포빌딩)
전화번호 _ 02-491-0060 / 02-491-0096
팩스번호 _ 02-491-0040
이메일 _ rok9539@daum.net / saemteonews@naver.com
홈페이지 _ www.saemmoon.co.kr (사단법인 문학그룹샘문)
　　　　　 www.saemmoonnews.co.kr (샘문뉴스)
출판사등록 _ 제2019-26호
사업자등록증 등록 _ 113-82-76122(사단법인 도서출판샘문)
　　　　　　　　　 677-82-00408(사단법인 문학그룹샘문)
　　　　　　　　　 501-82-70801(사단법인 샘문뉴스)
　　　　　　　　　 116-81-94326(주식회사 한국문학)
샘문사이버교육원 (온라인 원격)-교육부인가 공식교육기관 _ 제320193122호
샘문평생교육원 (오프라인)-교육부인가 공식교육기관 _ 제320203133호
샘문뉴스 등록번호 _ 서울, 아52256
ISBN _ 979-11-94817-26-0

문집 출간 안내

📖 빅뉴스

이정록 시인의 〈산책로에서 만난 사랑〉이 네이버 선정 베스트셀러로 선정 된 이후 〈내가 꽃을 사랑하는 이유〉, 〈양눈박이 울프〉, 〈꽃이 바람에게〉, 〈바람의 애인, 꽃〉 시집이 연속 교보문고 베스트셀러에 선정 되고 5권 전부 출간 순서대로 골든존에 등극하였다. 평생 한 번도 어렵다는 자리를 이정록 시인은 5년 동안 5번에 오르고 현재도 이번 2022년 5월경에 출간된 [바람의 애인, 꽃] 영문판과 [담양장날]이 출간을 기다리고 있다

〈서창원 시인, 2회〉, 〈강성화 시인〉, 〈박동희 시인〉, 〈김영운 시인〉, 〈남미숙 시인〉, 〈최성학 시인〉, 〈이수달 시인〉, 〈김춘자 시인〉, 〈이종식 시인〉 외 한용운문학상 수상 시인인 〈서창원 수필가〉, 〈정세일 시인〉, 〈김현미 시인〉가 올랐고, 2022년 올 봄에는 〈정완식 소설가〉 『바람의 제국』 이 소설집으로는 최초로 『네이버 선정 베스트셀러』 반열에 올랐고, 〈이동춘 시인〉에 『춘녀의 마법』 시집이 『네이버 선정 베스트셀러』 반열에 올랐다. 그리고 컨버전스공동 시선집과 한용운공동 시선집도 간간히 베스트셀러를 하고 있는 〈베스트셀러 명품브랜드〉 『샘문시선』 이다

〈샘문시선〉은 〈베스트셀러_명품브랜드〉로서 고객님들의 〈평생가치를 지향〉하는 〈프리미엄 브랜드〉입니다. 고객이신 문인 및 독자 여러분, 단체, 기관, 학교, 기업, 기타 고객분들을 〈평생 고객〉으로 모시겠습니다. 많은 사랑 부탁드립니다

📖 샘문특전

📢 교보문고, 영풍문고, 인터파크, 알라딘, 예스24시, 11번가, Gs Shop, 쿠팡, 위메프, G 마켓, 옥션, 하프클럽, 샘문쇼핑몰, 네이버 책, 네이버쇼핑몰, 네이버 샘문스토어 등 주요 오프라인 서점, 온라인 서점, 오픈마켓 서점에서 공급 및 유통하고 있습니다.

📢 기획, 교정, 편집, 디자인에 최고의 시인 및 작가, 편집가, 디자이너, 평론가, 리라이팅(첨삭 감수) 및 감수 전문가들이 참여하여 감성, 심상이 살아 있는 시집, 수필집, 소설집, 등 각종 도서를 만들어 드립니다.

📢 인쇄, 제본, 용지를 품질 좋은 우수한 것만 사용합니다.

📢 당 출판사 〈한용운공동시선집〉, 〈컨버전스공동시선집〉과 〈한국문학공동시선집〉, 〈샘문 시선집〉을 자사 신문인 〈샘문뉴스〉와 제휴 신문인(내외신문), 글로벌뉴스와 홈페이지(2군데), 샘문쇼핑몰, 네이버 샘문스토어, 페이스북, 밴드, 카페, 블로그를 합쳐서 10만명의 회원들이 활동하는 SNS 20개 그룹 공개 지면 및 공개 공간을 통해 홍보해 드립니다.

📢 당 출판사를 통해 국립중앙도서관 및 국회도서관 및 전국 도서관에 납본하여 영구적으로 보존해 드립니다.

📢 당 문학그룹 연회비 납부 회원은 30만원 상당에 〈표지용 작품〉을 제공 받습니다.

문집 출간 안내

도서출판 샘문 에서는

베스트셀러 명품브랜드 〈샘문시선〉에서는 각종 시집, 시조집, 수필집, 동시집, 동화집, 소설집, 평론집, 칼럼집, 콩트집, 수상록, 시화집, 도록, 이론서, 자서전 등 문집을 만들어 드립니다.

도서출판 샘문에서는 저자님의 소중한 작품집이 많은 독자님들에게 노출되고 검색되고 구매하여 읽히고 감상할 수 있도록 그 전 과정을 기획, 교정, 교열, 퇴고, 윤문(첨삭,감수), 디자인, 편집, 인쇄, 제본, 서점 등록(납품,유통), 언론홍보, SNS홍보 등, 출판부터 발매 까지의 전략을 함께해 드립니다.

📖 출판정보

샘문시선은 도서출판비를 30% 인하 하였습니다. 국제원자재값 폭등으로 인하여 문집 원자재인 종이값 등이 3번에 걸쳐 43% 상승하였으나 이를 반영하지 않았습니다.

📣 저자가 필요한 수량만큼 드리고 나머지는 서점 유통

📣 시집 표지는 최고급으로 제작함 – 500부 이상

📣 제목은 저자 요청시 금박, 은박, 에폭시로도 제작함

📣 면지는 앞뒤 4장, 또는 칼라 첨지로 구성해드림

📣 본문은 100g 미색 최고급지 사용함(눈 보안용지, 탈색방지)

📣 본문 200페이지 이상은 80g 사용

📣 저서봉투 – 고급봉투 인쇄 무료 제공

📣 출간된 책 광고(본 협회 => 홈페이지, 샘문뉴스, 내외뉴스, 페이스북 13개그룹(독자& 회원 10만명), 카페 3개, 블로그 2개, 카톡단톡방 12개, 유튜브, 카카오스토리, 인스타그램, 문예지 4개, 문학신문 등)

📣 견적 ▷ 인세 계약서 작성 ▷ 기획 ▷ 감수 ▷ 편집 ▷ 재감수 ▷ 재편집 ▷ 인쇄 ▷ 제본 ▷ 택배 ▷ 서점 13개업체 납품 ▷ 저자에게 납품 ▷ 유통 ▷ 홍보 ▷ 판매 ▷ 인세지급

📣 출판기념회는 저자 요청시 본사 문화센터(대강의실) 무료 대여 가능(70명 수용가능) 현수막, 배너, 무대 조명, 마이크, 음향, 디지털 빔, 노트북, 줌시스템, 모니터, 컴퓨터, 석수, 커피, 차, 무료 제공

📣 저자 요청시 저자의 작품 전국대회에서 수상한 시낭송가가 낭송하여 유튜브 동영상 제작 => 출판기념식 및 시담 라이브 방송

📣 저자 요청시 네이버 생방송 출판기념회 가능(유튜브 연동) – 네이버 라이브 커머스쇼

📣 뒷 표지에 QR코드 삽입가능 – 저자의 작품 시낭송 유튜브 동영상 등 (요청시)

📣 교정, 교열, 감수, 윤필(첨삭감수), 평설, 서문 등(유명한 시인, 수필가, 소설가, 문학평론가, 항시 대기)